Inter nos

Karla Zackson

Inter nos

deckare

Impressum

.

© 2022 Karla Zackson

Omslag: BoD – Books on Demand
Korrekturläsning: Karla Zackson

Förlag: BoD – Books on Demand, Stockholm, Sverige
Tryck: BoD – Books on Demand, Norderstedt, Tyskland

ISBN: 978-91-8007-047-8

Kapitel 1

Från en blekdisig himmel i vårens tecken sköt solstrålarna fram. Den svepte in staden i den sandiga tonen. Den ton som började i horisonten och fick husen att vibrera i samma blekvarma dis. Grässlätterna var grå i färgen och leriga. Det kom en svag men rutten lukt från den nyss blottade jorden som hade legat i återhämtning, dold under ett vitt snötäcke. Backarna hade fått litet av det grus över sig som sprätt upp från gator och trottoarer och som nu låg fint fördelat på marken. De första snödropparna hade på ett fåtal ställen skjutit upp sina späda stjälkar ur jorden. Det där sällsamma ljuset som i den sena timmen aldrig riktigt ville lämna det steniga landskapet hängde sig kvar sent in på kvällen. När det till sist ändå vek undan blev hela horisonten färgad. Den lystes upp i ett rosa skimmer som låg kvar en dryg timme. Så hade det inte varit ett halvår tidigare.

Han mindes hur det var när han ensam hade stigit av planet på flygplatsen norr om stan. Det var den resan som hade börjat på Korsika. Den första snön hade kommit en vecka tidigare hemma och låg fortfarande kvar. Den hade han sett redan före landning. Omedelbart hade han känt kylan runt benen och fotlederna längre ner ovanför hans tunna gympaskor. Han hade senare sett ut över de frostiga slätterna genom mörkret från sin plats på tåget. Landskapet hade haft en känsla av ensamhet över sig och det var ungefär så han själv hade känt sig. Där hade han suttit och väntat med telefonen i hand på svar från Emilia som ofrivilligt hade fått bli kvar hemma. Hon hade aldrig kunnat komma ner till Korsika. Brick och Sofia som hade varit där för att reda upp saker och ting hade tagit ett tidigt plan hemåt från ön redan i gryningen. När och hur Roberts gäng hade tagit sig hem visste han inte. Han hade inte sett dem. Varken på flygplatsen, planet eller på tåget hem.

Han mindes nu hur det hade varit precis efter hemkomsten. När han hade svängt upp dörren till lägenheten på nummer trettioett hade den gapat tom. Hans sedan länge diskade tallrikar hade stått kvar i diskställningen. Frippes matskål låg uppochnedvänd bredvid. Karl själv hade fortfarande en timme efter landning väntat på svar från Emilia. Han hade svängt upp balkongdörren och låtit vinterluften svepa in. Det hade varit behövligt. Det kändes skönt att få den gamla luften utbytt mot en ny. Så kom han ihåg det. De gnisslande plasthjulen hade tystnat när resväskan ouppackad blivit stående i hallen till morgonen efter. När han samma kväll stod bakom gardinen i vardagsrummet hade han sett det mörka fönstret och nedsläcktheten bakom detsamma i lägenheten tvärs över gården hos Emilia. Han hade senare inte på en gång kunnat få ur henne hur hon hade tillbringat sin semester hemma i stan. I några av hans sista meddelanden från ön hade han berättat om hur hans gruppchef hade kommit ner med en kollega, Sofia. Han hade berättat om stenen i vattnet, diamanterna, om eldstaden, båten och om gänget. Men ingenting om händelsen vid stupet. Det var lika så gott det. När han direkt efter hemkomst hade hamnat i soffan med tv:n avstängd vid väggen mittemot hade tankarna kommit. Han tänkte på allt så som det hade utspelats från allra första början.

Han mindes särskilt känslan och chocken vid tillslaget ute mot Roberts hus i Rönninge när han som nu tänkte riktigt långt tillbaka. Det var strax före det tredje attentatet. Det som följde på de andra två. Först Wennergren-center, sedan Skrapan.

Tre döda i Wennergren-centerhuset. Det var så det hade börjat. Det var en torsdag i september. En vecka senare var det dags för nästa dåd. Denna gång nära Medborgarplatsen. Också tre döda.

Planeringarna skedde i lokalen i närheten av Atlasmuren. Den lokal som man nådde via innergården med trädet mitt på. Det träd som lät sina rötter skjuta upp under stenplattorna.

Sedan kom attentatet som utförts nära Medborgarplatsen. Sprängning nummer två. Luntmård hade valt ut platsen. Luntmård med de ideologiska ambitionerna. Gruppens andra ledare förutom Robert. Berra hade övertalats att ordna med det som man använde för att spränga med. Men Robert hade varit mera inriktad på att en gång för alla slippa ifrån motståndargruppens trakasserier. Offren hade lurats dit till ett möte i ett garage i närheten. Transporten hade skett med bil. En bil som kunde rymma en stor box på hjul där de hade suttit. Sedan hade de kommit in genom en dörr på baksidan och tagit hissen upp. Sedan dog en i grupp Atlas samt ett vittne till det andra dådet som råkade ut för en olycka. Hon hade blivit påkörd av en bil utanför sitt eget hem. Föraren av bilen hade snabbt försvunnit. Strax före det tredje dådet hade man alltså gjort tillslaget ute i Rönninge.

Resten var känt. Det var tveksamt om man uppnått den avskräckande effekten hos motståndargruppen som man velat ha. De olika åsikterna i Roberts grupp hade senare lett till att Luntmård alltså skjutits av Robert i Rönningehuset strax före det tredje attentatet. Robert hade haft sådan tur att det hade kunnat bortförklaras som självförsvar. Eller var det orättvist av Karl att tänka så? Fängelsestraffet hade blivit kort för Robert som var ute redan efter två år.

När man senare förstod att han efter det tredje tillslaget, Älvsjöattentatet, dragit utomlands hade Karl med hjälp av ett kryptiskt meddelande på en upphittad papperslapp ensam åkt till Korsika för att hämta hem Robert som frivilligt gav upp. Han hade tydligen själv velat ha det så. Där och då uppstod en kontakt mellan honom och Robert.

Plötsligt utgjorde Karl själv ett hot för gänget. En av dem ville stoppa Karls framfart för alltid. Det var planerat att ske utomlands. I huset på Korsika som Karl precis köpt av sin gruppchef Jörgen Brick. Där hade någon i gruppen tänkt att slå till mot Karl. När Robert fick veta vad som planerades fick han med sig hela gänget ner till ön för att avstyra det hela.

Julen hemma, efter resan till Korsika hade inte varit den bästa. Varken privat eller på det professionella planet. Det kändes nu att det var länge sedan. En helt annan tid. Men det låg trots allt inte så långt borta. Ett halvår var ingen oöverskådlig tid.

Men det kom ibland stunder då Karl undrade om han inte i alla fall blivit lite tokig mot slutet av tiden i huset tillsammans med gänget. Försiktig hade han alltid varit men han hade blivit litet mer avvaktande och drömmande. Litet distanserad inför det som rörde hans eget liv. Kanske också litet fundersam när det gällde att stanna kvar i den position som han hade. Kanske kunde han byta jobb? Det funderade han på ibland och det förvånade honom själv. Men det skulle knappast tjäna någonting till att byta ut något mot någonting annat. Han skulle bara dra med sig sitt nuvarande sinnestillstånd till nästa arbetsplats. Han skulle aldrig kunna bli helt fri. Och han skulle aldrig helt och hållet få svar på sina frågor. Han hade försökt ett oräkneligt antal gånger. En del frågor hade han ställt till Robert rakt ut. Ganska många frågor hade det blivit. En del svar hade han också fått från Robert. De hade varit svåra att ta emot. De hade också varit spretiga och ibland motsägelsefulla. Han hade inte fått svar på allt. Framför allt måste han fråga sig själv hur länge han skulle ha det så här. En sådan person som Robert. Han var trots allt den han var. En hänsynslös person som kunde döda. En person som hade dödat. Och en person som kanske skulle kunna göra det igen. Det var det som var det mest skrämmande. Och det var inte bara han utan faktiskt hela gruppen. Någonstans liknade de varandra allihop. Detaljerna och accepterandet var en sak. Men Karl hade aldrig fått svar på den största frågan. Varför?

Kapitel 2

Det hördes en siren på långt håll. Två toner som bytte av varandra under en sekund. Det varade under en kort tidsrymd innan det mynnade ut i ett kakofoniskt ljud. Sedan började det om. Han smällde igen bildörren och ställde sig så att han hade utsikt över hela området. Det blåste en vind som trots hans kortklippta hår tog tag i det och blåste det runt. Han kunde inte se de andra bilarna hur han än snodde runt och tittade åt alla håll. Han var alltså ensam. Åtminstone än så länge. Han fäste utrustningen i midjebältet och begav sig med långsamma steg mot ingången. Han stannade upp för en backande bil på parkeringen längre ner. När han nådde trottoaren öppnades glasdörrarna och ett par personer gick ut. Han kände den sista vinden mot jackans tyg i ryggen innan han klev in. Det ekade i den stora hallen och var tömt på folk. Han spanade mot disken långt fram och fick syn på några ordningsvakter. Incheckningspersonalen stod i en klunga lätt chockade och tätt intill varandra. En halvtom bagagevagn hade blivit ensam kvar mitt på det blanka golvet. Den var övergiven såtillvida att väskorna som låg packade på den inte hade upphämtats av sina ägare. En högtalarröst hördes längre bort ifrån lokalen. Det förstärkta, hårda och metalliska ljudet ekade mellan väggarna. Det fanns knappt någon kvar som kunde ta emot budskapet. Alla hade de lämnat golvet och flytt fältet. Karl gissade att det skett plötsligt och i olika riktningar. Var de befann sig nu skulle han fråga om vid första bästa tillfälle. Han tittade upp mot taket med skyltarna som hängde högt över hans huvud. När han närmade sig den minimala klungan av vakter såg de mot honom. Deras röster var lågmälda och viskande. Då och då nickade de mot varandra som i någon sorts samförstånd. Karl förmodade att man pratade om händelsen som just utspelats efter inflygningen från någon plats söderifrån.

När Karl vände huvudet åt höger la han märke till en ensam butiksanställd som frågande tittade åt hans och den lilla klungans håll. En av vakterna sträckte på sig och tog ett steg i Karls riktning. Karl nickade svagt och mötte hans blick. En kvinnlig vakt i liknande kläder såg på honom från ett avstånd. Hon hade ett spänt uttryck i ögonen. Karl kvävde en gäspning precis innan han steg fram och hälsade. Han presenterade sig utan att ta i hand. Formellt men yrkesmässigt.

"Hur länge hade ni varit på plats?" frågade han medan han rev fram blocket som han snodde runt i handen så att han fick upp en tom sida i det.

"Vad kan det vara? Tjugo minuter", svarade vakten som bara kort kastat ett öga mot flygplatskontrollanten och sedan snabbt vände blicken tillbaka till Karl som nickade.

"Hur såg det ut när ni kom?" undrade han på nytt.

"Fullt med folk", svarade samma vakt.

"En ordinär skara", fyllde kontrollanten i som stod bredvid. Karl tittade upp mot honom ett par gånger mellan orden som han plitade ner i papperet på blocket.

"Vad var det första som hände som var avvikande?" frågade han.

"Det hördes ett ljud. Det smattrade liksom till någonstans ifrån", svarade kontrollanten. Ordningsvakten kastade ett öga på honom.

"Från viket håll kom det ifrån?" frågade Karl igen.

"Det är svårt att säga. Vi tittade runt men kunde inte se någonting. Det tog en bra stund innan vi fick klart för oss att det kom utifrån. Sedan var det någon i personalen som kom inspringande och ropade till sig oss." Karl skrev i blocket utan att nicka.

"Vad var klockan då?" sa han. Kontrollanten la pannan i veck och funderade en stund innan han svarade.

"Jag skulle gissa på sju och fyrtiofem", sa han och hade fått någonting spänt i blicken.

"Hur kom du fram till det?" frågade Karl sedan han plitat ner klockslaget i blocket. Kontrollanten fick en ny rynka mellan ögonbrynen.

"Jag tror att jag kastade ett hastigt öga på klockan högt uppe på väggen där borta", sa han och vände sig halvt om och tittade bakåt. Karl spanade åt det håll han tittat och nickade svagt.

"Då säger vi sju och fyrtiofem", sa han. "Hur beskrevs det som hade hänt av personen som kom inrusande?" undrade han.

"En eller flera personer hade kommit i bil och snurrat fram runt flygplanskroppen. Plötsligt hade en dörr gått upp och några hade stigit ur. Sedan kom en kaskad av skott mot några passagerare som just tagit sig ner och var på väg mot byggnaden."

"Mot byggnaden?" Mannen nickade.

"Mot byggnaden", sa han.

"Vad var det för bil?" frågade Karl och kliade sig diskret på ena kinden med en kort nagel.

"Svårt att säga", sa kontrollanten. "Svart var den i alla fall. Så mycket hann jag med att se."

"Svart?" Mannen nickad mot Karl igen.

"Stor? Liten?" undrade Karl.

"Inte liten, skulle jag inte säga. Lagom stor. Inte den där mastodonta stilen heller", svarade kontrollanten och höjde för första gången blicken och spanade snabbt runt i den stora hallen.

"Jag förstår. Japanare? Europeisk?" undrade Karl.

"En europeisk kunde det ha varit. Men litet mindre, som sagt", sa kontrollanten.

"Litet smidigare?" Kontrollanten nickade.

"Den smidigare varianten", sa han.

"Hur många var det som steg ur bilen?" undrade Karl.

"Tre."

"Och det är du säker på?"

"Helt säker", sa kontrollanten.

"Såg du några andra kollegor till dig i närheten?" undrade Karl. Mannen skakade på huvudet.

"Nej. Inte någon i närheten", sa han.

"Såg du när bilen försvann?" Mannen spände blicken uppåt taket.

"Ja, de kastade sig in genom dörrarna och drog i väg fort som ögat", sa han.

"Hur då?"

"Fort som tusan drog de i väg i en vid sväng. Sedan var de försvunna innan man knappt hann reagera", sa kontrollanten. Karl tittade på hans uniformklädsel med knapparna på jackan och med ett otal antal fickor. Högt upp på bröstet satt den formella brickan med yrkesbeteckningen och namnet på arbetsplatsen. Håret var mörkt och kort. Han kunde vara dryga fyrtio år gammal och cirka en och åttio lång. Ögonen var bruna.

Han hade ett frågande och spänt, men inte skärrat uttryck i ögonen.

"Vad gjorde du sedan?" frågade Karl och rev sig på den andra kinden med en nagel, fortfarande med samma hand. Den som han inte skrev med i blocket. Mannen sökte med blicken hastigt runt under en sekund.

"Jag stod kvar och visste först inte vad jag skulle göra. Sedan såg jag mot platsen där de låg. Personerna", sa han i förtydligande syfte.

"Ja? Hur såg det ut?" frågade Karl.

"Två personer som ligger på marken. Alldeles bredvid varandra. Jag såg det första händelseförloppet genom den stora glasrutan. Sedan lämnade jag min plats framför fönstret och sprang ut", sa han och knep ihop läpparna. Karl skrev för fullt under ett tjugotal sekunder innan han tittade upp och fortsatte.

"Fanns det någon i närheten då?" frågade han.

"Ja. Då hade en del andra personer hunnit ut ur planet. Någon hade rasat ihop i trappan. Någon annan stod och tryckte en bit bort och vände sig om. Det gick så fort allting." Karl nickade sakta och skrev i blocket.

"Det var en salva?" frågade han. Mannen nickade.

"En ordentlig sådan. Det där ljudet", sa han och drog in andan. Karl såg på honom och såg sedan ner i blocket för ett ögonblick innan han tog upp tråden igen.

"Hur lång tid tror du det tog det från det att bilen stannat och dörrarna flög upp tills det att de sköt?" undrade han.

"Inte många sekunder", sa mannen.

"Men några sekunder?" Mannen nickade.

"Ja, några sekunder var det", sa han.

"Hur många sekunder då?"

"Tre, fyra. Ja, på sin höjd fyra", sa han.

"På sin höjd fyra", sa Karl och vände ner blicken i blocket igen medan han skrev. "Klädsel?"

"Litet slarvigt klädda", sa kontrollanten. Ordningsvakten tittade på honom med ett hastigt ögonkast.

"Slarvigt?" undrade Karl.

"Litet mjukare material. Någon tunnare jacka."

"Färg på den?"

"Mörk. Kanske litet rödaktigt svart." Karl nickade. "Och den andra?"

"Samma sak där. Någonting mörkt."

"Såg du vapnet?" Mannen nickade.

"Väldigt hastigt", sa han.

"Ett vapen?"

"Ja, hos bara den ena av dem", svarade han.

"Men de gick ur bilen allihop?" Flygplatskontrollanten nickade utan att svara.

"Skulle du känna igen någonting liknande vapen om du fick se bilder på det?"

"Det är frågan. Jag är inte kunnig på de där större halvautomatiska sakerna", sa kontrollanten och skakade på huvudet. Karl hade fått en min över munnen och som kommit hastigt.

"Vad gjorde du sedan?" undrade han.

"Jag tittade upp mot piloten", sa han.

"Var han eller hon där?" undrade Karl.

"Nej. Inte vad jag kunde se. Det var ingen där. Då sprang jag tillbaka till byggnaden. Ja, hit alltså", sa han.

"Du sprang direkt hit?"

"Jag tittade först en gång till mot marken där de låg", sa han och rev sig i håret.

"Jag skulle vilja sammanfatta det här för att se om jag har förstått saker rätt", sa Karl. Kontrollanten nickade i samförstånd.

"Jag förstår", sa han.

"Jag inser att du inte med säkerhet kan säga hur många sekunder det kan ha tagit mellan det att de anlände till det att de började skjuta eftersom du inte såg när de svängde fram och steg ur", fortsatte Karl.

"Så är det", sa kontrollanten.

"Efter skottsalvan som du hör ungefär sju och fyrtiofem går du fram till fönstret. Har jag förstått det rätt?" Mannen nickade.

"Just det", sa han. Karl kliade sig efter bekräftelsen på nytt på kinden innan han fortsatte.

"Sedan går du ut på banan medan förövarna är kvar, och på vägen ut möter du en av dina kollegor som är på väg in? Det stämmer kanske också?" undrade Karl.

"Det stämmer också", sa mannen.

"Du gör dina iakttagelser dels från fönstret, dels från landningsbanan utanför?"

"I den ordningen var det", svarade kontrollanten.

"Och du anser inte till skillnad från vakten här att det var särskilt mycket folk här inne i hallen?"

"Jag tyckte inte att det var det, nej."

"Då kan det förklara varför du var den enda som sprang ut på en gång", fortsatte Karl. Mannen nickade med ett osäkert uttryck i ögonen.

"Det kan väl det", sa han.

"Var det inte så att din kollega på landningsbanan som kom inrusande kom in innan du hann ut?"

"Jo, när jag tänker efter var det så", sa mannen.

"Jag får tacka så länge", sa Karl och satte upp ett affärsmässigt leende. "Vi hör av oss när vi har fler frågor. Jag kan ta dina kontaktuppgifter så länge", la han till. Mannen drog efter andan och började gräva i byxfickan. Karl slog en hastig blick på klockan som visade åtta och femtiofem. Sedan tittade han kort mot ordningsvakten innan han begav sig mot utgången. Hans steg ekade över golvet medan han tog ut riktningen mot dörren ett trettiotal meter bort. Innan han öppnade dörren kikade han ut över den flata asfalterade planen utanför. Planet stod fortfarande kvar som det stått när dörren gått upp för att passagerarna skulle kunna gå nedför den korta trappan ner på landbacken. Solen spred sitt ljus över den väldiga startbanan som låg torr framför honom. I flygplanskroppens skugga ett antal meter bort låg någonting som såg ut som ett stort bylte av tyg med ett oformligt innehåll som var dolt under det. Tre personer stod vid sidan av och samtalade med varandra. Teknikerna var inte riktigt klara. En mörk fläck hade spritt sig och runnit fram en bit så att den nu strilade ut och sträckte sig utanför överdraget som lagts över offren. Karl rundade den smala strimman av blod som ansamlats på marken när han steg fram till den plats där offren befunnit sig vid attacken. En av männen vände sig mot Karl när han närmade sig. Han nickade svagt igenkännande och gjorde ansats till att lyfta undan överdraget som lagts på kropparna när Karl var alldeles nära. Karl nickade tillbaka och stannade till precis intill och väntade. Han tog emot ett par gummihandskar som sträcktes fram mot honom. Han trädde händerna i dem och lät armarna hänga ner vid kroppen en bit ifrån lårens utsida medan han studerade det som framträdde framför ögonen på honom. En kvinna och en man, någonstans mellan trettiofem och fyrtiofem låg på mage båda två. Kläderna var oklanderligt släta och hade det affärsmässiga utseendet och det formella draget i ljust grått, svart och mörklila hos kvinnan. Mannen var klädd i kostym och hade blanka skor med tunn sula. Mannens väska var bullig och i ett svart nylontyg med dragkedjor och fack med kardborrknäppning på utsidan. Kvinnan hade haft en mindre beige handväska och en smalare rektangulär portfölj i mjukt material. Mannen hade skrubbsår i pannan. Vänsterhanden var knuten med fingrarna svagt böjda och halvt öppna med utsidan av fingrarna ner mot marken i en onaturlig ställning. Hans ena vita skjortärm hade blivit rödfärgad. Jackan var uppknäppt och halsduken smal och rutig och låg löst instoppad med ändarna i kors innanför dragkedjan på en tunn jacka. Ansiktet var vitt och ögonen slutna. Kvinnans ansikte doldes av håret som låg ner och hade fallit från trakten kring öronen ner över kinderna. Munnen var öppen. Läppstiftet var i en stark nyans. Hela underarmen vilade i en pöl av blod som sugits upp av tyget i kavajen utanpå den tunnstickade tröjan. Hon hade kritvita gympaskor med grov sula på fötterna. Handväskan låg till hälften dold under magen och stack ut på höger sida.

"Vet vi vilka de är?" frågade Karl och drog en hand över hakan där han lät den ligga kvar en stund.

"Renata Andersdotter och Kim Kremmeborg. Trettiosju respektive fyrtiotvå. Hemmahörande i Malmö respektive Lund." Karl såg mot teknikern som tagit av sig gummihandskarna och läste från en lapp som han höll i handen. Karl nickade sakta.

"Vad gjorde de?" undrade han.

"Företagare i förpackningsbranschen."

"Förpackningsbranschen? Finns det en sådan?" frågade Karl. Teknikern nickade tydligt.

"Ja. Plast och kartong", förtydligade han för Karl som gjorde en min.

"Så det här blev sista resan alltså", sa han mest för sig själv.

"Det ser så ut", sa teknikern som hört vad han mumlat och svarade för att vara till lags.

"Jag misstänker att du har någonting mer till mig", sa Karl och vände upp blicken från offren. Mannen i overallen höjde handen med plastpåsen där någonting blänkte till i solskenet som vid det här laget gjort att temperaturen gått upp till nio plusgrader på förmiddagen.

"Ja", sa han. "De här hittade vi. De hade skjutits ur magasinet på det ställe där de stod när de avfyrade salvan." Karl kikade mot påsen som teknikern höll upp.

"Ja, jag förstår", sa han och synade innehållet närmare. "Jag kan ungefär tänka mig vad det kan vara. Men vi får se på resultatet när det kommer", fortsatte han. "Och i maghöjd, framifrån?" la han till.

"I höjd med magen, ja", instämde teknikern och nickade snabbt.

"Jag får tacka så länge", sa Karl. "Nu väntar snart bara en sista resa inuti en annan försluten förpackning för de här personerna. Det är sorgligt", sa han och började dra av sig gummihandskarna och backa en aning med fötterna.

"Lycka till!" sa mannen mittemot honom medan han granskade Karl.

"Tack. Du också!" sa Karl och vände sig om och började gå mot hörnet av byggnaden, den som skulle leda honom rätt till parkeringen med bilen på baksidan.

Kapitel 3

Han knep om pinnen med den räfflade ytan så att persiennen vinklades en aning uppåt när han stod inne på rummet. Sedan flödade solen in från den öppna sikten från himlen ovanför husen. Gatan var glest trafikerad med fordon som långsamt tog sig fram från den ena sidan av gatan till den andra innan de försvann bakom hörnet mot de mer centrala delarna av Kungsholmen. Den del som var livligare trafikerad och där butikerna trängdes om utrymmet mellan tunnelbanenedgångar, inomhuscentrum och gatukök. Det var den gamla vanliga väntan på att bevismaterial och upphittade artefakter skulle gås igenom med minutiös noggrannhet. Det var innan de till sist hamnade på utredarnas bord. Sedan skulle en ny väntan följa innan analyserna skulle bli klara. Däremellan var det meningen att de fria tankebanorna och fantasin skulle flöda hos sådana som han själv. Han vred tillbaka persiennpinnen i ett läge som gjorde att rummet skuggades lagom mycket för att han skulle kunna sitta vid datorn utan att ljuset hindrade honom att se vad som stod på skärmen. Han hade redan ett annat fall som åklagarna skulle ta upp till prövning. Det hade tagit ett par månader att samla bevis och hålla förhör för att till sist kunna ringa in förövarna. Det nya fallet bedrövade honom. Han skulle bli tvungen att kontakta företaget och sätta sig in i allt som de jobbade med för tillfället. Alla affärer och konkurrenter. Alla kontrakt och avtal som hade skrivits eller ingåtts under de senaste sex månaderna. Plus raden av anhöriga som skulle få den tråkiga upplysningen om vad som hade hänt. Förpackningsindustrin var kapitalkrävande. Det kunde han tänka ut om han ansträngde sig för att sätta sig in i hur det måste se ut. Antagligen fanns det förgreningar utomlands men det var ingenting som han hittills hade upptäckt i de enkla sökningar efter information som han gjort. Det var under den senaste timmen. Att dådet hade personliga motiv hade han genast lagt åt sidan och tömt ut möjligheten för. Det var helt enkelt inte troligt. Inte med det tillvägagångssättet. Han skulle också behöva följa offrens planering under den dag som det var meningen att de skulle komma till stan. En planering så som den var tänkt att ske om det som skedde aldrig hade hänt. En möteskalender skulle skickas upp till kontoret i stan där han satt. Den skulle antagligen landa med post redan dagen efter. En fil med liknande innehåll skulle också skickas och gås igenom av någon innan Karl kunde få den överskickad till sin dator, öppna den och gå igenom innehållet.

I dokumenteringen hade han skrivit ner allt så utförligt som han bara kunde. Allt som han sett, hur oviktigt det än kunde verka, skulle skrivas ner. Alla iakttagelser runt omkring skulle på något sätt också tryckas in bland all information. Till sist skulle hans egna tankar och tidiga slutsatser få rum någonstans i dokumentet. Sedan skulle han skriva ut det, sätta upp det tillsammans med foton av skiftande karaktär över whiteboardtavlan, och ha det som utgångspunkt för kommande tanketrådar. Vittnesförhören var emellertid det första som skulle tas om hand. Linda hade fått i uppdrag att ringa några anhöriga och skulle sedan ta kontakt med några av dem som funnits på plats och som bevittnat själva händelsen. Linda Olsson, hans utmärkta kollega. Själv hade Karl en lista med namn nedskrivna på ett vanligt papper som han skulle beta av från toppen till botten. Brick ville helst få det klart redan den dag som var i dag. Så hade han sagt. Karls egen tidkalender var på så sätt fylld fram till sexton och trettio, och skulle så vara under de närmast kommande dagarna.

Efter att ha ringt ett samtal och fått kontakt med det namn som stod högst på listan hade han satt sig i bilen och var nu på väg längs E4:an norr om stan. I de södra delarna av Solna hade köerna inåt stan börjat glesa ut. Han slängde en blick åt höger och kunde konstatera att det rullade på ganska bra inåt stan. Själv bytte han fil en gång mer än han normalt brukade göra och drog upp farten mot norrort. Han tyckte att det var viktigt att vara på plats och följa reaktionerna hos den som han skulle avkräva information. En del gånger kunde han i sällsynta fall nöja sig med att slå en signal och ta det hela på telefonen. Det enda han trodde sig förstå så här långt av fallet förutom det icke-privata motivet var att det inte kan ha varit ett ögonblicksdåd. Förövarna visste exakt vilka det var som skulle attackeras, när de skulle landa, och var de skulle landa. Frågan var nu bara att försöka förstå varför det hade hänt över huvud taget, och varför just nu.

Han tänkte på hur Brick stått och rivit sig i håret i korridoren när Karl kommit in och avlagt rapport om händelsen i sig. De hade blivit stående utanför hans dörr den första stunden. Brick hade blivit tvungen att ställa in ett möte som var planerat sedan två veckor tillbaka. Det skulle skjutas upp till åtminstone två dagar senare. Karl fascinerades ibland av skillnaden mellan Bricks organisationsförmåga å ena sidan och hans röriga yttre uppenbarelse å den andra. De sidorna gick inte ihop. Eller också gjorde de det på ett perfekt sätt. Hans yttre skvallrade om någonting helt annat än vad som rörde sig inom honom. Det hade Karl fått erfara många gånger. Det var på det sättet han hade lärt känna honom. Det var särskilt klädstilen som förutom hans personlighet var det mest iögonfallande. Brick var också den gode och den rättvise. Själv anade Karl att han i sin egen person måste vara ganska så genomskådningsbar för andra som mötte eller lärde känna honom. Ingen hade sagt det till honom. Han bara anade att det var så. Efter att ha kliat sig i håret ett antal gånger hade Brick helt plötsligt och oväntat tackat för upplysningarna och återgått till stolen vid skrivbordet där han slagit sig ner med dörren fortfarande öppen till korridoren. Karl hade kikat fram i dörrspringan och snabbt kastat ett öga på honom men ångrat sig när han såg hur upptagen Brick hade sett ut med det aningen diströ uttrycket i ansiktet.

Det blåste en iskall vind genom den minimala öppningen högst upp på sidorutan som han med en snabb knapptryckning hade framkallat och försatt i rätt läge. Körbanan var snustorr och solen låg på hans händer på ratten. Han svängde av och stannade intill ett köpcentrum efter att först ha roterat i en betongrondell som avvek från motorleden i en vid sväng. Han hade blivit aningen varm om ryggen i sätet där han suttit och kört den förhållandevis korta sträckan. I lägenheten som han blev insläppt i hade de gula virkade gardinerna rakt fram släppt in något av samma ljus som det som värmt honom under färden ut i förorten. Han slog sig ner i soffan och fiskade fram blocket som han släppte mot bordsytan samtidigt som han slog en blick runt rummet med de små tavlorna som satt ungefär i ögonhöjd när man stod upp. Mannen som slog sig ner mittemot honom var i hans egen ålder och var klädd i en kostym som inte följde intrycket av inredningen i rummet. Han passade inte riktigt in. Karl frågade en aning försynt om mannen bodde där eller var på besök och fick en bekräftelse på sina tidigare tankar. Det var flickvännens lägenhet. Han var bara där tillfälligt. Det hade varit meningen att han skulle haft ett möte med de personer som suttit på planet och gick under namnen Andersdotter och Kremmeborg. Karl nickade i förståelse och med inlevelse med bara ett uns av den tankspriddhet som han olyckligtvis normalt kände när han tyckte sig vara någonting spännande på kornet. Han smuttade på vattenglaset som Ivar Lyvarsen ställt fram bara några få minuter tidigare. Sedan kastade han bryskt fram frågor om hemort och bakgrund, skolgång och vänner, och raspade ner alltihop i blocket som han hade vilande i knät. När Lyvarsen kom till den mer yrkesmässiga relationen och kontakten med offren spetsade Karl öronen extra noga. Han iakttog både rörelsemönster och reaktionsmönster hos den utfrågade. Han tillfogade sina egna tankar och intryck bland svaren på alla de frågor han ställde, där det fick plats. Då och då skrev han utan att sänka blicken i blocket. Han hade den fäst och hade uppmärksamheten helt riktad mot den han pratade med.

När han tackat för sig och för allt han fått veta om och genom affärsbekanten drog han sig ut genom porten som klickade när den gick igen bakom honom. Därefter svängde han in på en grill och beställde en korv med ostsmak och potatismos på en bricka med tillbehör i form av räksallad och finhackad gurka inlagd i vinäger. En påse smala pommes frites kunde han heller inte motstå. Medan han stod och åt ensam och med en intensiv koncentration på sina egna tankar dök bilden av offren liggande på marken upp framför hans inre syn. Den var svår att värja sig och göra sig fri från. Denna gång skulle han få kämpa ordentligt för att hitta en lösning på det som hänt. Det kunde han redan nu lista ut. Det han normalt kände inom sig så här i början skulle som oftast slå in. Han hade helt enkelt inte en aning om vad det rörde sig om. Inte den blekaste aning.

Han torkade sig omsorgsfullt med servetten i båda mungipor när han fått i sig, men ännu inte svalt den sista tuggan. Sedan stod han kvar en stund och vilade med blicken ut genom det stora fönstret ut mot parkeringen med alla bilar. De som stod där skulle tankas eller hade ägare som liksom han själv skulle ta sig ett enkelt skrovmål inför vidare färd. Han tryckte upp glasdörren med armbågen och släppte den när han slunkit igenom ut mot den asfalterade planen utanför mackens byggnad.

Kapitel 4

Joel satt mittemot honom och lyssnade medan han då och då kastade ett öga mot köksregionen där det slamrade från diskrummet. Han hade uppknäppt jeansjacka under en tunn ytterjacka med ulligt foder. När ljuset kom i en viss vinkel från fönstret avslöjades de mörka ringarna under hans ögon. De som kanske inte hade varit lika markerade om han bara sovit bättre. Karl fingrade med besticken framför sig på bordet och nöp i servetten medan han förstrött förde den runt i en halvcirkel på bordet.

"Skönt ändå med våren", sa han.

"Fantastiskt", svarade Joel, drog in andan och kliade sig hastigt på halsen.

"Jag kanske ska sitta hemma hela helgen och titta på tv i alla fall. Det var någonting jag inte ville missa men som jag nu inte minns vad det var", fortsatte Karl.

"Vem har fjärrkontrollen på sin sida om soffbordet, är det du?" sa Joel med ett leende.

"Nej, det är faktiskt Emilia", svarade Karl och drog mungiporna uppåt.

"Och om det är sport?" undrade Joel och kisade mot honom.

"Ja, det är likadant då också", sa Karl. "Men jag tittar inte så mycket på sport längre. Det var mera förr. Jag ser inte så mycket på tv alls längre."

"Det är faktiskt samma här. Jag orkar inte sitta stilla länge", sa Joel med en min.

"Ja, det är det här med datorerna som gör det. Man får nog där", sa Karl och snurrade servetten runt ett helt varv på bordet.

"Det hänger på möbleringen. Man kan ju ordna det för sig så att man kan diska och titta på tv samtidigt", sa Joel och kastade ett hastigt öga mot pizzarestaurangens disk.

"Njae, det är tveksamt om jag håller med. Det blir inte så. Man är inte programmerad så. Vardagsrummet är en sak, köket en annan", sa Karl och tittade upp när han såg någon som närmade sig med en stor tallrik åt deras håll.

"Du ska se att det är klart nu", sa han.

"Mm", sa Joel. "Jag är riktigt hungrig. På tal om sport, det är match i kväll."

"Det säger du? Det är väl de grön-vita om jag inte har missat något", sa Karl med några sekunders mellanrum, fortfarande med blicken mot mannen med tallriken som var på väg åt deras håll.

"Du har inte missat något. Det är de grön-vita. Det var din pizza, det där. Nu väntar jag bara på min", fyllde Joel i. "Så vad gör ni då när ni inte tittar på tv?" undrade han och tittade nyfiket mot Karls tallrik.

"Promenerar, pratar jobb, promenerar ännu mer, fikar på stan, åker runt med bil. Letar butiker med begagnade grejer", sa Karl och skar upp en stor mittenbit ur pizzan som låg rykande på tallriken.

"En passiv fritid, som det låter", sa Joel och såg när hans egen tallrik kort senare landade på bordet.

"Det är litet passivt men jag läser mycket. Jag ligger i soffan", sa Karl med besticken i varsin hand.

"Ja, ja. Jag förstår. Exakt min definition av passivitet", sa Joel med ett hastigt uppdykande leende över kinderna. "Jag förstår faktiskt att du tycker att det är passiva sysselsättningar, du som har så många plikter för familjens skull", sa Karl. Joel nickade mot mannen som hade satt ner hans tallrik i bordet och satte genast ner besticken i en kantbit som han skar till och vek kring en bit ost och som blev till en tugga som han stoppade i munnen utan att svara.

"Mm. Gott det här", sa han efter en stund.

"Min var inte så pjåkig heller", sa Karl. "Vi kan byta en dag", fortsatte han när han svalt första tuggan. "Jag passar dina barn och handlar vällingpulver, och du och Johanna får springa i Emilias butiker och ta långa promenader."

"Det låter någonting", sa Joel och skrattade till. "Det kanske blir perspektiv på saker och ting då. För dig alltså."

"Ni har väl barnvakt ibland?" Joel nickade ivrigt med mat i munnen.

"Det har vi. På båda sidor. Johannas mamma är aldrig omöjlig", sa han, svalde och började göra i ordning nästa tugga med omvikt ost på gaffeln.

"Ni får komma ner till kåken någon gång", sa Karl.

"Ska du inte sälja eländet? Inte kan ni sitta så där och åka mellan olika världsdelar fram och tillbaka hela tiden. Det är slut med sådant", sa Joel. Karl skakade lätt på huvudet.

"Nej, det kan vi nog inte. Inte i längden. Men det är härligt. Det är en helt annan atmosfär, du vet. Det är det där med havet och värmen", sa han. Joel hummade och tog nästa tugga. Karl drack ur glaset som klirrade av isbitar som smälte och flöt runt.

"Flytta ut till vårt område och skaffa hund! Där kan du snickra litet och jobba på tomten", sa Joel och förde sitt eget glas till munnen.

"Du har rätt på sätt och vis. Men det är svårt att lämna stan. Jag är så van vid att ha det så här", sa Karl och fick i sig en tomatskiva som hamnat lös på tallriken. Joel nickade.

"Jag skulle aldrig orka med den där miljön och ha barn samtidigt. Aldrig", sa Joel och gjorde en min. "Jag fattar inte hur du kan handla mat nere på Hornsgatan."

"Men tänk vad mycket extravaror som slinker ner i din vagn som du går och skjuter framför dig i sakta mak. Jag vet precis vad jag ska ha, och det är inte en grej som kommer över korgkanten utan att ha varit planerad att köpa innan. Snabbt och smidigt", sa Karl och log.

"Snabbt och smidigt?" sa Joel och tittade mot honom.

"Snabbt som tusan", svarade Karl som hunnit få i sig hälften av pizzan.

"Ja, det är så här det kommer att vara", sa Joel.

"Ja, hur då?"

"De korta stunderna när man får göra någonting eget. Sedan hem igen." Karl nickade.

"Det är väl så", sa han.

"Du, det var inte dumt det här! Var den god, den där med prickig korv?" Karl garvade lätt.

"Det går under namnet salami. Den var bra. Och din?"

"Jättebra. Men hur känns det att bo ensam?" Joel tittade mot Karl sedan han ställt frågan. Karl tog tid på sig att tugga ur munnen innan han svarade. Under tiden funderade han på vad han skulle säga och kunde heller inte låta bli att förundras över Joels stora intresse, och den för dagen stora vilja veta-attityden.

"Ja, nu har det blivit mera så att Emilia oftare är hemma hos mig än i sin egen lägenhet", sa Karl.

"Jaså? Men det var väl roligt!" sa Joel.

"Ja, det är bra. Vi har litet olika åsikter. Ibland när jag kommer hem har hon bytt handdukar i badrummet och dragit i gång en tvättmaskin i tvättstugan. Det är litet roligt", sa Karl med ett leende.

"Du tycker inte det?"

"Jo! Mig gör det ingenting. Men jag vet aldrig vad hon har hittat på när jag kliver innanför dörren", sa Karl och gav honom en blick.

"Hon jobbar deltid?" undrade Joel och fick upp litet tonfisk på gaffeln.

"Ja, just det." Karl nickade och lyfte glaset med de nyss smälta isbitarna helt borta.

"Men, ursäkta! Hur har hon råd?" frågade Joel.

"Vi hjälps åt litet. Ja, åtminstone när hon var arbetslös under en period."

"Ja, du. Det kan inte vara lätt att ha lån och vara utan jobb", sa Joel och förde ihop besticken litet slarvigt på tallriken.

"Nej, det frestar väl på. Det gör väl det", sa Karl och sträckte sig på nytt efter glaset som var immigt och blött på utsidan. Han torkade handen genom att knipa om servetten som fortfarande låg utvikt på bordet. "Så länge vi bor så nära som vi gör så vill hon inte flytta ihop. Det är bara så", sa han sakta. Joel nickade.

"Eller om det är den där tryggheten att ha en lägenhet som trots allt går att sälja och göra sig en slant på", sa Joel.

"Så är det väl", sa Karl. "Nej, vad säger du, ska vi ta en lugn promenad över bron till Skanstull sedan?"

"Ja, det kan vi göra. Jag ska inte hem riktigt än", sa Joel och sköt stolen bakåt från bordet, satte benen i kors och fortsatte äta. Karl fingrade på tröjkragen i halsen och högg in på de sista bitarna som han hade kvar på tallriken.

De släppte glasdörren bakom sig när de klev ut på gatan och började gå Olaus Magnus väg så sakta uppför den långa vägen mot knutpunkten där tunnelbanan förgrenade sig i tre linjer söderut.

"Det blåser ordentligt i dag", sa Karl och drog dragkedjan ända upp i halsen. Joel kisade halvt vänd mot honom och drog åt den svarta halsduken i halsen.

"Otroliga vindar", sa han.

Sanden yrde upp från gatan och svepte fram som i ett moln och rörde sig en lång bit framför dem när den friska vinden drog fram.

"Hur många sekundmeter kan det vara? Det är osedvanligt blåsigt", sa Karl.

"Jag har ingen koll på sekundmeter, men det är enormt vad det blåser", sa Joel. "Man får stänga munnen", la han till.

"Ja, och helst ha glasögon på sig. Jag tror jag fick ett sandkorn i ögat", sa Karl och gned sig försiktigt i ögonvrån.

"Inget vidare", sa Joel vars huva på jackan dansade runt bakom ryggen på honom.

De tunna grenarna på de smala träden i parken till höger om dem rörde sig i takt med vindarna som drog fram över allting mot den kalla blå färgen på himlen bakom.

"Det är någonting helt otroligt", sa Karl och drog upp huvan på jackan och höll i ena kanten vid ansiktet på den. Joel hostade till och drog upp snuvan som genast dykt upp i näsan.

"Brallorna ligger slickade på smalbenen", sa han och fick ett snabbt ögonkast från Karl som tittade ner mot det som Joel syftade på.

"Ja, det är knappt man kan gå när det kommer en sådan där riktigt kastvind", sa han. Han tog efter en stund några viga kliv nedför den lilla trappan ner mot gångvägen under bilrondellen. Där var det mörkare än ovanför betongformationen.

"Så du tror de vinner i kväll?"

"De grön-vita? Sällan!" sa Joel och tog ut stegen över gångvägen.

"Nej, det tror ju inte jag heller, men man önskar ju det", sa Karl och hade blicken inställd långt framåt över bron. "Jag kommer alltid att tänka på Folksam-händelsen när jag befinner mig här", sa han trevande och nickade framåt mot byggnaden på andra sidan bron."

"Ja, det gör jag också", instämde Joel medan vindarna på nytt tog tag i hans huva på jackan.

"Jag kan inte tänka på någonting annat när jag kommer hit till de här trakterna", upprepade Karl.

"Jag förstår det. Vem kunde ana hur det skulle bli sedan?" sa Joel.

"Ja", sa Karl på ett utdraget sätt och tittade upp mot det blå. Joel, som gick närmast staketet spanade ner över kanalen som lät sina lätta vågor skvalpa runt och slå in mot kajkanterna på sidorna. "Det är våren", sa han. "Det ska vara så här." Karl drog ett andetag och hummade med blicken mot höghuset med alla sina till synes små fönster mitt framför.

"Det måste väl vara det här man har längtat efter", sa han och sög in omgivningen i sitt medvetande. Då och då tittade han bakåt för att se om det kom en cyklist som skulle förbi på hans vänstra sida. Ett tunnelbanetåg dundrade förbi över spåren på den motsatta delen av körbanan. Det glittrade till i fönstren på det när solstrålarna träffade dem i ett visst läge innan det for vidare i en svag nedåtlutning över bron mot stationen under gatuhöjd. Karl pekade med en menande blick mot bilen med de klara färgerna längre fram. Joel nickade med ett leende.

"Ja, nu är de ute på grönbete", sa Joel.

"Ja, nu har våra kollegor att göra", sa Karl. "Det ser ut att vara ett långt tåg av människor. Åtminstone härifrån." Joel kisade med blicken framåt och med en hand över ögonen i pannhöjd.

"Bengaler", sa han.

"Ja. Och säckpipa. Det hör man svagt härifrån", sa Karl.

"Och säkert en textrad med tillhörande melodi. Hur många sådana där uppdrag har man inte varit med om?" sa Joel och tog ner handen. Karl hummade och sveptes förbi av en cyklist som snabbt rullade fram på sidan av honom.

"Om vi lyckas ta oss igenom det där så skulle jag behöva gå in i köpcentrumet och titta på en sak", sa Karl.

"Jag följer med. Jag tror vi får grönt ljus snart", sa Joel, som en stund senare stannat till och nu tittade mot trafikljusstolpen. I viadukten under vägen mellan en butik och själva tunnelbanestationen satt en ensam gitarrist och spelade. Det ekade när ljudet studsade mot betongväggarna. Sedan tog de den korta rulltrappan upp till gatan med butikerna på andra sidan. Karl spanade på blommorna som var uppställda utanför en butik.

"Som sagt", sa han. "Jag ska inte ha någonting mer än det som jag har planerat att köpa." Joel garvade lätt och sänkte huvan ner på ryggen innan de steg in genom ingången.

"Då känner jag dig rätt", sa han.

Kapitel 5

Ljudet från en kråka som utstötte två utdragna, entoniga läten hördes över takåsen i den för övrigt tysta atmosfären. Han kunde inte tro sina ögon. Utanför singlade små, glesa snöflingor ner från en grå himmel. Det skulle snart vara april. Den månad då man som mest lurades av både väder och vind. En jämn dragkamp. Men en dragkamp som till sist skulle finna sin segrare i vårens och värmens tecken. Så hoppades han att det skulle bli. Och helst så snart som möjligt. Korridorerna på avdelningen hade närmast ekat tomma under de senaste dagarna. Bakom en av de stängda dörrarna satt Mattias Jander och utövade sina utmärkta it-forensiska kunskaper som han tillförskansat sig under senare år. Då och då hade han visat upp sitt ansikte med den normala surmulenheten. Antingen i kön till matsalen eller under morgonmötena i samlingsrummet där de alltid satt i den tidiga timmen. Där hade stolarna med ett skrapande ljud som gnisslat över golvet skjutits in till bordet under en förstulen tystnad som tagit dem i besittning sedan händelsen på flygplatsen. Brick hade sett mer disträ ut än någonsin. Hans röst hade varit tystare och uttryckt den tveksamhet som alltid kom över honom när han övermannades av dylika händelser som hade en prövande inverkan på hans krafter. Tidvis hade han stängt in sig och varit oåtkomlig bakom den rött lysande lampan vid dörrkarmen. Den som visade att han inte ville bli störd. Linda och Karl hade vid ett tillfälle stått och spanat i korridorens andra ände när Brick släppt in någon. Det var någon som han skulle ha möte med bakom stängd dörr. Karl hade inte känt igen honom. När han hade tittat mot Linda hade hon bara skakat på huvudet och gjort en diskret rörelse med axlarna i en ruskning. Antagligen kom han från de södra trakterna av landet. Och antagligen var han något slags chef eller utredare. Det hade på något mystiskt sätt som Karl själv inte kunde förklara fått Karl att känna en alldeles särskild motivation under de inledande manöver som skulle utföras. Han kände energi. Han hade fått upp farten. Han hade själv hållit ett flertal förhör med både vittnen och arbetskamrater till de förolyckade i attentatet. Visserligen ganska resultatlöst så här långt. Men med inte helt ointressanta uppgifter som ändå kommit fram.

Jander var en torris. Men det var också hans styrka. Med Linda var det annorlunda. De kunde skämta om de mest otänkbara saker. Men aldrig på ett sätt så att de gick över gränsen. Hon var rak och kunnig och saknade inte ambitioner. Men hon kanske gav upp litet för lätt. Karl uppfattade det själv som att hon saknade han egen uthållighet och envishet. I och med att hon däremot saknade Karls naivitet blev hon däremot aldrig så överrumplad som han ibland kunde bli. Där hade han själv en svaghet. Och det gick visst aldrig att komma över den saken.

En timme innan snöflingorna börjat falla hade han suttit vid skrivbordet med dörren till rummet öppen. Ett rasslande bakgrundsljud hade beledsagat hans sysslande med sökningarna på datorn. Det tog tid att hitta människor. Namn, personnummer, adresser och sysselsättning. När han till sist med en blick mot klockan kunde konstatera att han med gott samvete utan vidare hade rätt att resa sig och lämna avdelningen hade han gjort just det. Han hade loggat ut, kastat den tomma pappmuggen med en svagt brunaktig chokladrand högst upp vid kanten, i papperskorgen. Sedan hade han trätt armarna i jackan och låst efter sig. Av någon anledning hade han först hamnat i närheten av kapphängarna i inbuktningen som fanns i form av en alkov med spegel på väggen bredvid klädhängarna. Där hade han stått stilla en stund. Helt utan anledning. Så som han såg det. Sedan hade han svängt tillbaka samma väg och nickat mot Linda som stått i sitt eget rum. Hon hade kastat ett snabbt leende tillbaka mot honom när han drog fram på andra sidan glasrutan.

Han stannade till mitt på gården och spanade uppåt. Kråkan satt fortfarande kvar. Det blänkte av färgen på himlen i fönstren runtom innergården. I famnen hade han Frippe som låtit sig bäras hela vägen nedför trapporna från lägenheten. Han satte ner honom på marken medan han travade vidare mot porten till Emilias trappuppgång. Gummistopparen som låg på fönsterblecket innanför släppte han under dörren och sköt till så att den inte skulle gå igen. Sedan ställde han sig och drog in den kvardröjande vinterluften i några andetag medan han väntade på att katten skulle trava runt en stund för att till sist frivilligt gå med på att bäras upp i nästa trappuppgång.

"Vad fint du har. Har du möblerat om igen?" frågade han medan han vände sig runt. Emilia log snarast generat och sökte med blicken runt den lilla lägenheten på nitton kvadrat.

"Det kanske jag har", sa hon och lät glad.

"Ja, bra blev det i alla fall", sa han igen.

"Härligt. Vill du ha te eller mat?"

"Gärna någonting att äta", svarade han.

"Ja, du kan få efterrätt också", sa hon. "Jag gjorde något slags mannafrutti för en timme sedan."

"Det blir jättebra", sa han. "Vad fint det är! Vad är det som är nytt?" sa han igen litet fundersamt och tittade runt ett varv till.

"Det är väl den där korgstolen i hörnet", sa hon och drog en hand genom håret.

"Ja, just det! Den är ny. Det måste väl knarra litet när man sätter sig i den", sa han vänd mot henne som lät en svag nickning i hennes ansikte synas.

"Pröva, så får du se", sa hon och gjorde reträtt till den lilla köksregionen.

"Jobbet då? Hur har du det?" undrade han och satte sig ner i korgstolen med armarna vilande mot armstöden.

"Det är bara lugnt. Inget nytt."

"Mm", sa han och rörde sig i stolen som knarrade till.

"Den håller väl?"

"Ja, det gör den alla gånger. Hur har du det själv?"

"Jo, det är synd att klaga", sa han på ett inte särskilt uttömmande sätt.

"Johanna ringde häromdagen", sa hon.

"Jaså? Vad sa hon då?"

"Hon hälsade."

"Och mer då?"

"Det var bra allting. Joel hade tydligen hittat någon motor som ha hade ställt upp på en bänk i garaget. Det var ett jäkla liv, sa hon. Men trots att det var en motor var det ingenting som rörde sig." Karl gav upp ett skratt.

"Jaså? Han har ju sina intressen."

"Ja, han har ju det", sa hon och log.

"Vad ska man ha en motor till? Det skulle saknas en kaross och litet annat", fyllde han i.

"Man skulle tycka det", sa hon och öppnade och stängde en av skåpluckorna. "Nu är det redan snart klart."

"Vad härligt. Det var snabbt. Vad har du hittat på?"

"Stekt fisk i olja. Pressad potatis. En sås med mycket tomatpuré. Det gillar ju du. Jag gjorde den tidigare. Det var bara att värma upp den", sa hon.

"Ja, det låter ju perfekt. Du! Vad skulle du säga om vi åkte till något köpcentrum och kikade litet?"

"Är du ute efter någonting särskilt?" undrade hon och plockade med besticken som hon tagit fram ur lådan. Frippe plirade mot Karl som såg honom ligga i soffan på en filt.

"Nej. Jag tänkte bara att det kunde vara en viss omväxling. Bara gå runt ett varv och titta på allt. Avkoppling.

"Ja, det kan vi väl göra. Det låter ju trevligt", sa hon.

"I morgon?" frågade han.

"Ja, varför inte? En lördag är ju perfekt. Men du gillar ju inte en massa folk?" la hon till och steg över tröskeln till rummet.

"Så farligt är det inte. Någon gång står man ut", sa han och tittade på när hon dukade upp med tallrikarna och glasen på bordet. Sedan reste han sig upp och steg fram i bordets riktning. "Får han någonting?" frågade han och syftade på katten.

"Javisst. Jag värmde på litet åt honom också", sa hon och gick tillbaka mot köket.

"Men vad trevligt då. Alltid är det någonting man kan titta på", sa han litet kryptiskt.

"Du går kanske i mutter-och spiktankar?" sa hon och satte ner fatet till Frippe som tittade åt hennes håll och genast kom lätt trippande i hennes riktning.

"Ja, det också. Det är skönt att bara kasta bort några timmar."

"Mm", mumlade hon.

Kapitel 6

Karl hade kastat i väg ett morgonmeddelande på telefonen till Emilia och hade nu hamnat framför fönstret där han intog kaffet på stående fot i köket. Det var visserligen uppehåll, den dag som var stundande, men det var fortfarande isande, kalla vindar. De envisades med att dra fram mellan husen och över de öppna slänterna. Han hade vaknat med sandkorn på lakanet i sängen och som han dragit med sig då han gått barfota över golvet mellan toaletten och sovrummet under den tidiga morgontimmen. När han hade tagit in lakanet som fått vädra på balkongen hade det fått en fräschör över sig som var välkommen. Molnen var konturlösa i kanterna som nästan var genomskinliga och löstes upp framför hans blick över takåsen mot norr. Bakom dem hade himlen antagit den färg som kunde sägas vara hans favorit. Den vackra klarblå färgen så som den såg ut en vacker sommardag. Än skulle den emellertid dröja. Sommaren. Han hade för en gångs skull så att säga lämnat jobbet på kontoret och i stället kopplat på ett alternativt system av tankar, men även planer. Inte så att flygplatsscenen inte skavde i bakhuvudet på honom. Det gjorde den, men han kunde inte umgås med synen under dygnets alla timmar. Det skulle bara inte hålla. Han tömde den sista skvätten kaffe ur botten av koppen och satte den under den spolande kranen i ett par sekunder innan den fick ta plats i diskhon. Sedan drog han på sig den stickade tröjan som hans faster Greta hade skickat till honom och som landat med post, dagarna efter jul. Den värmde och kändes rejäl. Snygg i färgerna och mönstret var den också.

Han tyckte att han hörde någonting som frasade till utanför ytterdörren. För säkerhets skull tryckte hon in ringklockan på dörren innan hon satte nyckeln i låset. Det var för att riktigt signalera sin ankomst. De hejade på varandra. Hon rotade i axelremsväskan efter en vattenflaska. Sedan hon klunkat i sig litet av vattnet kramades de om. Karl drack en skvätt kallt te som stod kvarlämnat i en mugg på bänken i köket. Kort därefter ångade de ner för trapporna till porten och steg ut på trottoaren utanför. Emilia drog åt halsduken runt halsen när den första vinden gjorde sig påmind.

"Jag har redan sett mer än en person i shorts", sa hon.

"Nyligen?" undrade han och tittade rakt fram på gatan.

"Mm. Det var i går."

"Ja, jag vet inte vad det är som driver dem", sa han.

"Jag har också sett flera stycken i shorts." Han rotade efter nyckeln i fickan och stängde av billarmet när de en stund senare närmade sig parkeringsplatsen där den stått över natten.

"Behöver du tanka?" frågade hon och drog upp dörren till passagerarsätet fram. Han skakade på huvudet.

"Nej", sa han. "Det är redan gjort."

"Det är ingen rolig upplevelse, vad?" Han drog skevt på munnen.

"Att tanka? Nej, det är klart att det har blivit dyrare", sa han. "Men just den här gången vinner behovet av bekvämlighet över de andra behoven." Hon log lätt åt hans uttryckssätt.

"Hur långt kommer man på en liter bensin?" undrade hon.

"Det är några kilometer", svarade han.

"Tack för svaret", sa hon en aning ironiskt.

"Jag kan inte riktigt svara på det eftersom jag inte har det i huvudet just nu", sa han och startade bilen.

"Har du ätit vitlök?" frågade hon.

"Mm", sa han och kastade ett snabbt öga på henne.

"När då? I dag?"

"I går. När jag kom hem. Jag tog några wienerkorvar som jag hade i kylen."

"Jaha."

"Köp inget krimskrams, Emilia", sa han när han svängt ner på Hornsgatan. "Badrumsmattan som du har är den bästa man kan få för pengar."

"Vem har sagt någonting om någon badrumsmatta?" undrade hon.

"Jag vet hur du funkar", sa han med blicken rakt fram.

"Ska vi gå på bio någon gång?" frågade hon. Han tittade snabbt mot henne.

"Det kan vi göra", sa han.

"Jag ska se om det finns någonting man kan dekorera med", sa hon.

"Var då?" undrade han. "Inte i badrummet, hoppas jag."

"Vadå hoppas?"

"Jag menar bara att det är så onödigt. Det är så fint som det är", sa han snabbt.

"Jag har idéer", sa hon och kliade sig på näsan.

"Ja, vi har väl alla våra idéer", sa han. Raksträckan med den torra asfalten som sträckte ut sig i deras färdväg var tom på bilar. Bakom låg en liten ettrig krabat som höll sig en aning för nära. Karl hade lust att trampa litet grann på bromsen men gjorde det inte.

"Det var länge sedan du var på södersidan, vad?" frågade han efter en stund.

"Mm. Jag kan knappt minnas när det var", sa hon.

"Nu har matcherna börjat igen. Det är fullt ös", sa han med betoningen på varje stavelse i de sista orden. Hon skrattade till.

"Saknar du det där?" undrade hon.

"Både ja och nej. Det var roligt. Det är inte lika roligt när det blir en aggressiv stämning, så klart."

"Händer det ofta?"

"Det händer", sa han kort.

"Mm", sa hon och tittade ut genom rutan mot den sydligaste knutpunkten efter bron.

"Men visst var det roligt. Det är ju ett jobb", sa han och tog upp tråden igen efter att ha rattat sig rakt fram genom den lilla rondellen.

Hon satte det ena benet över det andra och fingrade på bältet som låg tvärs över bröstet. Gummimattan under fötterna gled en aning under den fot som vilade på den. Över deras huvuden var himlen blå. Det syntes inte att det blåste, men det gick att ana sig till det. Än så länge hade knopparna på träden inte börjat ta form så att det gick att upptäcka dem. Det skulle dröja ett par veckor till.

"Känner du vad varmt det är?" sa hon.

"Mm. Härligt", sa han. "Vad ska vi göra i sommar?"

"Ja, det är det stora frågan", sa hon och fick ett leende över läpparna.

"Vadå? Brukar jag var villrådig eller nåt?"

"Ja, ganska så mycket åt det hållet", sa hon.

"Jamen, kom på någonting", sa han i ett uppmuntrande tonläge.

"Jaha? Vad man än föreslår så blir det nej. Känner du inte igen det?" undrade hon retoriskt.

"Låt mig fundera", sa han. "Det kan ligga någonting i det du säger. Men då är det för att det inte är riktigt genomtänkt", sa han.

"Säger vem då?" sa hon med en snabb och road blick på honom.

"Jamen, vi säger väl att du får bestämma den här gången då", sa han.

"Då blir det en vecka i skärgården, om jag får bestämma."

"Och jag får inte säga någonting emot?" frågade han och kastade ett hastigt öga genom rutan på sin egen sida åt motsatta hållet från där hon satt.

"Inte den här gången", sa hon skämtsamt.

"Mm", sa han. "Skulle de bygga tunnelbana hit? Har du hört någonting?" sa han och nickade lätt rakt fram.

"Jag tror det, vad jag kommer ihåg", sa hon.

"Ja. Det byggs och byggs", sa han disträ. "Hur länge stannar vi? Två timmar?"

"Tre timmar. Jag tycker det är bäst att ta tre timmar på parkeringen", sa hon snabbt.

"Hm. Det kan vi säga", sa han och började svänga in mot den stora parkeringen.

"Du har väl telefonen med dig så att vi kan ringa varandra om vi skulle komma bort oss?"

"Inte kommer vi bort oss", sa han.

"Jamen, du vet?" sa hon.

"Jag har telefonen med mig. Ingen fara", sa han.

De steg ur och smällde igen dörrarna. Emilia satte upp håret i en ny tofs i nacken sedan den förra blivit för lös. Karl drog upp dragkedjan i jackan och suckade svagt.

"Vad suckar du åt?"

"Storskaligheten", sa han. "Det är bara att titta sig omkring", fortsatte han och gjorde en svepande gest över parkeringen med det tusentalet bilarna som lyste i alla färger så långt ögat nådde.

"Ja, det är så det är", sa hon och följde hans handrörelse. Glasdörrarna drog sig åt varsin sida när de närmade sig och fick rörelsemekanismen att reagera. Innanför var det packat med folk. Varuvagnarna stod i långa formationer som såg ut som svansar. De utbytte blickar. Hon nickade. Han drog ut en varuvagn som rasslade till när den skildes från dem som den suttit ihop med i den långa vagndepån.

"Jaha!" sa han. "Det är sådana här gånger man är glad att man inte har en fyraåring i släptåg med sig."

"Försök se det litet positivt. Det är ett sätt att umgås, vara social och fördriva tiden", sa hon.

"Och göra av med en jäkla massa pengar", sa han.

"Ja, vi hoppar över skrotet och går på guldkornen", sa hon och drev med honom utan att han lyckats fånga upp andemeningen.

"Har du någon armbandsklocka?" frågade han. Hon tittade förvånat på honom.

"Det vet du väl?" sa hon.

"Ja, ibland har du det. Men just i dag, menar jag", sa han.

"Jaså, du menar just i dag. Jajamensan, det har jag. Men jag förstår ändå inte hur du menar", sa hon. De gick rakt fram förbi en uppställning av varor som dignade av saker bredvid dem och sträckte sig en bit över deras huvuden. Emilia gäspade.

"Redan trött?" frågade han.

"Ja, faktiskt. Men det ordnar sig. Det är bara en tillfällig svacka." Han nickade till svar.

"Vi fikar någonstans efteråt", sa han.

"Ja, det låter trevligt", sa hon. Hon gick bredvid vagnen som han sköt framför sig över det stora golvet mellan hyllorna. I taket hängde stora skyltar som pekade ut riktningen för varor, indelade efter användningsområde och typ.

"Vem kan inte bli trött?" sa han mest för sig själv.

"Jag ska in på gardinavdelningen", sa hon.

"Jag kan just tänka mig det. Ska du ha den här?" undrade han och syftade på vagnen.

"Nej, den kan du behålla så länge."

"Jag drar mig nog åt förvaring och redskap", sa han.

"Verktygsavdelningen?" undrade hon. Han hummade.

"Ja, jag tror det. Det går väl bra?"

"Det går bra. Jag kommer efter", sa hon. Han log och drog vidare genom den breda gången rakt fram medan hon vek av åt höger och drog i knuten till hästsvansen i nacken.

Det var som att sacka sig fram längs en körbana. Den stora skillnaden var de personer som skulle röra sig ut på den breda gången, och inte hade tid att hejda sig innan de klev fram med sina vagnar precis framför honom. Det blev många tvärstopp. Han kände efter en stund en retning i näsan, och fick fram en pappersnäsduk precis i rätt ögonblick innan nysningen var ett faktum. Sedan torkade han sig diskret under näsan och fortsatte den makliga promenaden framåt med händerna liggande på vagnens handtag. Han kände sig redan törstig. Någonting läskande och porlande skulle inte sitta i vägen. Det fick vänta ändå. Plötsligt slog det honom hur privilegierat det var. De hade tagit sig igenom både farsot och bekymmer av de mest olika slag. Han såg de unga offren på flygplatsens asfalterade yta för sin inre syn igen utan att han manade fram det med vilje. Det skulle krävas ordentligt med arbete som han hade framför sig som han skulle kunna lösa händelsen i sig. Det hade han förstått på en gång, att det skulle bli en nöt att knäcka. Han väjde för en vagn som hastigt och oväntat dök ut framför honom från bakom ett hörn. När han tvärstannade kolliderade vagnen bakom honom med honom själv. Utan irritation vände han sig sakta om och bara nickade mot personen bakom som ursäktade det inträffade.

En stund senare kom han fram till verktygsavdelningen. På vägen dit var det elektronik och apparater av alla sorter. På alla sidor och på alla kanter. Han tittade runt. Någon musikanläggning var han inte i behov av. Men det var roligt att bara kasta ett öga på de olika produkterna. De var ofta små och behändiga, och i en formgivning som drog åt retrohållet. Det roade honom.

Han la ner halsduken för att markera vagnen som upptagen om han skulle behöva lämna den för ett kort ögonblick. Han passade även på att knäppa upp jackan. Det kändes genast hur olidligt varmt det hade blivit under den bland alla människor. Lustigt ord egentligen. Människor. Varifrån kom det? Man skulle kunna tro att det hade sin grund i män i skor. Hade det varit kvinnor som det hade varit tal om, hade det nog hetat kvinn i skor. De var ett eget släkte. Från shoppingplaneten. Han kunde bara hoppas att han hade vetorätt när det gällde det kommande innehållet i Emilias varuvagn som han drog framför sig. Vad var det han var ute efter nu igen? Han hade blivit drabbad av någonting som hade med Joel att göra. Inte så att han skulle köpa en bensinmotor att ställa upp på en bänk och meka med. Men det fanns en lust någonstans att kunna retirera åt någonting att pyssla med. Konstigt egentligen att de aldrig hade cyklat, han och Emilia. Det var ju ett nöje. Men än så länge hade det inte blivit av. Han lyfte upp en förpackning med minimal text på baksidan, och vred på den. Han satte tillbaka den igen. Långsamt vände han sig åt andra hållet. Han kunde inte minnas senast han hållit i en skiftnyckel. Det måste ha varit åratal sedan. Konstigt hur man bara kunde glömma sådant som förr haft en lockelse och varit ett så självklart inslag i vardagen. Eller åtminstone under helgerna. Han kanske började bli gammal. Kanske hade han börjat resignera. Han stannade till inför en dekoration och tittade på den en stund. Fjädrarna framför honom gick i de flesta färger man kunde tänka sig. Snart skulle påsken komma. Det gick snabbt. För snabbt. Det hade han och Emilia inte haft svårt att enas om. Skärgården kanske inte skulle vara så dumt ändå. En stugsemester med plastbestick och TBE-vaccination i förebyggande syfte. Kallt badvatten och dyra restaurangpriser. Men härliga promenader över klipporna. Det kunde vara någonting. Kanske hade hon rätt. Kanske var det hennes tur att bestämma någonting ibland. Han hade svårt att släppa på den rätten. Det kunde ju erkännas. Ensamvargens tillvaro. Utan hänsyn till tvärgående åsikter. Efter fadäsen med Korsika hade det dröjt ett tag tills hon hade tagit honom till nåder igen. Och konstigt var det inte. Men klagat hade hon inte gjort. Inte inför honom. Hon och Elise hade haft en trevlig vecka tillsammans trots åldersskillnaden. De hade närmast funnit varandra. Vad de hade pratat om visste han inte. Han kunde bara ana sig till det. Efter att ha jobbat tillsammans ett tag utan att säga ett ord mer än ett hej hade de blivit som bästa vänner. Emilia var ändå bra. Hon strök inte medhårs hela tiden. Trevlig, fin och energisk. Bra så.

Han lutade ryggen framåt och vilade på så sätt mot handtagsstången på vagnen medan han spanade runt över hyllorna i närheten. I morgon skulle bli en helt annan dag. Antagligen skulle han läsa. Han längtade redan när han efter ett tag bestämde sig för att lämna verktygsavdelningen, gå tillbaka samma väg och söka upp henne. Han skulle se vad hon hade hittat på. Han rätade upp ryggen och började den långsamma vandringen mellan folkmassan i centralgången. Medan han gick i sakta lunk spanade han över hyllorna och skyltarna med utlovade extrapriser. De satt i linor som hängde från taket. I den tomma vagnen låg hans halsduk. I högtalarna trängdes utrop om köperbjudanden med efterlysningar rörande barn som saknades av sina föräldrar som inte hållit den intensiva uppsikt som utflykter som denna krävde. Det kändes igen det också. När han saxade mellan varuberg, gråtande barn och andra människor kunde han inte låta bli att tänka på hur sociologer, beteendevetare och företagsfolk denna gång måste ha gjort gemensam sak när man tänkt ut hur ett typiskt lördagsnöje skulle te sig. Ovetandes om varandra och utan baktankar hade de var och en på sitt eget sätt, men på något sätt tillsammans banat vägen för insikter om det mänskliga psyket av det slag som behövdes för att skapa shoppingparadis av den typ som de befann sig i just nu. Han suckade högt för sig själv och sträckte på sig för att försöka få syn på sin tilltänkta bland alla människor. Än syntes hon inte.

Han fastnade framför en hylla med skruvar som låg förpackade i påsar som hängde på en krok. Runt omkring fanns liknande saker. Spik och nubb. Slagborrar, skruvdragare, gångjärn och mindre, elektrisk apparatur. Längre bort låg belysningsavdelningen. Han gick runt hyllan på baksidan i jakt på inspiration och idéer. Texten på etiketterna var liten. Med litet möda kunde han ändå läsa det fetstilade ordet som talade om vad det rörde sig om för pryl. Han rundade ett hörn och tittade samtidigt upp åt det håll där han förmodade att hon befann sig. Det var utsiktslöst att få syn på henne från den punkt där han stod. Hyllan som fanns framför honom när han sänkte blicken var inriktad på hemmalarm. Han beslutade sig för att det fick räcka. Han hade på något sätt tappat intresset. Vagnen stod en bit bort där han hade lämnat den. Han gick tillbaka samma väg förbi hyllan med skruvarna och vek av till vänster. När han rundade ett hörn till svepte han en sista gång runt med blicken och fastande en stund på platsen när han tittade på några saker i större förpackningar.

Han rundade utan illusioner ett hörn till. Denna gång var det napp. Åtminstone som det såg ut. Det stod en kvinnlig figur längre fram i en blekt skogsgrön nylonjacka och med en paisleymönstrad sjal runt axlarna. Den gick i blekblått. Samma blondhet i håret som var lik hennes egen. Han gick några meter i en takt som var långsammare än om han själv fått bestämma den. Nu var han tvungen att ta hänsyn till dem som gick framför. De gjorde sig ingen brådska. Han såg åt det håll där han nyss sett henne stå. Hon var kvar. Och hon såg ut att prata med någon som stod alldeles bredvid. Det kunde väl ändå inte vara så? Inte så som han fick en plötslig känning av. Han stannade av förvåning upp i steget och gjorde sig skyldig till det som de som gått framför honom gjort. De var nära att kollidera. Han började röra sig igen. Nu var det inte långt kvar. Hon hade inte sett honom. Avståndet mellan dem var fortfarande stort. Inte nog med att personen bredvid verkade bekant med henne. Han tyckte själv att han kände igen honom. En lång man. Ett par centimeter längre än Karl. Men det kunde han naturligtvis inte avgöra från det här avståndet. Så såg hans minnesbild emellertid ut. Det var bara så tankarna föll sig i en speciell riktning. På en viss person. Det fanns all anledning att komma ihåg det. Han höll uppsikt medan han långsamt närmade sig. Inte gick det undan precis. Inte bland detta myller av människor. Han tittade upp igen med blicken i fjärran. Nu kände han definitivt igen honom. Det måste ju helt enkelt vara han.

Karl hade bara ett fåtal meter kvar när han kom i blickfånget för Emilia som sken upp och nickade åt hans håll. Inte för att han skulle känna sig träffad. Utan för att den som hon pratade med skulle veta att han kom gående där. Emilias chef vände sig om åt hans håll. Han såg på Karl med ett belåtet leende, och stående i svart skinnjacka och med en skotskrutig halsduk som satt löst om halsen men fortfarande var knuten trots värmen inomhus. Karl suckade inte lägre än att det hördes till den person som just passerade honom alldeles intill. Hon såg hastigt på honom men vände sig tvärt på en gång. Han kände sig torr i halsen. Torrare än någonsin. Kunde det vara möjligt? Kunde det vara så att den som stod en bit ifrån dem också hörde till sällskapet? Han stod avvaktande och tyst med en lugn blick. Jo visst. Det var ju han. Denne person tittade för tillfället åt ett annat håll. När han blinkade lätt lät han blicken riktas åt Karls håll när han tittade upp igen. Han var sig lik. Han såg inte ut som en person som det gick någon nöd på. Karl tyckte att han kunde ana ett svagt leende som syntes i hans mungipor som lätt drogs uppåt. Det var verkligen han. Och sonen också. Jonas kände han igen. Lika lång som Berra, och med det litet nonchalanta ansiktsuttrycket som inte betydde någonting när man väl lärt känna honom. Ingenting alls. Han rullade vagnen framför sig.

"Jag ser att ni har hittat varandra", sa han när han kom fram till klungan som stod i en halvcirkel. "Det var inte i går", fortsatte han.

"Jag tyckte väl att det var du, Kalle!" sa Jonas, tog ett steg fram och log brett. Karl log tillbaka.

"Gosse! Av alla ställen! Aldrig får man vara riktigt ledig, hörru! Och nu menar jag din fästmö som hittade oss här. Men det var väl trevligt!" sa Berra och plirade mot Karl. Emilia log lätt bredvid honom.

"Jättetrevligt! Och Robert! Tjenare", sa Karl litet okaraktäristiskt för honom själv. Robert följde Jonas exempel och rörde sig framåt för att säga hej till Karl. Han sträckte ut handen för att hälsa och drog honom intill sig i en lätt kram med en ryggdunkning. Karl besvarade hälsningen på samma sätt. Emilia tittade mot Robert med en hastig blick. Sedan drog hon Karl intill sig.

"Ja, här är han", sa hon.

"Jag ska inte påminna dig om Korsika", sa Robert och plirade mot Karl.

"Det gör ingenting", svarade Karl. "Hur har du det?" Robert log snabbt.

"Det är under kontroll", sa han. "Berätta hur du själv har det! Jag har tänkt ringa men det har inte blivit av. Jag vill inte störa", sa han. Karl skakade på huvudet.

"Du skulle inte störa. Jag tog mig hem från ön. Sedan dess har allting varit lugnt", sa Karl. Robert nickade svagt och spände munnen medan han tittade på honom.

"Emilia, du har ju inte träffat Robert förr. Här har du honom", sa Karl. Emilia nickade mot Robert som hon redan hälsat på en kort stund innan.

"Tänk att så många själar kunde ha samma tanke", sa Robert. "Jag syftar på Kungens kurva", sa han och garvade hest. Jonas såg med en belåten min först på sin far och sedan på Karl.

"Jag tycker vi lämnar det här stället och går och pratar någonstans", sa Jonas. Robert tittade snabbt mot honom. Sedan vände han sig till Karl igen.

"Det tycker jag låter som en alldeles utmärkt idé, eller vad tycker du, Karl?" sa Robert. Karl såg på Emilia innan han svarade.

"Det skulle inte vara omöjligt", sa han. "Jag vet inte hur länge ni har varit här men själv börjar man bli litet torr i strupen. Det är alla människor. Det är ju packat med folk och varmt", sa Karl.

"Ja, gosse, vilken värme!" sa Berra och tittade hastigt mot Emilia och sedan mot Karl. Emilia gav Karl en blick. Han tittade ner på hennes tomma händer och undrade var hon hade lagt det som han antog att hon planerat att köpa.

"Har du inte hittat någonting?" frågade han. Hon skakade på huvudet.

"Nej, men jag fick litet inspiration och idéer om var jag skulle kunna hitta det jag söker. Jag tar det en annan dag. Jag måste hem och fundera litet." Han tittade förvånat på henne.

"Så då är vi klara med andra ord?" sa han. Hon log lätt och nickade.

"Om inte du heller ska ha mer än din halsduk som du har där i vagnen så är vi väl det", sa hon. Han tittade ner mot halsduken som låg ensam i den stora vagnen. När han tittade upp möttes han av ett lätt kvardröjande leende från Jonas.

"Jag föreslår att vi går och fikar", sa han och fick instämmanden från ett par av dem som vände på klacken och började röra sig mot kassorna och utgången.

Kapitel 7

Jonas som hade ställt sig i kassan för att betala det som han skulle köpa var klar inom några minuter. Servicen var smidig och hade ett visst tempo över sig. Det tempot fanns där trots att paret som stod framför honom hade lassat upp ett stort paket som skapade en barriär mellan dem och kassören som hade fått resa sig och nu stående höjde avläsningsapparaten som läste av priset. Det pep till, de betalade, tog sitt pick och pack under armen och gick. Sedan var det Jonas tur. Han lät en sesamkaka följa med det som han la upp på rullbandet. Karl hann tänka på beteendevetare och företagsfolk och fick ett snabbt leende som flög över hans ansikte. Det där köpet som man egentligen inte tänkte göra men som man gör när man ändå står och väntar. Karl kliade sig med en nagel i mungipan. Robert tittade åt Jonas håll. Karl vände blicken åt den stora rutan till. Himlen var mörkt blå och hade på kort tid fått stora moln över sig som förmörkade utsikten och parkeringen utanför. Sedan brakade det loss. Snöflingorna hade antagligen legat i startgroparna under en tid. De blåste fram över de parkerade bilarna från ena sidan och svepte fram över hela området. Det såg ut att vara hagel. Personerna utanför hade fördunklats i mörkret som la sig runt omkring dem. De tog tag i sina hattar och mössor för att de inte skulle blåsa av. Halsdukarna virvlade i den snöbelagda blåsten som kom från snedden. De stannade upp mitt i steget för att inte föras med av vinden. Det fladdrade till i rocklinningar. Huvorna på jackorna blåste runt kring huvudena på dem. Ett vitt lager av snöhagel la sig och täckte hela marken och blåste runt taken på bilarna. Den mörka asfalten syntes inte längre.

Jonas hade lämnat kassan och kom fram och ställde sig innanför rutan. Han tittade en kort stund och vände sig sedan om.

"Det var värst", sa han. "Ska vi vänta en stund?" Robert sög på läpparna i en min och vände sig med en snabb blick mot Karl.

"Jag föreslår att vi planerar var vi ska åka någonstans. Vad tycker ni vi ska göra?" frågade han rätt ut till de andra.

"Jag vet ett avslappnat ställe i Västberga där vi kan fika i lugn och ro. Så här dags kan jag inte tänka mig att det är så mycket folk där", sa Berra och tittade slugt på de övriga. Robert nickade och såg ut att följa Berras tankegång. Det gick att ana ett svagt leende hos honom.

"Då följer vi dig", sa Karl och riktade sig till Berra.

"Precis vad jag hade i tankarna", replikerade denne. De gick mot utgången vars dörrar drog åt sidorna när de närmade sig. Genast slog en vind emot dem alldeles i öppningen. Haglet dansade in, for runt och la sig över stengolvet. Berra drog ner den välbekanta svarta mössan över öronen och vinkade lätt till de andra. Han tog några viga kliv över den snöbetäckta asfalten bort mot sin bil. Efter en stund syntes han inte på den snötäckta och fulla parkeringen. Bara som en mörk skugga.

"Vi kör Jonas mörkblå bil. Du känner säkert igen den. Det är bara att hänga på", sa Robert som hade vänt sig till Karl som nickade tillbaka.

"Det gör vi. Vi hänger på", sa han och drog upp dragkedjan i jackan och tog tag i Emilias arm och förde henne framåt genom dörrarna. Haglet knarrade under sulorna. Horisonten var precis så mörk som den sett ut inifrån köpcentrets glasruta. De andra for i väg med beslutsamma steg. Karl och Emilia småsprang fram till bilen där han fick upp nyckeln och kunde larma av innan de dök in genom dörrarna. När bältena var på och motorn hade startat tog det bara sekunder innan Karl upptäckte både Jonas bil som befann sig en bit framför och Berras skrälle av den gamla årsmodellen. Haglet studsade mot vindrutan och gjorde sikten sämre. Han svängde ut från parkeringen och försökte hänga på de andra. De körde österut. Inuti plåtskalet kändes det varmare. Men inte på en gång. Bara litet torrare och en aning hoppfullare. Emilia satt tyst bredvid.

"Det var ju oväntat", sa Karl efter en stund, med seriositet i rösten.

"Mm. Det var väldigt oväntat, om du menar vädret, och om du menar det andra också", sa Emilia med blicken rakt fram. Hans ena mungipa drogs upp i ett svagt leende.

"Så nu har du träffat Robert. Vad tycker du?" undrade han.

"Jo, han är kanske trevlig. Jonas är som han brukar vara på jobbet."

"Ja."

"Vad ska vi göra nu? Vad tror du att de vill?"

"Vi ska bara prata litet. Det kommer att kännas bra, tror du inte det?" sa han. Hon hummade efter en kort stunds tystnad. Mest för att visa att hon hört vad han sa. "Jag bara tänker på alla detaljer som jag inte har blivit besparad och inte kunnat undgå ta del av kring det där gänget", sa hon.

"Du brukar ju ställa frågor om mitt jobb", sa han.

"Mm."

"Men jag kan garantera, att kan du umgås med chefen Berra på jobbet, då kan du prata med de andra också", sa han och försökte låta övertygande. Hon hummade igen.

"Det kanske är så." Bilarna framför fick upp farten. Han försökte så gott han kunde att hänga med över den raka motorleden. De stannade för rött ljus. Han tittade åt sidan därifrån snön kom. Det blåste på ordentligt. Efter att en tanke fångat och lämnat honom var han tillbaka med siktet inställt en bit ovanför deras huvuden. Det blev gult. Sedan blev det grönt igen. Ingen av dem hade sagt någonting under den senaste stunden. Det var fortfarande raksträcka när det tog fart på nytt. Han kunde svagt ana Berras gamla bil framför Jonas litet avlånga och välvårdade men också levnadsvisa fordon. Kanske var den inte lika gammal som Berras men den var heller inte helt ny. Uppe under taket på framrutan var himlen lika mörk som för en stund sedan. Han såg när Jonas blinkade åt höger in på en avtagsväg. Karl lät det gå en sekund innan han också blinkade likadant. Den nya vägen var smalare och verkade helt tom på både bilar och människor. En öde gata med gamla industribyggnader med smutsiga rutor i de låga byggnaderna. Det fanns höga staket med grindar som var förslutna av kedjor med hänglås som omgav den smala, öppna ytan med de snötäckta trottoarerna på vardera sida. Karl saktade ner och såg sig omkring. Det såg skumt ut. Han kände det så. Någonting som skulle kunna höra hemma på tv. Någonting som var som utav en annan värld.

"Såg du vad gatan hette?" undrade han.

"Nej. Gjorde inte du det?" kastade hon frågande tillbaka till honom. Han skakade lätt på huvudet.

"Jag missade det", sa han.

"Det blir löneavdrag", skojade hon. Han garvade lätt.

"Då får jag ta det", sa han. Berras bil syntes inte där den långt före de andras svängt in på den ensliga gatan och nu blivit skymd av den andra bilen framför Karl och Emilias. Bilen där de två övriga befann sig. Stoppljusen på Jonas bil lyste både skarpt och sällsamt genom hagelstormen som fortfarande blåste ner i sidled. Karl tittade åt norr och tyckte att det började ljusna litet i horisonten men han antog att det skulle dröja ännu en stund innan det helt lättnade och började spricka upp bland molnen. Längre fram hade Berras bil parkerat. Han kunde se den från sidan där den stod stilla med framhjulen halvvägs upp på trottoaren och nosen inåt ett område med en backe ner mot en byggnad. Han satt kvar i bilen. Åtminstone syntes han inte någonstans utanför. Jonas bil hade också saktat in och gjorde en liten sväng åt ett annat håll innan den stannade helt. Karl körde intill trottoarkanten och stannade. Han slog av motorn och drog ut nyckeln och såg på Emilia. Hon tittade tillbaka på honom.

"Jag vet inte om jag gillar det här", sa hon.

"Det är bara ett vanligt industriområde. Ett sådant som finns överallt i alla områden. Det är nog helt i sin ordning", sa han. Han såg hur Roberts passagerardörr öppnades. Han steg ur och kastade ett öga bakåt mot Karl och log ett svagt leende trots att han knappast kunde ha sett honom därinne i mörkret i sätet.

"Det är någonting med hans blick", sa Emilia.

"Vad är det med den?" frågade Karl och försökte besvara Roberts leende genom den hageltäckta rutan.

"Den är skarp", sa hon.

"Den är vaken. Hans blick är pigg. Han är hälsosam", svarade han. Hon fnös.

"Hans före detta fru sitter inne för dråp", sa hon utan att kunna släppa Roberts otydliga gestalt med blicken utanför.

"Det var en olyckshändelse. Hon kände sig pressad och blev jagad av ett vänstergäng", sa han i ett förklarande tonläge. "Men å andra sidan, ja...".

"Det är ju det jag säger. Det där är inte hela sanningen", sa hon och drog med en hand över kinden.

"Inte?" sa han kort.

"Dessutom har Berra försökt spränga Skrapan. Det är sinnessjukt", fortsatte hon.

"Mm", sa han. "Tänker du på det ibland?"

"Jag tänker inte på det när jag jobbar med honom, men nu slår det mig hur olustigt det känns", sa hon igen och drog upp handen och la den över pannan där hon långsamt lät den glida ner över ansiktet över ögonen och vidare över ena kinden medan hon blundade.

"Fryser du?" undrade han och la en hand på hennes axel. Hon tittade snabbt på honom.

"Nej", sa hon.

"Ska vi gå ur då?" sa han. Hon tvekade när hon dröjande satte handen mot handtaget i dörren och drog i skenan som lät dörren gå upp. Sedan släppte hon upp bältet som rullade in i hållaren och steg ur. Karl smällde igen dörren och såg runt omkring över området. Berra stod längre ner och pratade med någon. När Robert gestikulerade med ena handen i en rörelse förstod han att det var Robert han hade tilltalat. Karl kunde inte höra vad de sa. Jonas hade stuckit ner båda händer i byxfickorna och vände sig om med en lång blick mot Emilia. När Karl närmade sig nickade Jonas svagt mot honom.

"Jag kanske måste be om ursäkt", sa han och tittade på Karl som såg frågande ut.

"Jaså?" sa han.

"Det här är inget kafé. Det är ett litet tillhåll som vi har skaffat oss. Men kaffe finns det gott om", förklarade han och sken skamset upp. Emilia försökte möta Karls blick men gav upp efter en stund.

"Kaffe med tilltugg?" frågade han. Jonas nickade.

"Så klart", sa han. "Vaniljbullar om jag inte missminner mig", sa han igen och log ett skevt leende.

"Det låter väl bra", sa Karl uppmuntrande och la armen om Emilia. Den lilla infarten sänkte sig efter staketen med hänglåsen ner i en kort backe. I sprickorna i asfalten hade gräset skjutit upp på några ställen. I slutet av backen låg gruset kvar som Karl gissade att de sandat med under de senaste vintermånaderna. Nu blandades det med ett tunt lager snöhagel. Vinden var frisk och bitande kall. Karl blev med ens snuvig i den hårda, kalla blåsten. Han tittade längre bort. Plankor stod lutade mot staketet som hade taggtråd högst upp på den övre kanten. Den var virad runt pelarna av stål som hela staketet var byggt kring. En grusig vattenpöl hade ansamlats i närheten av ingången. Haglet hade redan börjat smälta på sina ställen. Berra hade fiskat upp nycklarna och satt en av dem i låset som han försökte få upp. Dörren svängde upp utåt. Innanför var det mörkt. Karl såg hur han sträckte sig efter en belysningsknapp. Innan han och Emilia kom närmare ingången kastade han en blick åt sidan mot ett gammalt oljefat i plåt med färgen nött i en onyanserbar uppenbarelse som var försluten och gick upp till midjan på honom. I hörnet av husets utsida låg några slitna trälådor. Längre bort fanns en samling avlagda bildäck som travats på hög. Snön hade samlats ovanpå dem och låg kvar trots vinden som blåste fram över alltihop.

"Det ser inte mycket ut för världen", sa Robert och vände sig om mot Emilia och Karl som kom sist in över tröskeln. "Men en kopp kaffe och en pratstund ska vi kunna krama ur det hela", fortsatte han.

"Vems lokal är det?" frågade Karl och spanade runt i det dunkla rummet som huserade diverse saker och var enkelt möblerat.

"Det är Berra som har köpt den i firmans namn", svarade Robert.

"Och här har ni verksamhet?" fortsatte Karl.

"En liten sidoverksamhet, ja", svarade Robert igen. Berra tände en lampa över ett skrivbord som stod med kortsidan mot fönstret. Ovanpå fanns en dator, några pappersställ och lösa papper som låg i en bunt.

"Det är rörigt", kommenterade han utan att titta upp på de andra. Jonas ställde sig mitt i rummet och snurrade runt och drog ner jackans blixtlås.

"Men det är inte så tokigt", sa Jonas. "Inte så dumt."

"Vad gör ni för någonting här? Vad ska det vara för verksamhet, har ni tänkt?" undrade Karl.

"En liten allt-i-allo-lokal, och ett ställe där Roffe kan syssla med sitt reklammaterial. Vi får se när det blir klart", sa Robert.

"Gosse, vad kallt det är", sa Berra och gick fram till termometern innanför fönstret och tittade på den. "Det är inte mer än arton grader inne. Ni får behålla ytterkläderna på så ska jag dra i gång kaffebryggaren", sa han.

Karl tittade in i rummet intill och kunde upptäcka en köksdel. Berra försvann över tröskeln in i utrymmet innanför och det hördes hur han drog upp en kylskåpsdörr.

"Härinne har vi bord och stolar. Rent är det också", sa han högt så att det skulle höras ut till de andra. Jonas suckade och stod kvar på golvet med händerna i fickorna.

"Det låter bra. Säg till om vi ska hjälpa dig", sa han med hög röst och tittade ner i golvet. Robert drog av sig mössan och pulade ner den i jackfickan. Han drog fram en stol som stod på utsidan av skrivbordet. Han nickade litet till Emilia och Karl.

"Det finns flera stolar", sa han. "Det är bara att sätta sig när ni känner för det." Karl hummade någonting som lät som ett tack. Emilia tittade efter Robert som försvann in i ett tredje rum. En stund senare kom han bärande på två stolar till som han satte ner på golvet. Jonas vände sig om och såg på dem där de stod slarvigt lämnade av Robert och hade hamnat snett på mattan som låg på golvet. Han gick fram till en av dem och ställde den rätt så att den inte skulle vicka ostadigt. En stund senare hördes det pysande ljudet av kaffebryggaren som gått i gång. Berra visslade i takt med lätet som fyllde hela köket. Karl tog några steg runt i rummet.

"En reklamateljé, alltså?" sa han. Jonas tittade på honom.

"Ja, när det blir klart alltså", sa han.

"Hm. Det blir det säkert", sa Karl igen.

"Vilket väder vi fick! Vem kunde tro det? Var det någon som hade kollat vädret i morse?" sa Robert och tittade ut mot snön som hade lagt sig på planen utanför. Han slog sig ner på en av stolarna som han själv burit fram.

"Det kunde man nog ha fått reda på om man hade kollat", svarade Jonas, drog in andan och andades ut i en suck.

"Nu är kaffet snart klart. Bullarna är varma. Det går undan här", ropade Berra från köket.

"Kom in, ni", sa Robert, reste sig och kastade en prövande blick på Emilia. Hon tittade på Karl som pressade fram ett leende.

"Är ni där ofta, i köpcentret?" undrade han och tog några steg mot köket.

"Javars. Det får man nog säga", svarade Robert. "Eller hur, Jonas?" Jonas såg på honom.

"Jadå", sa han.

"Det var som sjutton", sa Karl.

Köket var blekgult och ombonat. Den stora bordskivan var nyligen avtorkad med en våt trasa och dukad med kaffemuggar och skedar. I mitten stod ett fat med bullar och en sockerkaka med glasyr.

"Vad var det jag sa?" sa Jonas. "Vaniljbullar!"

"Gott! Trevligt!" sa Karl och drog ut en stol åt Emilia som såg en aning obekväm ut.

"Det finns bara kranvatten, men det är inte tokigt på något sätt", sa Robert och började spola i kranen samtidigt som han drog i knoppen till en skåplucka och tittade in. Emilia satte sig ner på den stol som Karl dragit ut åt henne. Sedan tittade hon på bordet med den tunna duken i mitten under fatet med bullarna. En liten kanna mjölk stod bredvid.

"Det är bara att ta för sig. Börja du, Emilia", sa Berra och blinkade mot henne. Hon log ett hastigt leende när hon tittade tillbaka på honom.

"Då hugger jag in på en bulle. Tack", sa hon. Karl drog ut stolen åt sig själv bredvid Emilia och satte sig ner. Han sträckte sig efter en bulle och satte den på sitt fat som beledsagade muggen.

"Köket var riktigt trevligt", sa han uppriktigt.

"Ja, visst är det. Den enda som saknas nu är Roffe, men han har väl någonting för sig kan jag gissa", sa Berra jovialiskt. Jonas tittade som hastigast mot Emilia och lät ett svagt, skevt leende spridas i hans ansikte. Hon tittade tillbaka.

"Jonas, hur är det med Elise? Vad gör hon en vanlig lördag?" frågade hon.

"Det är bra med henne. Hon är hemma i Ropsten, om hon inte har stuckit ut. Vi har flyttat ihop", sa han.

"Vad trevligt. Det kommer inte som någon överraskning." Hon sken upp.

"Nej, det är faktiskt riktigt trevligt", sa han och blinkade några gånger och tittade ner i bordsduken.

"Jonas har läst några kurser i programmering på min inrådan. Någon måste ju ta över när Berra går i pension", sa Robert. Jonas nickade sakta.

"Det låter roligt", sa Karl och tittade mot Jonas.

"Det är det. Det är intressant. Någon måste ju ta över, som sagt var", sa Jonas.

"Ja, ibland har Robert goda idéer och får sin vilja igenom", sa Berra. Robert drog på munnen men utan att titta på Berra. Karl hällde upp kaffe till Emilia och till sig själv. Han satte ner kannan på underlägget av kork. Sedan sörplade han försiktigt på kaffet ur muggen och tuggade samtidigt i sig av en bit bulle. Emilia tvinnade diskret håret i hästsvansen i nacken medan hon satte tänderna i och tuggade på sin egen bulle.

"Ja, som sagt. Det är alltid lika trevligt att stöta på en vän", sa Robert och log mot Karl.

"Det är ömsesidigt", sa Karl och fick en hastig blick av Emilia.

"Har ni varit i huset på ön?" frågade Robert.

"Nej, det har vi inte. Det har stått tomt sedan i höstas när vi var där."

"Ja, jag förstår", sa Robert. "Det kan jag mycket väl förstå."

"Och dagarna flyter på lugnt?" frågade Karl. Berra nickade med munnen full av bulle.

"Robert har alltid mycket att göra. Han är här mycket. Det kanske inte syns, men vi har jobbat här i ateljén", sa han när han klunkat i sig av kaffet. Robert brast ut i ett gapskratt.

"Ateljé var kanske för mycket sagt", sa han efter skrattanfallet. "Den här struntlilla, fallfärdiga kåken skulle de ha slängt efter oss i stället för att låta oss betala för den", sa han.

"Nåja, gosse! Det blir nog bra när det blir klart, som man brukar säga", sa Berra.

"Men får man fråga, Roffe kan väl inte sitta här alldeles ensam? Behöver han så mycket plats?"

"Ärligt talat så vet vi inte riktigt vad vi ska ha det till", sa Robert.

"Det är ju en affärslokal. Från kontoret kan vi ju inte sälja saker som det går att titta och samtidigt känna på. Det finns möjligheter här. Den här kåken kan ju bli en utställningsdel", fortsatte Berra.

"Ja, nu får du mig på gott humör igen", sa Robert och var nära att brista ut i ett nytt skratt.

"Robert tycker att det är miserabelt här, det har ni nog förstått", sa Berra igen och satte kaffemuggen till munnen och drack.

"Vad tycker du då, Jonas?" undrade Karl.

"Jag tycker väl ungefär som pappa", sa Jonas och drog en hand över sidan av halsen. "Det går väl inte att få rätt kunder att komma hit till ett sådant här område för att köpa elektronik och annat. Då får vi sälja plankor. Och det vet jag inte om vi ska", sa han och tittade runt.

"Då får vi väl sälja plankor då. Det är inte omöjligt det heller", sa Berra och smuttade på nytt på kaffet. Emilia tittade halvt roat på honom. Karl lyfte sin egen mugg med kaffe och tog en klunk. Sedan tittade han som hastigast ut genom fönstret.

"Det har klarnat litet", sa han.

"Hm. Det är bra det", sa Robert och tittade åt samma håll. Karl lät blicken följa bordsskivan fram till bullfatet där han tog en bulle till efter att den första försvunnit i några nafs. När han tagit en tugga och en mun med kaffe löpte blicken tillbaka till kanten av bordet vid fönstret där Robert satt. Han tittade på tidningen som låg hopvikt och slängd alldeles vid ena hörnet. Robert som såg vad Karl hade fastnat vid tittade ner på tidningen han också.

"Den där ska Roffe ha", sa han förklarande.

"Jaså? Det är inte dagens tidning?"

"Nej, den är litet äldre. Jag vet inte varför den ligger där. Han har väl läst den vid det här laget", sa Robert igen.

"Jag tycker jag känner igen det där", sa Karl fundersamt och tog en ny tugga av bullen.

"Ja, det kanske är någonting som du känner till?" sa Robert.

"Vad handlar det om?" frågade Karl.

"Flygplatsattentatet", sa Robert. "Känner du till det?"

"Ja, det gör jag. Jag har inte läst någon tidning om det förstås", svarade Karl och nickade sakta. Han satte långsamt den nya bullen till munnen och tog en tugga till.

"Ja, det var en osannolik historia", sa Robert igen.

"Ja, det får man säga. Vad har det med Roffe att göra?" frågade Karl rättframt och höjde kaffemuggen.

"Roffe har ju formgett deras förpackningar", sa Robert och fick ett snabbt ögonkast av Jonas som plötsligt börjat se förvånad ut.

"Heter det inte formgivit?" sa Berra och tittade upp mot Robert.

"Det kanske det gör", sa han. "Jo, det är så, Jonas. Det där om Roffe, alltså", skyndade sig Robert att säga som hade sett hans blick.

"Vänta nu ett tag! Har Roffe arbetat för det där företaget och formgett deras produkter?" sa Karl som lyft muggen med kaffe men ångrat sig och satt ner den igen. Robert nickade mot honom.

"Är du så insatt?" undrade han tillbaka.

"Jag arbetar med fallet. Det kan lämna en sömnlös", sa Karl uppriktigt.

"Du får väl höra honom. Han är frilans. Det kan vara därför som du inte har hittat honom bland de avlönade", föreslog Robert.

Berra hade fått någonting olyckligt i blicken. Han tog långsamt en klunk av kaffet och vände sakta på huvudet och tittade ut genom fönstret.

"De är farliga", sa han. "Helt enkelt livsfarliga", sa han.

"Exakt vem pratar du om?" sa Karl som tittade upp med orolig blick.

"De som har gjort det. Attentatet. Skottdramat med personerna i bilen. De som öppnade eld." Karl tittade på honom.

"Vet du mer än vad som står i tidningarna?" Berra vickade en aning på huvudet i sidled innan han svarade.

"Nej. Det kan man inte säga", sa han kort. Robert tittade på honom med ett hastigt ögonkast. Karl kände sig plötsligt stum. Han drog bort några sockerkorn med tummen från bullen som han höll i handen. Frågorna studsade inom honom utan att han kunde formulera dem. Han visste inte var han skulle börja.

"Hur går det då?" frågade Robert honom.

"Hur det går?" sa Karl fånigt.

"Ja? Med utredningen? För det är väl du som håller i den? Jag känner igen den där blicken", sa Robert igen. Emilia tittade först på Robert utan att han tittade tillbaka och sedan mot Karl som också hade blicken någon helt annanstans, upptagen av sina egna tankar.

"Jag får erkänna att det är svårt. Det är omöjligt för mig att diskutera det här med utomstående. Men så mycket kan jag säga att jag har nog aldrig tittat på så mycket kameraövervakningsbilder på ett så resultatlöst sätt som i det här fallet", sa han i en lång utläggning.

"Jag förstår. Välplanerat, alltså", sa Robert. "Säg bara till när du behöver hjälp. Roffe vet ingenting. Det var flera år sedan. Han kommer inte ihåg vem som betalade honom för hans jobb och vad de hette."

"Nu får du ta det litet lugnt, Robert", sa Berra och lutade sig tillbaka i stolen mot ryggstödet.

"Vem var det som sa att de var livsfarliga alldeles nyss?" sa han vänd mot Berra som fått ett surmulet uttryck i ansiktet.

"Det är bara att knipa igen", sa Berra med låg röst.

"Du ska inte vara rädd", svarade Robert självsäkert, och satte upp ett lugnt ansiktsuttryck. "Jag vet vad jag säger. Jag vet vad jag gör. Det är klart Karl ska ha hjälp."

Jonas tittade på honom och höll bullen framför ansiktet utan att veta vad han skulle göra med den. Berra sänkte blicken utan att sucka.

"Vi tror att de är mellanhänder i en förvaring av vapen. Eventuellt delaktiga i vapensmuggling från någon kust någonstans runt Östersjön", sa Berra plötsligt. "Jag önskar dig all lycka till. Det kan du sannerligen behöva den här gången", fortsatte han och hade fått någonting hest i rösten. Han harklade sig diskret innan han högg in på nästa tugga av bullen.

"Det här är enastående", sa Karl. "Förr eller senare hade vi kanske snubblat över den här informationen själva. Men det underlättar ju att få den serverad", sa han. "Vilket år pratar vi om?" fortsatte han.

"2009?" sa Robert som såg ut att tänka efter och vände sig mot Berra med sin undran. "Var det inte då Roffe utförde någonting för deras räkning?" Berra skakade envist på huvudet som om han helt plötsligt bestämt sig för att vara tyst.

"Jo, det var det", sa Robert igen och drog ljudligt in andan. Berra fortsatte att skaka på huvudet.

"Hur är han inblandad? Roffe, menar jag?" Berra tittade snabbt upp på Karl och skakade på huvudet igen.

"Han vet ingenting", svarade Robert Karl när Berra under några sekunder envisades med att fortsätta vara tyst.

"Så...?"

"Men han råkade höra ett och annat", fortsatte Robert.

"Jaså?" sa Karl.

"Det han har hört, det vet han att han inte har missförstått" sa Robert igen.

"Varför så mycket öppenhet om det här, från er sida?" undrade Karl.

"Det undrar jag också", sa Berra. "Robert? Varför så mycket öppenhet? Om du kunde hålla käft någon gång!" Robert tittade lugnt och en aning roat på honom. "Det var ju jag som skjutsade ner honom. Kommer du ihåg? Till Malmö", sa Robert. Berra suckade och trummade med fingrarna mot bordsskivan.

"Du kan inte nämna Roffes namn inför någon på företaget som du pratar med", sa Jonas plötsligt och riktade sig till Karl.

"Det kan vi inte påverka, Jonas", sa Robert. "Karl får göra det som han måste göra."

"Du har helt rätt, Jonas. Jag är försiktig med vad jag säger", sa Karl och tittade med en blick som hastigt rörde sig från Jonas till Robert. Emilia drog en hand över ansiktet och tittade mot var och en av dem. Sedan lyfte hon kaffemuggen. När hon höll den framför ansiktet för att dricka, satte hon ner den igen i bordet som om hon ångrat sig. Robert tittade utan medlidande på henne.

"Säg helst ingenting om Roffe, Karl. Har är vår maskot", sa han. Karl mötte hans blick för en stund och la sedan armen om Emilia och tryckte handen mot hennes axel.

"Jag ska vara försiktig", sa han. "Jag ska vara mycket diskret."

Kapitel 8

Karl tryckte in knappen till inspelningsutrustningen och började rabbla några inledande fraser. Sedan lutade han tillbaka i stolen och drog ett andetag där han satt.

"Rolf Andreasson, född 1965. Du är här därför att vi vill höra dig upplysningsvis om en händelse som kan ha utspelat sig...", Karl sträckte ut handen mot en bunt papper och kisade mot ett årtal som han läste från ett av papperen utan glasögon innan han fortsatte, "2009, kan det stämma?" undrade han och såg upp mot Roffe som satt stilla mittemot honom och knep ihop munnen.

"Mm", sa Roffe med minimal ansträngning.

"Får jag be dig vara litet tydligare? Stämmer det?" sa Karl.

"Det stämmer att det var 2009", svarade Roffe i en enda harang men på samma tysta sätt.

"Bra, tack. Vad gjorde du då? Vad arbetade du med 2009?" Roffe drog en hand genom den blonda luggen som genast föll ner i pannan och täckte ögonbrynen.

"Jag var frilansande grafisk designer. Jag hade fått ett jobb. Ett uppdrag i Malmö", sa han och såg ut som om han själv upplevde att han tömt ut svaret på frågan från Karl. Karl nickade uppmuntrande och tittade med öppen blick på honom.

"Vilket företag var det du skulle arbeta åt i Malmö?" frågade han försiktigt. Roffe tittade på honom under den blonda luggen, sänkte blicken och tittade sedan upp igen innan han svarade.

"Jag fick ett uppdrag av Granopto", sa han.

"Granopto", sa Karl och ringade in namnet som han redan hade nedskrivet på sitt papper framför sig på bordet. "De är kända av oss. Vad sysslar de med enligt dig?"

"Då var det omslagspapper till smörpaket, etiketter, papperspåsar, emballage, och allt du kan tänka dig. I dag, vet jag inte", sa Roffe och knäppte händerna över magen. Karl nickade i en lätt knyck bakåt med huvudet och knep ihop läpparna i samförstånd.

"Ja", sa han helt kort. "Hur såg ditt uppdrag ut?" undrade han sedan när han tog sats på nytt. Roffe slog ut blicken åt sidan medan han funderade.

"Jag tror det var ost. Jag undrar om det inte var ost?" sa han och bekräftade det sagda med en nickning.

"Hur hittade de dig från första början?" frågade Karl och suckade svagt med bara en lätt axelsänkning som följd av luften som gick ut.

"Jag fick erbjudandet via e-post. De hade sett någon annons som jag fått i uppdrag att göra", sa han.

"Hur långt tidigare var det?"

"Det kan jag inte minnas", sa Roffe och skakade på huvudet.

"Hur kommer det sig att du kommer ihåg datum och uppdragsbeskrivning kring det som vi pratar om nu? Kan du förklara det?" undrade Karl. Roffe fick plötsligt ett olyckligt uttryck i ansiktet och en rynka mellan ögonbrynen. Han tittade uppåt väggen på sidan om Karl och följde den ända upp i taket. Sedan drog han in andan och andades ut i en kvävd suck innan han tittade på Karl.

"De hade en färgfråga som de ville diskutera med mig, så jag åkte ner och skulle besöka kontoret", sa han och fingrade med luggen över ögonbrynen. Karl hummade som av ren instinkt. Sedan kastade han ett hastigt öga mot inspelningsapparaten och harklade sig lätt.

"Du åkte ner till kontoret i Malmö? Fick du prata med någon där?", skyndade han sig att tillfoga. Roffe nickade.

"Ja, jag åkte ner. Jag minns inte hur. Jag kanske tog tåget. Jag fick prata med någon på säljavdelningen", sa han.

"Hur gick det?" Roffe kliade sig på kinden medan han höll blicken stadigt på Karl.

"Det gick bra. Jag kommer inte ihåg några detaljer. Jag måste ha gjort några ändringar. Det måste jag nog ha gjort", sa han och sökte med blicken igen. "Texten var klar, men det var bilden...", fortsatte han.

"Det var bilden", sa Karl.

"Mm."

"Var det...trevligt på kontoret?" undrade Karl.

"Det var inga problem", svarade Roffe.

"Problem?" undrade Karl.

"Ingenting konstigt alls", svarade Roffe. Svaret hade kommit snabbt men han dröjde på orden.

"Vem pratade du med på säljavdelningen?" frågade Karl efter en kort paus.

"Det minns jag inte. Jag tror inte jag har det uppskrivet. Nej, det kan jag absolut inte ha efter så lång tid." Han skakade på huvudet.

"Inget namn? Och ingenting konstigt alls?" Roffe skakade på huvudet åt Karls fråga. Sedan hummade han någonting.

"Ursäkta. Kan du upprepa det litet tydligare?"

"Inga problem alls", sa Roffe. Karl funderade en stund och lät blicken röra sig över den släta ytan utan mönster på väggen mittemot honom, bakom ryggen på Roffe.

"Hm", sa han. "Rolf!" sa han.

"Roffe är det!" sa Roffe.

"Jaså? Roffe?" sa Karl. "Har du arbetat för dem även senare efter det här uppdraget?"

"Nej. Det har jag inte. Det kan jag säga med säkerhet."

"Varför inte?" undrade Karl.

"Jag har aldrig pratat om...", Roffe fick någonting hest i rösten och började sedan harkla sig. Han satte en knuten näve framför munnen och fortsatte harkla sig upprepade gånger. Sedan hostade han till ett par gånger och såg ner i bordsskivan för en stund. Därefter tittade han upp och tog ner handen från munnen. "Ursäkta", sa han. "Man är litet rosslig."

"Ingen fara", skyndade sig Karl att svara.

"Jag har inte pratat med dem sedan dess. Det har jag inte gjort", sa han.

"Det har du inte gjort?" undrade Karl.

"Det har jag inte gjort", sa Roffe och drog in andan igen.

"Du var på väg att säga...". Roffe skakade på huvudet och knep ihop läpparna i en min. I hans ögon som var uppspärrade syntes en tunn, röd, lätt vågig linje i ögonvitan, och som drog sig inåt den inre ögonvrån. Som en liten blixt som hastigt dykt upp.

"Nej", sa han och skakade på huvudet. "Det var allt."

"Du var trots allt på väg att säga någonting alldeles nyss", började Karl. "Jag har aldrig pratat om...vad var det du aldrig hade pratat om?" undrade han och lutade sig en aning framåt i stolen medan han tittade på Roffe vars lugg fallit ner i ansiktet igen.

"Det vet jag inte. Jag menade ingenting med det."

"Fick du bra betalt för jobbet?" frågade Karl och tog upp en ny tråd.

"Det minns jag inte heller. Antagligen normalt. Det är inga stora summor."

"Men du träffade någon där. Och det gick bra? Sedan då?" undrade Karl.

"Sedan måste jag ha åkt hem", sa Roffe.

"Förutom säljavdelningen, var någonstans var du mer?" frågade Karl och drog med en nagel över näsryggen. Roffe flackade med blicken ett par gånger och skakade på huvudet.

"Nej", sa han. "Det var nog där jag var", sa han.

"Vem var det du pratade med?" kastade Karl på nytt fram.

"Det vet jag inte", sa Roffe snabbt.

"Jag kan förstå om du undrar över frågorna. Det är bara så att vi...ja, du kanske känner till vad som hände i det här dramat ute på flygplatsen härom veckan...det var en händelse som... jag utreder för tillfället...". Roffe sköt upp handen över pannan under luggen som böjdes en aning i sina hårstrån. Han suckade till och flackade med blicken ett par gånger i sidled.

"Det var när vi var på rundvandring i huset. Vi skulle bara röra oss till en annan avdelning...det var efter det jag kom bort mig när jag skulle gå därifrån", började Roffe. Karl spärrade upp ögonen men sa ingenting. Han blinkade några gånger med ögonen och tittade på Roffe.

"Sedan när jag skulle gå tillbaka hamnade jag nere i varuintaget av någon anledning. Det var då jag liksom...hörde...hur de pratade om något inkommande gods som det var bråttom med att packa om, och jag var där...jag stod där...bakom ett hörn...det såg ut som vapen. Ja, jag kan säga att det var vapen." Han tystnade tvärt och nöp sig i skinnet mellan ögonbrynen medan han blundade. Karl satt tyst en längre stund.

"Du råkade inte se vilket land leveransen kom ifrån" frågade han sakta. Roffe skakade på huvudet, fortfarande i samma position och utan att titta på honom.

"Ett svar som hörs, tack."

"Nej. Det såg jag inte", sa Roffe.

"Tack, Rolf", sa Karl.

"Roffe!"

"Tack, Roffe", sa Karl. "Vilken månad var det?"

"April."

"Tack. Tack ska du ha för att du kunde komma hit och berätta om dina iakttagelser."

Karl hade samlat ihop sina papper, sagt hej då till det nyss hörda vittnet som ville bli kallad Roffe, och sett honom från ryggsidan när han lämnade rummet som de hade suttit i. Han hade inte släppt honom med blicken förrän Roffe försvann genom dörren längst ner i korridoren. Den som hade infattade metalltrådar i glaset och som gick igen med en smäll och lämnade en tyst korridor med ett blankhalt golv som Karl långsamt gick över på väg till rummet där han stängde efter sig och blev sittande i stolen framför skrivbordet. Skrivbordet med den avstängda datorn stående på. Han snurrade på stolen i sidled i en halvcirkel medan han försökte ta in det som han nyss hört men utan att tänka på någonting särskilt. Utan att någonting egentligen dök upp i hans tankar som kunde ta honom vidare. Det var en ren tur som hade gjort att han över huvud taget fått tag i en person som sett det han hade sett. Karl gissade emellertid att han aldrig skulle kunna förmås att ställa upp som vittne i en eventuell rättegång och berätta samma sak som han hade berättat i dag. Det var ingenting som han formulerade i ord för sig själv där han satt där och då. Det var bara en känsla så här i tidig anslutning till upplevelsen som han just haft. På sätt och vis var Karl tacksam. Det var ett ansvar som han knappt orkade tänka på. Knappt orkade bära. Det här skulle de få reda ut alldeles på egen hand. Utan vidare hjälp från mannen med den blonda luggen som kallade sig Roffe. Roberts och Berras vän sedan ett femtontal år tillbaka. Han som kanske satt inne med lösningen på det fruktansvärda dåd som skett på en flygplats nära stan några dagar tidigare. Ett dåd med två offer tillika ett antal vittnen till händelsen.

Kapitel 9

Karl tittade som hastigast upp och mötte blicken hos flygpersonalen med det affärsmässiga leendet. Eller var det flygvärd det skulle kallas? Han hade trots allt varit en ugn man som långsamt rört sig fram i mittengången mellan flygplansstolarna. Han hade en tät, kortklippt lugg och några hårslingor över öronen som var etappklippta. I nacken var det litet längre men inte mycket. Det syntes att han någon gång under de två senaste åren gjort ljusa slingor. Naglarna var fyrkantiga och kotorna på fingrarna markerade. Karl hade tackat för vattnet som hade satts fram åt honom på det lilla utfällbara plastbordet. Framför honom satt ett par som förde en livlig men ointressant diskussion om något tema hämtat från ett debattprogram som brukade gå i radion under förmiddagarna. Under veckans alla vardagar. De var i medelåldern precis som Karl själv. Någonstans mellan yngre och äldre medelålder. För att bara dra till med någonting skulle han gissa på sextio. Prick sextio. Hon hade fönsterplatsen, och han satt närmast gången mellan raderna. Precis som Karl själv. Vattnet i plastglaset hade en eftersmak av hallon eller björnbär. När han svalt, dragit upp kapsylen och hällt upp ett nytt glas som han lät gå ner kände han genast hur det fyllde upp hela magutrymmet. Han pressade ner en tumme i linningen mellan byxornas övre kant och skjortans släta yta innanför. Han drog linningen utåt med tummen för att lätta på det tryck som tyget tillfogade honom men misslyckades. Sedan återgick han till sitt korsord som han bara tittat på utan att skriva någonting. En stund senare blundade han. Framför honom stod två personer. Den ene var Emilia. Den andre var Robert. Han hade en intensiv blick som av ett inre ljus. Han sträckte fram handen åt henne men hon vägrade göra detsamma. Vägrade ta emot hans hand. Det föreföll vara som en scen där Karl själv inte var närvarande bland de agerande. Han var åskådare. Han kunde heller inte se någon annan i närheten. Sedan återgick han till ljudet runt omkring honom.

Han tittade slött på armbandsklockan. Ett barn pratade högt längre bort. Paret i sätet framför hade lämnat sina platser. När han vände sig om såg han dem längre bak i planet där de stod och pratade med några personer som satt ner. Han återgick till sitt eget. På hans högra sida fanns två gluggar med utsikt över fälten en bit därnere. Han kunde inte bestämma sig för vilken av dem som var bäst att titta genom för att se bäst. Det som satt längst fram hade helt naturligt en smalare vinkel eftersom det låg längst bort. Det som var närmast honom hade en utsikt som försvann alldeles för fort för att han skulle hinna med att uppfatta vad som pågick utanför fönstret. Han tänkte på företaget som han skulle besöka. Han skulle vara ensam. Frågorna som han skulle ställa hade han förberett och gått igenom ett antal gånger. Dels med sig själv, dels med Brick som nickat jakande men sett tveksam ut ändå. När planet tog mark rörde sig vingarna i lodrät riktning. Uppifrån och ner. Men bara litet grann och bara för en kort stund. Sedan rullade planet på ett stötdämpande sätt fram med sina gummidäck över den platta, vidsträckta och asfalterade planen. Innan han hunnit reagera hade det stannat. Det blev en stunds väntan innan allt hade rullats fram och dörrar öppnats. När det väl var dags att lätta från sätet gick det smidigt att röra sig fram i kön av resenärer som med sitt handbagage och sina oknäppta jackor drog sig mot utgången.

Han satt på bussen och studerade trafiken. Telefonen som hans nyss pratat med Brick i för att meddela sin framkomst gled tillbaka där han brukade förvara den. Han kikade i plånboken och bestämde sig för att äta någonstans där han kunde bli av med litet kontanter. Inte så att det tyngde. Han ville bara göra en envis markering i den riktningen när det gällde kontanternas vara eller icke vara. Emilia var den som höll med honom bäst i frågan. Jander var den som höll med honom som allra bäst och som också opponerade sig som värst mot den utveckling i saken som antagligen var den ofrånkomliga. Han tryckte in knappen när han tyckte att det verkade lägligt för att inte missa hållplatsen där han skulle gå av. Den här gången hade han tur. Andra gånger hade han mindre tur. Han upplevde ofta sig själv som en sådan person som med få undantag alltid möttes av en digital skylt i tunnelbanan som visade på en nästa avgång med nio minuter. Med andra ord hade han precis missat tunnelbanan. Så gott som alltid var det så. Han visste också varför. Han planerade aldrig sin plötsliga avfärd. Aldrig någonsin att han kollade avgångstider på sina lediga dagar då han skulle åka tunnelbana. Då fick man liksom skylla sig själv. I alla fall hade Emilia den uppfattningen. Själv var han av en annan. Och envis intill dumhet ibland. Det hade han fått höra från samma källa.

Det stod Granopto med bokstäver i två olika typsnitt på skylten ovanför entrén. Sista hälften av ordet var smalare. Det såg snyggt ut. Innanför fanns en liknande skylt, fast mindre. Där beledsagades företagsnamnet av orden plast, produkt och emballage. Han tog trapporna. Om inte annat så för att få tid att tänka och ta in miljön. Han skulle prata med närmaste underchef till Kim Kremmeborg som varit en av de två som blivit liggande på landningsbanan iförd kostym och blanka skor men livlös. Vem som nu skulle bli chef över den som han skulle träffa var just en sådan fråga som han skulle bli tvungen att ställa. Bland en massa andra frågor. Var och en med sin egen osäkra utgång och sina oföreställbara svar. Han skulle bli tvungen att vara litet framåt. När den anda han hade i det fallet inte räckte till skulle hans envishet komma väl till pass. Det kunde han tacka sina föräldrar för. Eller var det kanske instruktörerna och lärarna på polisutbildningen som han var tack skyldig. Antagligen både och.

Han gick i riktning mot en aprikosfärgad receptionsdisk i futuristisk stil, med en leende person bakom, som stack upp precis så mycket så att hon såg ut som en torso och som redan när han klivit fram och släppt dörren bakom sig till trapphuset sett och uppmärksammat honom från långt håll. Typiskt, tänkte han, och blev påmind om den diskussion som han haft med Robert i dennes hus i Rönninge en gång tidigare. Robert hade den gången gjort klart att han inte alls gillade receptionister i kommersiellt inriktade miljöer. Karl var i det närmaste benägen att hålla med. Det fanns någonting plastigt över det hela. Skulle han bli tilltalad med 'ni' skulle han trots yrkesfasaden knappt kunna dölja sitt missnöje. Han fingrade snabbt under skjortkragen där det kliade litet och beslöt att skärpa sig när han steg fram och försökte återgälda det påklistrade leendet.

"Kan jag hjälpa er med något?" frågade den trevliga personen bakom disken som fått mer än en torso till kropp ju närmare han kommit disken. Han harklade sig och halade fram legitimationen med en suck. Hade man frågat någon annan än honom själv hade man kanske sagt att det låtit som om han hade mumlat någonting också. Medan hon kastade ett vaket öga på plastbrickan passade han på att lägga hennes utseende på minnet.

"Ja, tack. Jag skulle träffa en person som vet att jag är på väg", sa han. När han blivit visad till rätt hiss tackade han för sig och tog några beslutsamma steg i den riktning som hon diskret pekat ut åt honom.

Det hängde en mobil skulptur i taket på det kontorsrum som han blev visad in i. Golvet var svart- och grårutigt. Mannen som log snabbt mot honom hade ett fast handslag. Möblemanget i det ljusa träslaget var nytt och oklanderligt rent. När de hade satt sig var det första Karl la märke till, ett dröjande sätt att ta emot frågorna innan svaren gavs. Mannen tittade länge på Karl och fixerade honom med blicken innan han formulerade svaren inom sig. De svar som han sedan kort och koncist rullade fram. Det var när han fick frågor som han antagligen inte var förberedd på som blicken ibland rörde sig i rummet. Det skedde medan han bet tag i underläppen med tänderna medan han tänkte på svaret. Karl lät handen med pennan löpa över blocksidorna ungefär i samma takt som orden i svaren kom. I längden skulle han inte orka hålla den takten. Inte hur länge som helst. Han ville gärna studera den han pratade med och se vilka egenheter personen i fråga gav uttryck för när han eller hon svarade på frågorna.

I det här fallet rörde det sig om en ung man med spretigt hår och vita tänder. En lätt malmöitisk dialekt kunde skönjas, och som blandades med en självsäker uppsyn. Han hade grå slips med en knut som var löst åtknuten framför en vit skjorta. När han pratade om Kremmeborg och Andersdotter fick han ett tillkämpat allvarligt uttryck i ögonen. Karl frågade vilken position han hade haft som anställd tidigare. Innan han fått den som han nu hade. Svaret kom utan betänketid och var från Karls sida ett förväntat svar. Det var som han trodde. En klättrare med snabbhet i stegen. Han hade tagit sig upp till toppen på ett professionellt och tursamt sätt. Helt på egen hand. Det som nu hade hänt hade emellertid varit helt oväntat. Det kunde han betyga. Men han stack inte inne med vilken tur han haft och vilken möjlighet det hade inneburit för honom att hålla sig framme och få den chans som nu uppenbarat sig. Bara så där helt plötsligt. Karl försökte så gott han kunde att pressa honom litet på den punkten. Det lyckades inte riktigt. Det såg helt enkelt inte ut som om Ola Petersberg fallit för betet. Karl försökte med några grepp till innan det var dags att tacka och resa sig. När frågan om bokföringen från år 2009 kom såg Karl för första gången en vacklan och en nedslagenhet hos den nytillträdde chefen. Det var hans tidigare avdelning fick Karl veta. Det var också alltså han själv som fått den nuvarande positionen som chef. Så mycket stod klart. Karl som var van att stå på sig fick vänta en ansenlig stund i en annan del av kontoret innan begäran om dokumenten kunde återgäldas. Han lämnade byggnaden med papper som han i skydd av trapphuset pulade ner i väskan som han hade med sig. Sedan gick han genom dörrarna ut på gatan i en stad där våren kommit en aning längre än den gjort i hans hemtrakter. Han kände på sig att detta var det första men också det sista formella besöket på det aktuella företaget. Men det var antagligen inte det sista han skulle se av Petersberg. Det var nu det riktiga arbetet skulle börja.

Kapitel 10

I samma stund som det hördes en rejäl knackning utanför dök Bricks yviga kalufs upp bakom glasrutan i dörren. Inte så att håret var tjockt. Det var bara flygigt. När Karl ropat till att den var öppen och precis var på väg upp för att ta emot Brick i dörren klev denne in och såg sig förstulet om i Karl rum.

"Det är så här du har det?" sa Brick och synade Karls skrivbord med den uppfällda datorskärmen och whiteboardtavlan med de senaste faktabitarna i den nya utredningen. Karl tittade förbryllad på honom.

"Ja. Så här ser det ut", sa han lakoniskt.

"Jag måste få tacka för papperen som du lämnade in till Jander i morse när jag inte var här. De var inte dumma", sa Brick och hade därmed lagt fram sitt ärende på ett lättfattligt sätt.

"Det var bra att du tyckte det", svarade Karl och sjönk sakta och utan dåligt samvete för den bekvämlighet han visade upp tillbaka ner i stolen igen.

"Kan man förstå hur man frivilligt kan spara gammal bokföring som ligger ett femtontal år tillbaka? Kan man fatta det?" undrade Brick. Karl funderade under en sekund på om han skulle svara eller om han skulle invänta en eventuell förklaring som Brick själv skulle komma med. När ingen förklaring eller försök till sådan från Brick kom, drog Karl in andan litet snabbt och suckade.

"Ibland antar jag att man har en sagolik tur helt enkelt", sa han utan att egentligen säga någonting alls. Brick nickade och tog några steg in i rummet.

"En sagolik tur, Kalle. Där sa du någonting. Hur uppfattade du Petersberg?" fortsatte Brick.

"Ta en person som aldrig sett någonting annat än den där världen och sätt honom i kvadrat. Där har du honom", sa Karl. "Då är det på pricken en sådan som han."

"Jag tror jag förstår vad du menar", sa Brick och rev sig i håret. "En slyngel? Är det så du menar?"

"Så vet jag inte om jag skulle kalla det. Om du skulle fråga honom om någonting annat än det han jobbar med tror jag inte du skulle få några svar", sa Karl och överraskades själv av det som kom över hans läppar. Han tittade på Brick för att se om denne uppfattat Karls överraskning men kunde inte upptäcka ett spår av det i hans blick som snarast såg inbunden ut för ett ögonblick.

"Han har inte rent mjöl i påsen. Det kan han inte ha", tillfogade Brick.

"Det kan han nog inte ha", upprepade Karl.

"Jag förstår vad du menar. Jag förstår precis", sa Brick igen och gjorde sken av att vara på väg att lämna rummet. "Fortsätt gräva i det som står där", sa han.

"Vad...?"

"I papperen, Karl. Där har du i alla fall en början till något slags insyn i firman och i personerna kring den."

"Hm", sa Karl och önskade att han fått någonting mer konkret att förhålla sig till. "Då får jag väl göra det", la han till, och kliade sig demonstrativt med fingertopparna utanpå den stickade tröjan.

"Vid vilket tillfälle som helst får du gärna komma till mig och tala om hur du kom fram till det där om den inkommande leveransen som du skriver om i din rapport. När som helst", sa Brick och vände hastigt på klacken och var utanför dörren innan Karl hann yttra något mer. Han såg mot den stängda dörren som precis gått igen och mot rutan med endast den vitmålade väggen som syntes bakom. Han stod kvar i tankarna en stund. Nu satt han i klistret. Och om det inte var han så var det någon annan. Eller kanske satt de där allihop. Inte minst Roffe. Sedan han planlöst snurrat runt i rummet satte han sig och fortsatte med sin bakgrundskontroll som han påbörjat en timme tidigare. Nu ville inte huvudet hänga med längre. Han märkte det på en gång. Likaså bra att ta ett varv runt avdelningen. Spana in kafeterian. Kanske kila ner och sätta sig därnere. På bottenvåningen. Han drog jackan av stolen och svängde den runt ryggen och trädde i armarna. Hissen tog honom ända ner till botten av huset. Vilket var en sanning med viss modifikation. Han tänkte på Roffe. Han tänkte på Emilia. Han tänkte på snön som blåste ner i sidled och som trotsade våren som han längtade efter. Han kunde nästan se hur det liksom glittrade till i färgen på himlen bakom snön som föll ner utanför. Det var i så fall från en förmodat blå himmel som trots allt fanns där bakom. Det var ljuset som snart skulle komma. Men det var någonting mer. Någonting mer var det som han tänkte på. Någonting var det som han längtade till. Att vara den som löste fallet som han hade att arbeta med. Men än skulle det dröja länge. Än skulle det dröja mycket länge till.

Kapitel 11

Uniformen satt perfekt. Det brukade den göra. Så perfekt som man bara kunde begära. Under den mörkbruna färgen stack namnbrickan ut. Skorna var diskret mörka och aldrig av den iögonfallande sorten. Han hade sin runda eller rutt. Den vanliga rundan som han alltid tog. Nu hade saker och ting emellertid förändrats. Det störde honom inte. Ingenting störde honom. Inte ens påminnelsen om händelsen när han såg ut över området. När han blickade ut över det ställe där det hade hänt. Det var borta. Inom honom fanns det inte kvar. Det fanns däremot en ansats till någonting annat. Det syntes i hans ögon. I hans sätt att röra sig. Det fanns i hans rörelser en viss självsäkerhet. Det ringde i telefonen. Han drog den långsamt ur sin hållare och satte den till örat. Han rörde på läpparna i en min som om det fastnat någonting mellan tänderna. Liksom sög ihop läpparna och pressade dem mot varandra. Ett sådant uttryck hade han haft första gången han hade lyssnat till någonting dylikt. Men långt innan det verkligen hade hänt. Han spände läpparna och lyssnade bara utan att säga någonting. Det fick gå. Så kände han. När han fått det meddelande han väntat på stängde han av samtalet och satte tillbaka telefonen i sin hållare. Sedan började han långsamt gå fram över golvet. Det var blankhalt och en aning vått i stora linjer som böjde sig i en halvcirkel. De höll emellertid på att torka. Linjerna. Längre bort fanns det större märken kvar. Han kunde både se och höra golvvårdsmaskinen som nyss lämnat den golvyta som han tillfälligtvis stannat upp på. Om ett leende nyss funnits över hans ansikte när han lyssnat till rösten i luren, syntes nu ett till. Han gjorde knappt någon hemlighet av sin förnöjsamhet. Det var på väg att gå hans väg. Allting var på väg att bli rätt. Det var därför han hade det sällsamma men inte särskilt lyckliga leendet över läpparna just nu. Han kunde känna sig bekväm i situationen. Det hade visats ett förtroende för honom. Det gjorde honom också nöjd. Faktum var att han aldrig någonsin tidigare känt sig så här. Aldrig tidigare känt sig så nöjd, så bekväm och så förväntansfull.

Solen lyste in med ett för årstiden sällsynt starkt ljus. Det hade varit oväder dagarna innan. Nu flödade solen fram. Himlen var blå. Sikten oändlig och vidsträckt. Inte störd av någonting. Ingenting fanns i vägen. Inte ens det han i bildlig bemärkelse fasat för. Det var bara att se framåt. Han stod en stund och bara tittade. Ljudet från maskinen som sakta cirklade runt störde honom fortfarande inte. Den gick bara på. Den var avlägsen och personen som satt uppepå var djupt försjunken och koncentrerad på sitt arbete. Det fanns en metodiskhet i de detaljer han la märke till när han långsamt vände på huvudet och såg ditåt. Så skulle han också agera. Om han hade ett val och en möjlighet. Antagligen skulle han bli tvungen att behöva fatta ett snabbt beslut. Det skulle inte heller störa honom. Han sög fortfarande på läpparna i sina funderingar som han var sysselsatt med. Framför sig hade han det han hade drömt om. Det kunde inte gå fel. Ingenting kunde gå fel. Inte nu. Inte när det gällde honom, och inte den här gången. Det skulle ordna sig. Han hade läget definitivt under kontroll. Definitivt under kontroll. Det var så han skulle tänka. Om han hade en möjlighet.

Han tog några steg över det blanka golvet. Sedan såg han någonting långt därute. Som en liten, liten prick kom det svepande fram. Som en följsam rörelse genom luften. Men utan att han såg det så. Det såg ut att däremot stå alldeles stilla. Men det kunde det inte göra. Det visste han. Långt där borta kom det stadigt men långsamt närmare. Faktum var att det kom rakt emot honom. Precis som allt det andra bara dansat rakt i armarna på honom. Han log igen. Samma leende. En aning triumferande. Det förnöjsamma leendet som han hoppades aldrig skulle lämna honom. Nu hade pricken blivit en aning större. Men inte mycket. Det var emellertid inte riktigt bara en prick längre. Det var någonting en aning större än så. Större för honom. Runt omkring den var det alldeles tomt. Den var ensam. Helt ensam. Och den var på väg mot honom. Han drog en hand genom håret. Det var för bra för att vara sant. Han kände det bara så. För bra för att vara sant. Han kunde nästan känna ett slags tacksamhet inom sig. Han vände sig sakta runt. Golvvårdsmaskinen var borta. Han hade inte hört när den avlägsnat sig. Han hade inte tänkt på när den försvann. Det var nu han uppfattade det. Den måste ha tonat ut sakta. Nästan ljudlöst bakom honom. Pricken var nära nu. Den var alldeles nära. Han kunde nästan höra den om han ansträngde sig. Därefter vände han på klacken. Han gick sakta över golvet. Det låg blankt och öde. Ingen fanns i närheten. Det var bara han. Och ingen mer. Snart var det som sagt bara han. Och ingen mer.

Kapitel 12

Emilia hängde upp jackan på en galge som gungade en stund innan den stannade och förblev stilla. Hon drog av sig skorna och försökte släppa dem så att de skulle hamna bredvid varandra. Det lyckades nästan helt. Sedan hälsade hon på Frippe som hon strök över ryggen med den lena pälsen. Han blinkade mot henne. Hon pratade med honom. Det tyckte han om. I köket drog hon upp kylskåpsdörren och hittade metallförpackningen med avdragbart lock som krusat sig när det för första gången dragits upp. Alltihop var inneslutet i en plastpåse som prasslade när hon fumlande försökte dra fram förpackningen. Hon tittade på bilden utanpå. Hon läste namnet på etiketten. Det var det kända märket. Sedan öppnade hon fönstret i köket som hon hakade fast i en smal springa. Några våningar längre ner klickade det till när porten öppnades. Tavlan med hyresgästnamnen fanns i ögonhöjd till vänster. De första stegen över stengolvet med de ljusare stråken ekade. Det försvann litet sand från undersidan av skosulorna på den torra entrémattan som låg utslagen en bit innanför porten. De första trappstegen syntes bra i ljuset som drog in från gatan. Sedan blev det mörkare. Mycket mörkare. De bruna dörrarna förstärkte intrycket av dunkelheten som låg lägrad i hörnen. Det blev ett steg i taget. Det var bäst så. Det skulle ligga högst upp. Det doftade svagt av mat på första våningsplanet. Så var det emellertid inte med nästa. Där var det om möjligt också ännu mörkare. Det gjorde ingenting. Efter att ha börjat runda nästa halvtrappa upp syntes ett nytt ljus. Det hade landat på golvet där det lyste upp stenplattorna. Det var på sätt och vis välkommet. Så länge det gick att vara i fred och ensam inne rörande sig uppför den stora trappen i farstun. Ljuset kom från fönstret mot gården. Det stod en liten men spretig pelargonia på fönsterblecket. Den var rödrosa i färgen. Antagligen hade den stått länge. Det såg ut så. Utanför stod en piskställning. Kvällsljuset speglades i fönstren i huset mittemot. Det var ljust men ändå dunkelt där uppe. Någonting som höll på att försvinna. En solnedgång. Det blev en stunds kvardröjande framför utsikten med handen lätt liggande på stenblecket. Piskställningar var inte längre en vanlig syn. Inte som det hade varit förr. Då hade det stått en litet varstans. I alla områden. Inte nu längre. Mycket var förändrat. Sannerligen.

Det var fortfarande alldeles tyst. Tystnaden var särskilt påfallande för den som befann sig någon annanstans än inom det kända området. Inom den vanliga ramen. Det fanns inte ett enda ljud som hördes någonstans ifrån. Vem trodde att det skulle vara så just här? Sista trappen mörknade ju längre ifrån gluggen mot innergården man kom. Det blev en kort stunds avvaktan till. En väntan framför en dörr. En knapp halv minut till att bara andas. Eller att tänka efter hur det var. Hur det skulle gestalta sig. Hur det skulle komma att bli. Sedan trycktes ringklockan in bredvid dörren. Den hade den tysta, litet hesa och låga och surriga tonen som dog ut i samma ögonblick som fingret på knappen släpptes upp. Det blev en tyst väntan igen. Så måste det bli. Kanske lika tyst som den som varit under den makliga uppstigningen uppför trapporna. Hjärtats slag kändes i bröstet. Plötsligt hördes det där klicket i dörren innan den gick upp.

Det var mörkt utanför. Men inte så mörkt att hon inte drabbades av förvåning när hon såg personen som stod därute. Förvåningen var som en stöt genom kroppen. En syn som hon inte hade förväntat sig. Hon försökte hämta sig. Hon tittade på figuren. En tyst gestalt som inte sa någonting. Det kanske var ansiktet som var det mest iögonfallande. Det var dit blicken drogs. Kläderna var ordinära. Nästan litet oansenliga. Ingenting uppseendeväckande. Ingenting att fästa uppmärksamhet vid. Som vem som helst. Eller som hos en som var van att röra sig i sina hemtama miljöer. Utan att göra sig till. Utan att leva upp till några förväntningar. Hon visste att de hade sina möten i firman. Årsmöten och annat. Mycket annat. Men hon hade aldrig varit med på dem. Hon hade på senare tid blivit tillfrågad om hon ändå inte ville delta men hon hade avböjt. Berra var inte skrämmande för henne. Inte nu längre. Det hade funnits en tid före den tid som inletts av acceptansen, som hon nu kände. Men den här personen. Med den här personen visste hon inte. Hon kunde efter den omedelbara förvåningen inte säga hur hon kände eller hur hon skulle ta det hela. Hon måste ha sett skrämd ut. Hon hoppades att inte den första chocken hade synts för mycket. Men det var någonting i blicken hos den som stod i trappans mörker.

"Är han inte hemma?" frågade han. Hon skakade sakta på huvudet.

"Nej", sa hon.

"Vi skulle träffas i dag", fortsatte han. "Jag skulle få se hur han bodde, sa han. Han bjöd över mig. Det är bara några dagar sedan."

"Jag vet inte när han kommer. Han jobbar nog fortfarande", sa hon och tog ett djupt andetag.

"Ja", sa han och tittade på henne. Han drog i halsduken som lättade runt halsen. "Kan jag vänta inne?" undrade han.

"Ja", sa hon. Hon backade några steg och släppte dörrhandtaget. Han avvaktade ett par sekunder innan han drog sig genom dörröppningen och ställde sig och tittade in i den del av vardagsrummet som syntes från hans horisont.

"Fint", sa han.

"Ja", sa hon utan att vända sig om mot det som han fäst blicken på. Hon backade litet till. Han blev stående med fötterna på hallmattan.

"Vad trevligt ni har det här uppe på söder", la han till.

"Ja, det är bra här", sa hon. "Du kan hänga av dig. Ta en galge."

"Det ska jag göra", sa han och slog ett öga in i köket till höger. "Och fin utsikt. Stadshustornet. Den guldbemålade."

"Han är nog snart hemma", sa hon. "Du kanske vill ha någonting att dricka?" undrade hon.

"Litet te?" sa han.

"Ja. Det kan jag ordna", sa hon. Hon gick sakta till köket och knäppte dröjande på spisplattan. Hon stod och bara andades. Hon tog några andetag till. Sedan ångrade hon sig sedan hon kastat en blick på vattenkokaren. Hon kokade aldrig te på plattan. Det var bara Karl som gjorde det. Hon stod en stund blick stilla i köket och avvaktade med handen på spisens knapp. Sedan bestämde hon sig för att låta det vara. Det hördes ett svagt knarrande när han långsamt rörde sig över golvet. Det förflöt en minut. En stund av tystnad som kändes längre än vad det var.

"Det var många trappor", sa han plötsligt där inifrån. Hon tvekade en sekund innan hon svarade.

"Mm", sa hon och stod kvar. Hon kunde inte vara säker på att han hade hört henne.

"Vad fint ni har det", sa han på nytt. Hon tog några steg in i hallen. Hon såg jackan som han hade hängt på galgen bredvid hennes egen. Hans skor stod prydligt lämnade bredvid varandra. Som om han böjt sig ner och satt dem i ordning innan han lämnat dem där. Hon gick fram till tröskeln till vardagsrummet. Han stod vid fönstret. I famnen bar han på Frippe.

"Vi fattade tycke för varandra direkt", sa han när han sett hennes min.

"Det var kanske ovanligt", sa hon.

"Han sa klockan fem", sa han.

"Konstigt att han inte har sagt någonting till mig", svarade hon. Han svängde runt ett halvt varv och släppte ner Frippe som smidigt fick fast mark under fötterna på sätet i soffan.

"Han kanske fick en utryckning", sa han och försökte le mot henne.

"Nu är teet snart klart. Jag kokar det på plattan. När som helst är det klart", sa hon och vände sig långsamt om. Han tittade efter henne.

"Har du jobbat i dag?" frågade han litet högre när hon avlägsnat sig in i köket.

"Ja. Jag har jobbat som vanligt", sa hon inifrån köket. Det blev tyst igen. Hon hällde upp te i två muggar och satte dem på köksbordet. Sedan värmde hon två bullar som låg i frysen i micron. Det plingade till efter en kort stund. Hon tog ut de varma bullarna och satte dem på ett fat och bar in alltihop till rummet och satte ner det på soffbordet. Hon tittade runt hörnet innan hon kom in i rummet. Han stod med ryggen mot henne vänd mot innergården utanför som syntes bakom den tunna gardinen.

"Då finns det te och bullar", sa hon med entonig röst och fördelade två muggunderlägg på sina platser på bordet. Långt ifrån varandra. Han tittade ner på tekopparna och bullarna. Han log igen.

"Trevligt. Du skulle bara veta vad te vi har druckit i huset på ön. Jag saknar det ibland. Det är vackert där", sa han.

"Ja. Vi kunde ju inte komma ner." Hon visste inte varifrån hon fått orden som kom ur hennes mun.

"Nej, det var tråkigt", svarade han. Hon tittade hastigt upp.

"Det är väldigt fint. Jag har inte sett huset, men jag har sett foton som Karl har tagit", sa hon.

"Ja. Det blir väl fler tillfällen", sa han. "Är det nyklassicism det här?" undrade han och pekade med ett finger i riktning uppåt taket till.

"Ja, det kanske det är. Jag vet faktiskt inte vad det är för stilriktning", sa hon och satte sig ner i soffan.

"Vi hade en expert i gruppen men vi har honom inte kvar längre. Han är tyvärr borta", sa han med ansiktet vänt mot fönstret igen. Han dröjde sig kvar med blicken över de svarta plåttaken och de små skorstenarna.

"Jaha", sa hon och drog den lilla näverkorgen med servetterna närmare de platser där de skulle sitta. Hon drog upp en servett och la den bredvid muggen. Sedan sköt hon näverkorgen närmare hans plats och läppjade på teet. Han vände sig om och sjönk tyst ner i soffan. Hon tittade hastigt på honom när han satte sig och flackade sedan runt med blicken mot bokhyllan med tv:n i närheten, och över tapeten bakom.

"Det har hänt så mycket", sa han. "Det har hänt så otroligt mycket tråkigheter." Han sträckte ut handen och tog en bulle som han uttryckslöst tittade på innan han tog en tugga och lyfte temuggen och drack en liten klunk.

"Jag förstår", sa hon och hade spärrat upp ögonen mot honom i förvåning.

"Det var trevligt sist", sa han.

"Ja, det var trevligt", sa hon.

"Ja, jag vet att du vet saker", sa han. Hon väntade en halv minut. Det blev tyst.

"Bor du i Rönninge?" frågade hon. Han nickade och drack litet mera te.

"Ja, det är ensligt. Jag har skogen runtom. Några radhus. Pendeltåget och sjöarna längre bort. Det är fint. Jag trivs bra", sa han utan att titta på henne.

"Jaha. Det låter ju bra", sa hon.

"De var goda. Jag gillar inte att de har pärlsocker på bullarna. De här var väldigt fina", sa han.

"Hör du pendeltåget där du bor?" frågade hon.

"Jag hör det som en susning när det sveper förbi i full fart. Det är det som får en att inte helt tappa kontrollen.

Det för en tillbaka till verkligheten när man som bäst behöver det", sa han. Hon visste inte vad hon skulle säga. Hon tittade som hastigast upp på honom. Han hade en tunnstickad marinblå tröja med en vinröd rand på tvären på mitten av magen. Under halsen satt en krage på en skjorta utan slips. Håret var halvgrått men ändå mörkt och såg ut att inte vara tvättat på några dagar. Blicken var vaken och granskande. Han framstod som ganska ful i hennes ögon.

"Hm", sa hon.

"Jonas har flyttat nu. Han bor i lägenheten i Ropsten som jag fixade åt honom. Elise bor där också."

"Ja." Hon tog en klunk av teet.

"Han...Perignoth System, ditt självklara val av datateknisk utrustning", sa han och tittade på henne. Hon undrade vad han ville säga.

"Ja. Det är nog inget fel på firman", sa hon litet fånigt.

"Jag hörde att ni skulle börja med leasing. Berra berättade det. Det var han som sa det till mig", sa han.

"Ja. Han vet nog vad han gör", sa hon och lutade sig stelt mot ryggstödet i soffan. Frippe steg upp från sin plats där han legat hela tiden och sträckte på sig. Sedan travade han långsamt fram till Emilia och nosade på henne.

"Berra har aldrig helt godkänt att jag umgås med Karl. Han har hela tiden varit emot det", sa han.

"Vad tycker du är så bra med Karl?" frågade hon rättframt. Han tittade på henne med en snabb blick.

"Han är så förstående. Och han är så lätt att förstå sig på", svarade han.

"Ja", sa hon och sökte på nytt med blicken runt i rummet. "Det kanske är så." Han la ner bullen på fatet och reste sig och gick fram till väggen med fotona som satt bakom glas och ram. Han studerade bilderna under tystnad en stund. Sedan vände han sig sakta om och fäste blicken på den motsatta väggen under tiden han gick och satte sig igen. Han tittade ner på bullen innan han plockade upp den från fatet och tog nästa tugga av den.

"Det är intressant med litet nya människor ibland", sa han när han tuggat ur. "Annars är det bara det gamla gänget. Och dem vet man ju var man har", la han till.

"Karl delar ju inte era åsikter", sa hon plötsligt.

"Det kan jag inte klandra honom för. Vi pratar aldrig politik. Det ska du inte tänka på", sa han. Hon tittade på honom. Han tittade tillbaka. Hon drack på nytt av teet och satte ner muggen.

"Vad har du för politiska åsikter då?" undrade hon.

"Jag har mina principer", sa han och tittade ner i bordsskivan.

"Jaha?" Han höjde huvudet och lät blicken löpa igen över rummet med bokhyllan, tapeten bakom, de små tavlorna och ett och annat fotografi på både Karl, Emilia och andra.

"Bland annat är jag motståndare till varats ständiga inriktning på förändring. Men det beror ju förstås på var man står. Jag vill ha en annan förändring", sa han och försökte le.

"Ja, sådana där kryptiska tankebanor kan jag tänka mig att Karl faller för", sa hon.

"Så är det, faktiskt", sa han. "Faller för, men rycks inte med av. Han är inte som vi. Men han är med oss. Det är en viss skillnad", sa han.

"Skulle du göra vad som helst för att få en förändring som du ville se?" frågade hon.

"Jag trodde det. Men det kommer inte att ske igen", sa han.

"Vad bra då", sa hon. Han tittade på nytt upp och såg med uppskattande min runt omkring sig som om han letade efter inspiration eller efter att kunna förklara sina tankebanor för henne bättre.

"Jag kan argumentera. Det kan jag. Om jag vill", sa han igen och mötte hennes blick igen.

"Jonas då?" undrade hon.

"Ja...det finns nog hopp", sa han utan att hon helt visste om hon förstått honom rätt. Det blev en kort stunds tystnad medan de båda drack av teet och tog varsin tugga av bulla som de båda hade på sina fat.

"Jag tyckte inte Jonas var så särskilt trevlig i början, om jag ska vara helt ärlig", sa hon när hon tuggat ur och svalt litet te.

"Det kan jag förstå. Man växer ihop i en sluten grupp. Man peppar varandra. Alla utanför gruppen är fiender. De är de som inte förstår någonting", sa han. "Man har bara lojalitet med varandra." Han hade sagt det han sagt utan självironi. Bara med den erfarnes insikter. Och bara som ett sätt att förklara saker för henne.

"Hans överlägsna attityd är borta. I dag tycker jag att han är trevlig", sa hon.

Han höjde muggen, drack ur de sista dropparna och satte ner den igen i bordsskivan. Sedan såg han upp och mötte hennes blick.

"Han är mycket trevlig", sa han.

"Jag tyckte han var så självsäker och nedlåtande. Om jag ska vara ärlig, alltså", sa hon.

"Så får man tycka om man vill. Om man känner det så. Du är utomstående. Visste du förresten att Elise fick sitt jobb precis före dig?" Emilia skakade på huvudet utan att säga någonting.

"Det var inte lätt i början", sa hon.

"Jag kan tänka mig det", sa han.

"De här ständiga mötena på Vulcanusgatan. Alltid klockan nio. De mystiska uttrycken som ni svängde er med."

"Ja. Du tittade konstigt ibland på Berra. Du såg undrande ut", sa han och lät ett lätt leende framtona i ansiktet.

"Sa Berra det?" Han nickade.

"Ja, han sa någonting om det. Det kan ha varit Jonas också. Det minns jag inte", sa han.

"Jag ville sluta. Ett tag ville jag det", sa hon.

"Ja, en gång gjorde du ju det också. Det var efter tillslaget ute i mitt hus i Rönninge", sa han och kliade sig på sidan av halsen. "Ingen visste var jag var efter det. Men Berra ringde upp mig innan jag drog utomlands."

"Det hade kanske varit bäst om det blivit så att jag slutade."

"Nej då. Berra uppskattar dig." Hon tittade på honom som om han inte förstått vad hon menade.

"Ja men...".

"Jag förstår hur du menar", sa han. "Du kanske undrar om det hade varit annorlunda i dag om Karl och jag aldrig blivit vänner. Kanske bättre för er?" sa han. Hon gjorde en min.

"Du jobbar inte längre?" undrade hon. Han skakade sakta på huvudet.

"Nej. Allting känns lugnare nu. Mitt nya liv har precis börjat", sa han och lutade sig bakåt i soffan och knäppte händerna över magen.

"Hur ser det ut då?" frågade hon och strök Frippe över ryggen en extra gång.

"Jag har inte lagt till någonting. Jag har mest dragit ifrån, om du förstår vad jag menar", sa han. Hon nickade litet mot honom.

"Mamma har gått i pension. Det var inte så länge sedan. Hon har lagt till en massa saker. Allt sådant som hon aldrig hann förut."

"Man ska inte skjuta upp allt roligt. Det ska man aldrig göra. Man vet inte när det är slut", sa han och tittade ut över takåsarna. Hon tog ett andetag och tittade ner i bordet.

"Robert?" sa hon. Han såg på henne frågande. "Jag hatade dig för några år sedan. Karl hade blåmärken på skulderbladen. Han berättade att han varit nära att bli...han...". Hon tystnade. Han tittade först förvånat och stelt på henne och tog sedan ett andetag.

"Det var hänsynslöst av mig. Vi låg i luven på varandra under många år, den där vänstergrupperingen. Det var...".

"Jag skiter fullständigt i dem. Du borde ha tänkt litet annorlunda." Hon hade höjt rösten en aning och lät upprörd. Trots att hon försökte att inte göra det. Hans ögon smalnade av men återtog sin normala form efter ett par sekunder. Sedan tog han ett nytt, synligt andetag. Han rev sig försiktigt, först på halsen och sedan på sidan av pannan med samma nagel medan han sökte med blicken runt.

"Det är ett drag hos mig. Jag kan inte hjälpa det", sa han kort. "Någonstans får varje människa skylla sig själv", la han till.

"Det är ju hans jobb!"

"Det är precis det jag menar", sa han. Hon tittade förvånat på honom. Sedan suckade hon högt. Han klämde fram ett kort glädjelöst leende. Sedan hördes det ljud från trapphuset. Några sekunder senare klickade det till i låset. Det hade först rasslat som av nycklar som slog mot varandra. Dörren svängde upp. Det blev tyst i en sekund innan Karl klev fram över skorna på hallmattan.

"Robert, är du här?" frågade han.

"Konstapeln! Vi sitter och fikar", sa Robert.

"Det var väl trevligt", svarade Karl som klivit in med skorna på i rummet och blev stående och tittade mot de båda i soffan. Han log mot Emilia och sparkade av sig skorna som han bar till hallen där han släppte dem på mattan.

"Vad har ni pratat om då?" undrade han när han kom tillbaka. Han blundade och drog hastigt med ett par fingrar över näsroten som för att väcka sig till liv.

"Du kunde ha ringt och berättat om det här", sa hon.

"Det kom någonting emellan. Vi fick ett larm. Det står aldrig helt stilla därute. Ständigt någonting som händer. Men klockan är ju halv sex nu. Hur länge har ni suttit här?" sa han och såg frågande ut när han såg temuggarna på bordet. Emilia tittade kort upp på honom.

"Vi har pratat. Jag har gett Robert dåligt samvete", sa hon.

"Jag sätter i gång med maten på en gång. Den ligger i frysen", sa Karl.

"Nej, den ligger i kylen. Är det köttet och potatisgratängen du menar?" frågade hon. Karl nickade.

"Just det. Jaså? Vad bra då. Då går det litet snabbare. Dåligt samvete, sa du?" sa han och såg undrande ut. Emilia satt tyst.

"Man är en utomjording. I alla sällskap dit man kommer är man en utomjording. Men nu har vi lärt känna varandra", sa Robert. "Jag tyckte det var dags för det. Det var därför jag kom hit litet tidigare än tänkt. Jag ber så mycket om ursäkt, Emilia", sa han och vände sig åt hennes håll. Hon tittade upp och gjorde en försonande min med munnen i en grimas som såg ut som ett leende.

"Det kanske var bra det", sa Karl.

"Det var nog det", sa Robert kort. Karl stod tyst ett ögonblick. Han tog några steg runt rummet.

"Ja, så här ser det ut. Två rum och kök. Det är litet, men vi trivs", sa han och slog ut med handen.

"Det är väldigt fint, men begränsat. Jag skulle inte klara av det", sa Robert.

"Jag förstår det. Det finns ingen natur i närheten. Jag har en utsiktspunkt inåt stan. Där sitter jag ofta och tar med mig kaffet. Den skulle du gilla", sa Karl och vände sig till Robert.

"Jaså?" sa Robert och log på ett trevligt sätt. "Då skulle det vara roligt att få se den utsiktspunkten någon gång."

"Stadshuset", viskade Karl skämtsamt. "Stadshuset", sa han igen litet högre. Emilia lät ett kort men ironiskt fnissande ljud gå ut genom näsan. Robert log och lät blicken röra sig från Karl över till Emilia. När hon med en hastig rörelse mötte hans blick log han fortfarande. Hon försökte att inte le tillbaka.

"Ni får ha ert Stadshus", sa hon och reste sig. Karl travade mot hallen. Robert reste sig sakta och kom efter. När han kom till hallen syntes solnedgången genom köksfönstret norrut.

"Därute", sa Karl. "Därute finns de norra delarna av söder. Över vattnet ligger Stadshuset. Det vet du ju redan. Utsiktspunkten har du säkert någon gång varit på, misstänker jag." Robert tog några steg fram till mitten av köket. Mitt på golvet stannade han. Han hade ett sällsamt uttryck i ögonen.

"Det är vackert", sa han.

"Det är väldigt fint", sa Karl.

"Det är inte utan att man blir litet imponerad trots allt", la Robert till.

"Ja, det är underbart", sa Karl.

"Så, här sitter du och funderar, om jag känner dig rätt?" undrade Robert, tog några steg fram och la en handflata på stenblecket med de få krukväxterna på medan han lutade sig en aning fram så att han kunde se det som fanns över takåsarna, bortom.

"Ja" sa Karl dröjande. "Här sitter jag i värmen sena sommarkvällar när inte tv:n utövar någon lockelse över mig.

"Sena sommarkvällar", sa Robert och såg drömmande ut.

"Härliga sommarkvällar. Timmarna rasar i väg när man sitter här. Ännu långt in på hösten är det varmt. Så sent som i oktober. Det är fantastiskt." Robert tittade på honom.

"Jag förstår. Jag förstår saker utifrån ett annat perspektiv nu", sa han tankfullt. Karl tittade hastigt på Emilia och sedan tillbaka på Robert.

"Exakt hur menar du nu?" sa han. Robert tog några steg tillbaka och ställde sig med ryggen mot diskbänken.

"Det är helt enkelt ledsamt", sa han. "Jag föreställer mig att det kan ha varit här du satt den där kvällen när du blev utkommenderad till Medborgarplatsen. Det var antingen Jander som sa det eller någon under rättegången. Jag vill minnas att det var vid nio. Det var en vacker kväll. En av de allra vackraste. Jag såg själv utsikten mot Årsta. Jag såg den genom trapphusets fönster. Jag hejdade mig där och då. Men bara för en stund. En kort sekund. Jag hade sprängladdningen i väskan." Karl tappade hakan.

Plötsligt såg han det framför sig. Han såg det som igår. Det var så. Det var exakt så det hade varit. Precis så det hade gått till. Han hade suttit i stickad tröja med bara en liten luftspringa i fönstret som stått öppet. Han hade hört sirenerna långt där borta. Inte närmare tänkt på det så mycket. Han hade sett på klockan. Den var åtta på kvällen om han inte mindes fel. Sedan hade påringningen varit ett faktum. Han hade fått ge sig i väg. Den syn som mötte honom satt kvar länge. Medborgarplatsen. Offren låg på ett golv i rummet intill där laddningen stått. Någon hade släppt ner dem från bjälken i taket. Det var efter att de först hade hängts. Frågan var om synen inte fortfarande var lika levande som den varit då och under de första dagarna efteråt. Det satt kvar. Det var det andra attentatet. Någonting kändes i magen på honom. Det var antagligen därför att han hade sett det med egna ögon den där gången. Han vågade inte titta på Emilia. Han såg i stället mot Robert utan att möta hans blick. En kort stunds tystnad förflöt.

"Det känns som i går", sa han.

"Det var i går", svarade Robert sakta och uttryckslöst.

"Och nu är det i dag", la han till och vände sig åter med blicken ut mot den vidsträckta utsikten över taken, med solnedgången som färgat himlen röd.

Kapitel 13

Fiskmåsarna skriade där de flög över den glittrande vattenytan med de stora krusningarna. Han hade händerna nedstoppade i fickorna i den för årstiden lagom varma jackan. Solstrålarna hade träffat vattenytan några timmar tidigare när solen hade gått upp. Han drog undan jackärmen vid vänster hand. Armbandsklockan visade inte åtta ännu. Han skulle vara tidig. Det fanns en tanke med det. Gruset låg kvar över hela den vidsträckta kajen. Därifrån han stod kunde han höra hur vattnet skvalpade mot kajkanten. Ett par stora fartyg skymde sikten. Men den var tillräckligt bra för att han skulle kunna se hela vägen över till andra sidan. Den andra kustremsan mittemot. Utloppet till höger var det som började som en smal kanal alldeles vid Djurgårdsbron flera kilometer bort. Han vände sig om och kastade ett hastigt öga mot den parkerade bilen som han kommit i och ställt på en i övrigt nästan öde parkeringsplats. Efter flera minuters långsam promenad kunde han läsa firmanamnen på skylten ovanför entrén. Han drog i dörrens handtag och steg in i porten innanför. Trappstegen var ljusa och tog honom ett kort ögonblick senare upp till rätt våning. Där fanns en dörr i trä med infattat glas som han sköt upp i riktning inåt. Återigen såg han på klockan. Det var tomt vid den lilla oansenliga receptionsdisken där det annars brukade sitta en person som kunde hänvisa en besökare rätt. Han tittade som hastigast in i rummet snett framåt till vänster. Det var där man hade placerat ut ett möblemang med fåtöljer, bord och stolar. Det fanns en radio och en kaffeautomat. Inte helt olik den som fanns på hans egen avdelning. Sedan tog han till höger och hamnade direkt på den orange mattan som fransade sig i kanterna alldeles intill väggen. Den var dessutom nedgången och sliten i mitten där han gick. Men den dämpade stegen som inte hördes i korridoren. Sekunder senare var han framme vid dörren där namnet på skylten satt. Det namn som han denna gång sökte. Liksom även andra gånger. Han hade varit där förut. De hade pratat om lokalen vid Atlasmuren. Den då nyss vandaliserade lokalen. De hade pratat om Jonas. Det var strax före hans försvinnande. Det hade gått ett år och fyra månader sedan dess. Det trodde han i alla fall när han tänkte efter. Det hade åtminstone varit vinter. Kallt hade det förmodligen varit. Robert hade haft permission. De hade nyligen varit och släppt av honom ute i hans hus i Rönninge. Huset vid sjön. Huset mitt i skogen. Huset med det egenhändigt byggda och inredda skyddsrummet med ingång genom en panel i en bokhylla i tvättstugan på källarplanet. Innanför hade en soffa med sextiotalstyg stått ensam på golvet där det inte saknades en brunn där det droppat vatten. En ho av rostfritt stål hade suttit fastkilad i väggen. Han hade fått en viss känsla i kroppen. Det hade varit en deprimerande syn. Robert hade hållit med. Eller det kanske till och med var så att det var han som kastat fram det först. Karl var inte säker.

Han knackade på dörren. Det hördes ingenting där inifrån förrän en lätt harkling nådde hans öra. Sedan öppnades dörren av personen som hälsade Karl med ett hej, en nickning och en snabb blick. Han vände sig långsamt om och satte händerna i midjan och travade fram genom rummet. Karl kunde se hur det stramade i tyget i den rosatonade skjortan över ryggen och över armbågarna på honom. Han hade nått en bra bit in i det rymliga rummet när Karl lät dörren bakom sig gå igen och blev stående alldeles innanför och tittade sig omkring. Det stod en våttorkad plastväxt i en enorm kruka intill kortväggen till höger. Karl tittade på den fula skapelsen under ett par sekunder. Sedan föll blicken på den trasiga persiennen som fortfarande hängde snett mellan fönsterrutorna men som förmodligen ännu besatt den skuggande förmågan under stekheta dagar med solen som låg på från söder. Den som även trots den tidiga timmen redan nu hade lagt sig i position och svepte fram sitt ljus över skrivbordet med skinnstolen bakom, och den heltäckande mattan som täckte hela golvet.

"Det gäller utredningen", sa Karl. Berra drog snabbt in luft genom näsan och snurrade sakta runt och såg på honom för en kort stund.

"Jag förstår det", sa han. "Vad kan vi göra för dig?" undrade han och talade i plural som en av medlemmarna i en sammansvetsad grupp. Karl tog ett varv mitt på mattan och tittade ner mot sina fötter när han rörde sig fram.

"Jag vet knappt själv var jag ska börja", sa han.

"Sätt dig, du", sa Berra. "Jag vet inte om jag kan bjuda på någonting. Vi har kaffe i automat längre ner", sa han. Karl skakade hastigt på huvudet.

"Nej, det är bra, tack", sa han. "Fikat har jag gjort. I morse." Berra lät tungan diskret löpa över den inre delen av hans torra underläpp medan han prövande såg på Karl.

"Är det problem?" undrade han.

"Det kanske var ett misstag att komma hit", fortsatte Karl.

"Vi får väl pröva och se", sa Berra och tog några steg fram till skinnstolen och satte sig ner. Han fördes bakåt och blev sittande med blicken i en vinkel mot taket när ryggstödet tyngdes av hans kropp. Karl såg tvekande på stolen som stod närmast honom. Han tog några steg så att han närmade sig fönstret. Där hamnade han bakom gardinen som hängde luftig på höger sida.

"Vad soligt det är på väg att bli", sa han. Berra hummade instämmande.

"Vad är det för problem?" frågade han kort därpå, och med en viss nyfikenhet.

"Och varmt, dessutom. Värmen är på väg med stormsteg", sa Karl.

"Mm. Väldigt skönt", instämde Berra.

"Det är Roffe. Han har tagit emot svarta pengar för sitt jobb åt Granopto. Han finns inte med i bokföringen. Det är länge sedan och antagligen preskriberat vid det här laget. Men det är inte bara det", fortsatte Karl.

"Vad är det då, då?" sa Berra och hade fått ett nytt nyfiket uttryck i ansiktet. Karl vek undan gardinen så pass att han kunde se gatan därute och människorna som rörde sig. Det hade tillkommit ett antal bilar som skymde hans egen så att han inte såg den från den plats där han stod.

"Det är bara så konstigt allting", sa Karl igen. Berra vred sig i stolen som knarrade i skinnet när han ändrade sittställning.

"Jaså? Säger du det?" sa han.

"Den senaste leveransen från…nu ska vi se…jag tror det var Ungern, faktiskt, den har som mottagare en person här i Stockholmstrakten", sa Karl som knappt visste hur han skulle säga det han sa och ännu mindre hur det skulle tas emot.

"Ja? Vad kan det ha med oss att göra?" undrade Berra.

"Ja, nu har vi kollat upp den där firman ordentligt. Det är inte bara tretton år tillbaka som är intressant", började Karl.

"Det kan jag tänka mig att det inte är", sa Berra och rev sig på den rosatonade skjortärmen.

"Det är samma företag som har skickat varor nu som också skickade varor då", sa Karl på ett litet förtydligande sätt.

"Jaså? Men jag förstår fortfarande inte vad det rör oss?" sa Berra lugnt och utan otålighet.

"Roffe!" sa Karl. "Han står som mottagare av en leverans från Ungern till Västberga här i Stockholm. Är inte det konstigt? Från och med nu får du se det här som ett förhör i all enkelhet", sa Karl och gjorde helt om från sin plats vid fönstret och tog några snabba steg och satte sig i stolen på andra sidan skrivbordet där Berra satt och där han kunde se honom snett framifrån. Han drog fram blocket ur fickan och bläddrade fram ända tills han hittade en tom sida att skriva på. Berra ändrade på nytt sittställning och hade fått ett nytt uttryck i ansiktet.

"Det måste vara ett totalt missförstånd", sa han. Karl tittade upp på honom och mötte inte bara hans blick. Han väntade även på att Berra skulle komma med en förklaring. Den sortens förklaring som han eventuellt kunde ha. Berra skakade på huvudet och slog ut med händerna i en kort rörelse. "Tyvärr kan jag inte hjälpa dig där", sa han igen.

"Exakt hur länge har ni haft lokalen? När köptes den och i vems namn?" undrade Karl och riktade kulspetspennans udd ner i blocket medan han väntade på att Berra skulle svara honom. Han skakade på nytt på huvudet.

"Den är köpt i firmans namn, Perignoth System. Det var i februari", svarade han kort.

"Och i vilket skick?" frågade Karl.

"I det skick du såg den häromdagen", fortsatte han lika kort.

"Med inredning, bildäck på gården och allt?" undrade Karl. Berra nickade tydligt.

"Hela den grejen", sa han.

"Vem var säljare?" frågade Karl på nytt.

"Den såldes via en hemsida. Ett företag i verkstadsbranschen. Billigt", sa Berra och drog med handen på nytt på samma ställe där han förut hade rivit sig.

"Jag får kolla upp det här om det inte trots allt kan ha varit det företag i Malmö som vi pratar om. Det som allt rör sig kring just nu. Jag behöver papper på det här. Det behöver jag redan i dag", sa Karl en aning bestämt. Berra nickade.

"Jag förstår. Jag tror jag förstår. De har utnyttjat en gammal avlönad. Ett gammalt namn från förr. De har hittat någonting som de har utnyttjat. Hittat en koppling. Roffe finns ju naturligtvis som avlönad hos Perignoth System också. Det är så de har hittat honom." Karl drog med ett finger över kinden.

"Jag tror att det måste vara slumpen som har gjort att ni har råkat in i det här", sa han.

"Hur?" frågade Berra.

"De kan inte veta att ni har varit ute efter en lokal. Ni har inte haft någon annons ute?" sa Karl.

"Nej, det är riktigt", sa Berra. "Det har vi inte haft."

"De har haft planer på att sälja lokalen, och när de ser att ni är intresserade får de en idé. Någon är det som får en idé. Det är Granopto som via ett dotterföretag har sålt lokalen till er", fortsatte Karl.

116

"Högst troligt", sa Berra och nickade. "Det är så det måste ha gått till."

"Som du förstår nu så måste vi eller jag", rättade sig Karl, "så måste jag hålla lokalen under uppsikt för att invänta leveransen från Ungern med mottagare lokalen i Västberga, och Roffe Andreasson."

"Tråkigt. Mycket tråkigt", sa Berra vars kommentar eventuellt hade missförståtts av Karl.

"Vad som sedan ingår i planen efter det att godset eller leveransen tagits emot av någon i lokalen i Västberga kan vi bara spekulera i", fortsatte Karl.

"Jag förstår. Ja, du har det hett om öronen, konstapeln. Det vill jag lova", sa han och undslapp ett leende som hastigt stigit upp över mun och kinder.

"Det var du som häromdagen berättade någonting om en smuggelhärva. Hur kan du känna till någonting om det?" undrade Karl. Berra rev sig i håret för ett kort ögonblick.

"Roffe var eld och lågor när han kom hem. Han berättade direkt vad han sett och hört. Hur de packade om godset. Satte på nya etiketter och hur snabbt de jobbade."

"Under den lilla stund han stod i skumrasket innanför lastkajen? När han gått bort sig och inte hittade utgången?" sa Karl och hade satt upp en tveksam min i ansiktet.

"Ja, jo, just det. Det var så. Man får komma ihåg att även han var yngre på den tiden. Laddad för äventyr och med litet nyfikenhet beskaffad", sa Berra.

"Beskaffad med litet nyfikenhet?"

"Självklart", sa Berra.

"Som sagt. Det blir konstigare och konstigare det här", sa Karl. "Åtminstone mer invecklat på ett sätt som jag inte trodde."

"Gosse! Jag förstår väl det! Själv är jag förvåningen personifierad", utbrast Berra.

"Berra, du kanske förstår varför jag har haft ett litet dilemma de senaste dagarna? Ska jag säga någonting om övervakning av lokalen till er i firman eller ska vi övervaka utan er vetskap om saken? Brick sa att det var bäst men inte helt regelrätt att låta er få veta om det. Men nu vet ni. Nu vet ni vad vi håller på med", sa Karl och drog en hand över pannan.

"Aj då", sa Berra inlevelsefullt.

"Så hoppas jag att ni är där de vanliga tiderna, men inte mer än i dag brukligt, och aldrig ensamma. Det får gärna vara så tomt som möjligt. Det är en mordutredning, det här", tillade Karl för tydlighetens skull.

"Och själv har man helt ofrivilligt plötsligt förvandlats till polisens hjälpande hand", sa Berra och bet sig i skinnet på underläppen.

"Det kan se så ut. Det kan kännas så", sa Karl.

"Det kan verkligen kännas så", sa Berra och reste sig ur stolen som lät sitt ryggstöd höjas när stolen intog den upprätta lutningen. Han travade sakta fram över golvet en bit och ställde sig framför fönstret.

"Det har varit så otroligt mycket tråkigheter som har hänt de senaste åren. Så väldigt mycket som har hänt. Jag har aldrig pratat med dig om de här sakerna. Det är som om det vore helt borta. Men naturligtvis är det inte det. Vissa delar av det är mer aktuella än någonsin", sa han.

"Ja?" sa Karl som hade svårt att hänga med i den hastiga omväxlingen.

"Jag skulle kunna berätta mer om Niklas Luntmård någon gång. Hans jävla byggritningar som han serverade Robert med. Hans igångsättande av saker och ting. Hans planer. Hans stöd till Robert som han först blint litade till och sedan mer och mer började ifrågasätta efter det andra dådet nära Medborgarplatsen. Han kom till mig på Stora Essingen en dag och skulle snacka. Ville beklaga sig över hur Robert hade börjat styra saker och ting. Han tyckte att Robert hade börjat bli galen. Visa tecken på ren galenskap. Men det var ju han själv som drog i gång allt. I dag tror jag att han ville ha bort Robert. Den som var galnast var nog han själv. Du vet ju hur sonen reagerade. Olle. Han som försökte köra över Robert." Berra vände sig sakta om och tittade på Karl innan han fortsatte. "Han väntade ut er. Han kunde ha skadat dig också. Det var bara snack det där om Roberts galenskap. Han var litet för smart och ivrig för sitt eget bästa, Niklas. Han skulle ha legat lågt, och inte varit så snabb med att vilja ha bort Robert. Hoppas du ger honom en chans. Robert, alltså. Han skulle inte ha levt i dag om han inte själv hade tagit saken i egna händer den där kvällen. Det var förmodligen självförsvar, Karl! Du har aldrig trott på det helt och hållet. Aldrig helt och hållet låtit dig övertygas av det. Jag ser sådant. Jag förstår mycket väl hur du har det, Karl. Jag driver ju själv saker. Det här företaget. Det driver sig inte av sig självt. Vi har en liknande situation, du och jag. Har du aldrig tänkt på det någon gång? Det här att det som inte får hända, inte får hända? Och du, själv, är den enda som kan förhindra det. Det är du som har ansvaret. Har du tänkt på det? Jag förstår hur du har det."

Berra vände sig om inåt rummet samtidigt som han drog med en hand över nacken och tittade på Karl igen som stod tyst framför stolen som han nyss rest sig ur. "Gosse!" sa han. "Jag tror jag ska ha en kopp kaffe i alla fall. Nu är nog Elise på plats. Jag måste ut och hälsa." sa han när det fortfarande var tyst efter den långa framläggningen. Karl stod stum och som fastnaglad på sin plats med fötterna på heltäckningsmattan.

"Jag drar mig tillbaka till kontoret. Jag är verkligen ledsen för hur det blev med det här. Men på något sätt är jag glad att vi möttes på det sätt vi gjorde häromdagen i köpcentrumet. Nu kanske vi kan reda ut den här härvan. Jag kan bli tvungen att återkomma med fler frågor", sa Karl och började röra sig mot dörren.

Berra gick alldeles bakom och sträckte sig fram och öppnade dörren åt honom som snabbt gled genom densamma över tröskeln och fram över den slitna gångmattan med de fransiga trådarna i kanterna. Innan de kom fram till dörren mot trapphuset vände han sig om och tackade Berra så länge. Berra klämde fram ett snabbt leende. Sedan tog Karl i handtaget och släppte trädörren bakom sig och rörde sig nerför trapporna ut mot gatan. Det blåste på från vinden som kom utifrån vattnet och som svepte in över kajkanten. Han drog upp dragkedjan i jackan och fiskade fram nycklarna till bilen. I sätet blev han sittande en kort stund medan han gnuggade

händerna mot varandra. Sedan drog han i gång bilen och
for i väg runt rondellen inåt stadskärnan.

Kapitel 14

Han sneddade över gräsmattan runt gaveln på
kommunkontoret. Alltsomoftast hamnade han i det lilla
centrumet i den sydvästligt belägna kommunen. Salem
var hans hemtrakter nästan lika mycket som området
kring viken med sjön Uttran som han kunde se från sitt
hus. Intill det stora fönstret till biblioteket hade han
stannat till mycket kort och förundrat och med ett
hånfullt uttryck i ansiktet tagit in den del av utställningen
som de senast stoltserade med att visa upp. En enda gång
hade han varit inne och tittat runt. Han hade varit ute
efter någonting som han trots allt trodde skulle finnas
där. En bra bok. Funnits hade den inte. Det hade den inte
gjort. En gång blev det men aldrig mer. Det hade han
lovat sig själv. Och det hade han hållit. Sedan han
stannat upp hade han med långa kliv släntrat över
gräsmattorna vars yttre hörn han skar av med sina steg
för att vara tillbaka så fort som möjligt. Han ginade ofta
på det sättet. Nu hade han inget val. Det skulle ta honom
en timme att komma hem till fots. Det skulle hinna
mörkna. Han kunde redan på förväg räkna ut ungefär var
det skulle ske och när. Han tittade på klockan. Det skulle
vara mörkt eller åtminstone dunkelt i höjd med
Rönninge Torg. Där skulle han gå rakt söderut. Ungefär
en komma nio kilometer allt som allt. Sedan skulle han
vara hemma. Han skulle gå under viadukterna under
motorleden som gick förbi det ensliga samhället. Den
ledde i en massa olika riktningar. En drog söderut. En

annan riktning förde en mot stan. Den vägen hade han kört många gånger. Den andra vägen var även den bekant. Han mindes när Karl kört Jonas bil. Han hade själv suttit bredvid. Det var före resan till Korsika. Förmodligen var det ett och ett halvt år sedan. Tiden flög i väg. Han hade den gången rört sig litet utöver sin begränsning på några kilometer. Det hade inte gjort hans sak sämre. Tvärtom. De hade klarat sitt uppdrag. Anna hade den gången självmant kommit hem välbehållen. Personalen på anstalten hade aldrig fått veta någonting om det. Han hade därefter skrivit några rader till Karl. Jonas hade gjort likadant. Karl hade senare kommit dit. Han stod i dörren på trappan och hade pratat med Anna. Anna som nu var ett år äldre. Sjutton vid det här laget. Anna hade lämnat över breven från de båda. Hon hade ljugit om att de hämtat honom redan. Att vårdarna redan hade varit där med bilen och hämtat upp honom. Han mindes hur han och Jonas utbytt tysta blickar mot varandra där de satt i köket. Varför hon hade ljugit visste han inte. Han hade inte själv bett henne att göra det. Men så blev det. Och lika bra var väl det. Sedan hade det dröjt ett tag tills nästa gång de hade setts. Han och Karl. Då hade han precis kommit ut. Berra hade haft mycket att göra med firman. Själv hade han varit uppfylld av minnen från det allra första tillfället då han hade haft anledning att besöka ön. Han hade den gången direkt märkt att det var något visst med Karl. Det hade han känt med detsamma. Det var förmodligen sant det han själv hade sagt till Emilia. Att Karl hade lätt att förstå och var lätt att förstå sig på. Med honom själv var det annorlunda. En utomjording. Den utomjording som han försökt beskriva sig själv som för Emilia med just de enkla orden. Han uppskattade hennes rättframhet. Berra hade sagt någonting liknande. Hon hade inga problem med Berra och inga problem med Elise. Det var Jonas hon hade haft problem med. Kanske var han alldeles för lik honom själv.

Som ung hade han känt sig överlägsen. Det hade trubbats av med åren. Det hade jämnats ut i kanterna. Slipats av en aning. Det hade då också gjort det lättare för honom tillsammans med andra människor. Det hade så småningom dessutom underlättat det för honom att utföra sitt arbete. Han hade varit respekterad. Han hade sitt kunnande. Nu var det också borta. Det gled bort mer och mer. Allting försvann mer och mer. Kanske skulle han göra som Emilia sagt att hennes mamma gjorde? Lägga till. Inte bara dra ifrån? Kanske var han själv litet onödigt rättfram ibland. Han hade chockat dem. I köket hos Karl hade han chockat dem med sina ord. Kunde han ha missbedömt Karl? Var han mer tagen av vissa omständigheter än vad han visade upp? Han skulle inte ha sagt det där om att Karl hade sig själv att skylla för allt som kom i hans väg. Det var onödigt. Han hade inte menat det riktigt så. Men det lät bryskt. Eller skulle han bara fortsätta att acceptera sig själv så som han var? Det hade han sagt så många gånger genom åren. Det hade varit hans huvudsakliga budskap varje gång Karl undrade hur han kunde göra som han hade gjort. Hur han kunde tänka som han gjorde. Det hade varit hans väg. Den vägen han gått så länge. Han hade beskrivit sig själv som en som tappat alla illusioner. Om allting. Som en resignerad stenstod. Det var egentligen inte han.

Stagnation eller utveckling? Det var frågan. Han hoppades på Jonas. Han hoppades på Jonas utveckling. Den låg honom varmt om hjärtat. Om han hade något.

Nu var det definitivt mörkt. Nu hade solen definitivt gått ner och visat upp ett stråk som hela tiden lämnade ett förändrande synintryck efter sig. Ett rött stråk. Inslag av gult. Och bländande. Så var det i horisonten. Han sänkte blicken och tittade rakt fram. Skogen var mörk. Den stod svart och tyst i vägrenen. Trafiken hade glesnat. Då och då kom det en långtradare, en personbil. De for hastigt förbi med ett dån. Däremellan var det tyst. Han kunde höra fåglarna. Entoniga läten från någonstans inifrån skogen. Någon som talade. Antingen till sig själv eller till någon annan. Till någon som kunde förstå dess språk. Kanske svarade de varandra. Svarade på varandras lockrop. Någon gång tyckte han att det var någon som härmade den första. Det lät på samma sätt men bara en aning annorlunda. Kanske kom det någon annanstans ifrån bara. Kanske talade de inte alls till varandra. Gruset knastrade under skorna där han satte fötterna. Han tog ut stegen och tryckte ifrån. Då krasade det. Han tittade upp mot det mörka blå. Orion låg i den sydvästliga delen av himlavalvet. Han kunde även se de små stjärnorna i den. De som inte var så tydliga och som inte riktigt tycktes ingå i den övriga formationen. Någonstans hade han läst eller hört att de egentligen var borta för länge sedan. Men det ljus som de strålat ut medan de fanns kvar var det ljus som fortfarande var synligt för våra ögon. Det var fortfarande på väg åt vårt håll. Transporterade sig inför våra ögon. Stjärnan var borta men ljuset var kvar. Så lång tid tog det på sig. Det tog en oändlig tid på sig.

Det kändes att han hade gått ett tag. Det kändes framför allt i benen. Han rörde på axlarna. Han knöt händerna då och då för att hålla värmen uppe. I huset skulle det vara nedsläckt när han kom fram. Han kunde göra upp en brasa. Det skulle värma. Det hade hastigt blivit ännu mörkare. Vinden tog tag i trädkronorna. I de allra yttersta mindre grenarna i toppen. Det doftade i markerna av våren som var på väg. Han tyckte han kunde känna doften av barr. All snö hade smält bort. Det senaste haglet var borta. Det hade kommit plötsligt och legat kvar i ett par dagar. Nu hade det gett upp. Och tur var väl det. Han såg rådjur som långsamt tuggade i sig av sitt bete i en backe längre bort. De tittade åt hans håll. Sedan böjde de ner sina huvuden mot marken och drog loss mer att tugga på. Så fick det gå på.

Han var nästan framme vid stället för det nedbrunna skjulet. Inget hade kommit i dess ställe. Han tog den korta trappen upp till dörren och drog fram nycklarna. När han kom in satte han ner väskan på stolen i hallen. Jackan hängde han på en galge. Skorna ställde han prydligt bredvid varandra. Väskan fick följa med till köket. Han tittade ut över den mörka uppfarten. Det var tomt och tyst. Han packade upp det han hade handlat ur väskan. Han rev loss papperet från en oformligt inpackad sak som var rund i botten. Han tittade på den och lät papperet singla ner på golvet. Han ställde den på bordet. Sedan böjde han sig ner och rafsade åt sig papperet och knycklade ihop det och slängde det i soppåsen under diskbänken. Han vände och vred på krukan som han höll i handen. Sedan satte han pelargonian i fönstret. Där skulle den stå bra. Han tittade på den. Han tänkte på den senaste pelargonian han sett. Det var i trapphuset hos Karl. Han tog ett ljudligt andetag. Sedan vände han sig om mot Roffes skapelse på väggen. Mannen i målningen var fortfarande iförd gul slängkappa. Han tittade en stund och lät deras blickar mötas. Han kände igen Niklas Luntmård.

"Säg ingenting som jag inte klarar av att höra", sa han högt för sig själv och drog upp kylskåpsdörren och tog ut en karott med mat. Efter maten blev han sittande i soffan med en tänd brasa. Det sprakade i hörnet när elden slog sina stilla lågor runt vedträet. Han drog en filt om sig, satte en kudde bakom ryggen, blundade och somnade.

Kapitel 15

Han vaknade. Det var alldeles tyst. Det rådde en fullkomlig tystnad runtom honom. Han blinkade några gånger. Rummet var becksvart. Glöden hade slocknat i den öppna brasan. Han kunde se att det var alldeles svart därinne. Eller också utgick han från det då han inte såg någonting annat än mörker. Han frös. Han la händerna på det blanka skinnet i soffan och gjorde sig redo att resa sig. Sedan stod han på benen och tittade rakt ut. Sjön låg därute. Bortom altanen med de tomma krukorna i hörnen låg sjön med sina fina krusningar och sitt somliga stunder spegelblanka vatten. Nu var det mörkt. Han anade också den dunkla för att inte säga svarta skogen runtom. Han gick fram till en av bokhyllorna och tände punktbelysningen. Den riktade sitt ljus på en av böckerna vars titel på utsidan han inte kunde läsa. Guldbokstäver. Små guldbokstäver. De hade liksom bleknat med tiden. Han svängde upp de små dörrarna till barskåpet. Därinne stod en flaska. Den lyfte han ut och tog samtidigt fram ett rent glas som stod bredvid. Det blev ett tillfälle då och då, då han tog sig ett glas. Ungefär ett glas var tredje kväll. Det kunde räcka. Han hade en halv räkmacka kvar i kylen. Den var från gårdagen. Han tog fram den och stängde dörren till kylskåpet. Han satte fram den på bordet i köket. Besticken låg i lådan. Sedan tog han en tugga av smörgåsen med dill, ett salladsblad, majonnäs, räkor och hårdkokt ägg. Alltihop på en skiva vitt bröd med smör. Det smakade bra. Det gjorde att han vaknade till. Hur länge hade han sovit? Han tittade på väggklockan mittemot honom. Högt upp på väggen satt den. På den vägg som inte var bemålad med en figur i slängkappa. Med ögon som mötte hans när han tittade dit. Klockan visade på halv nio. Då hade han sovit ett bra tag. Alldeles för länge. Han svalde ner den sista tuggan av smörgåsen med drickat ur glaset som hade satt ner på bordet. Sedan diskade han hastigt upp tallriken under en smal, rinnande stråle från kranen. Han tog sitt glas och gick tillbaka till rummet. Rummet med bokhyllorna, det lilla datorbordet, tv:n som han sällan tittade på, de två skinnsofforna mittemot varandra, skinnfåtöljen och hallen bakom.

Det var sällsamt mörkt. Det kunde han se när han stod framför fönstret. Små blommor som ur lökar hade skjutit upp sina granna färger i den hårda, kalla jorden. Han hade sett det under några dagars tid. April. En vacker månad. En månad full av hopp. En månad full av hopp om våren, sommaren och allt det andra. Allt det andra, ja. Han tänkte ofta tillbaka. På Beateberg hade han gjort en inre exil. Rent fysiskt hade han befunnit sig där men i sitt sinne hade han varit någon helt annanstans. Naturligtvis var det tvunget att vara så. En sådan som han kunde aldrig inordna sig. På ytan kanske. Rätta sig efter regler och passa tider. Göra de rätta sakerna i rätt tid. Men inom honom fanns det ingen anpassning. Sedan hade han börjat drömma. Drömma om allt det han skulle göra när han kom ut. Det hade blivit en resa. Korsika stod för dörren. Det var inte planerat. Det var ett nödvändigt behov. Någonting hade hänt i gruppen. Pryssemank hade börjat röra på sig. På ett sätt som inte var bra. Han hade aldrig sagt eller gjort någonting annorlunda förr. Nu stretade han emot. Opponerade sig. Stup i kvarten. Det var fel på allt. Det var Karl som var felet. Det var Karl som var det stora felet. Till sin hjälp hade han en av Viktors vänner. Viktor förstod inte vad han ställt till med. Han förstod helt enkelt inte. Själv hade han förstått allt. Alltför väl hade han förstått att han låg ganska illa till därnere på ön. Hans vän. En av hans sanna vänner. Han hade blivit arg. Dufort hade blivit riktigt förbannad rent ut sagt. För att Prysse när han väl var framme på ön nästan träffat honom med ett skott i mörkret där på stranden. Det var det som gjorde att det slagit slint. Han hade slagit till ordentligt. Det hade inte tagit som det var tänkt. Han hade slagit till en gång till. Då tog det ordentligt. Han blev liggande bredvid gummibåten. Prysse, bilhandlaren. Själv hade han sett alltsammans från gömstället under verandan. Han såg någonting mer. Han såg Roffe. Roffe vågade sig fram och plockade upp vapnet. Sedan levde de farligt på ön. Han visste inte om Karl riktigt insett hur farligt det var. De hade åkt runt och letat efter Dufort. Runt hela ön. De hade naturligtvis inte sagt någonting till Karl. De hade sagt att de letade efter Napoleons födelsestad. Nu kände han dåligt samvete för lögnen. Han fanns fortfarande där ute någonstans, Dufort. De hade aldrig hittat honom. Kalle och hans gäng. Hans gäng av kollegor.

Han plockade upp några vedträn som han tände eld på och satte in i den öppna brasan. Det tog en stund innan det började ta sig. Han kände inte genast att det blev varmare men det kändes en aning bättre för varje minut. Han drog med händerna över armarna. Och så allt det andra. Hur var det med det då? Det hade varit en fin dag. En av de mer lyckade dagarna. I Uppland tillsammans med en bekant. De hade hyrt en stuga över natten. Bara över natten. Han hade tagit tåget dit. Frosten hade börjat lägga sig över slätterna, de vidsträckta slätterna. Han hade sett det från tågfönstret. Han hade sett det på sina promenader i skogen och på ängarna där han gick. Han hade haft sitt jaktgevär med sig. Bytet hade de hängt innanför en dörr på utsidan av huset. Bakom en dörr med endast en hake till lås hade bytet hängt uppsatt från halsen. Vildfågel. Några änder hade det blivit. De var svåra att plocka efteråt. Under det arbete som följde efter jakten. Det hade blivit en hel del fågel ju längre tiden gick. Något fällt rådjur hade det inte blivit. De hade enats om att de inte orkade ta hand om det. Det var för mycket arbete. En naturupplevelse hade det emellertid blivit. Trancherknivarna hade i det närmaste blivit liggande oanvända i sina skinnfodral.

Han hade haft någonting i tankarna. Någonting hade gnagt inom honom. Det var en vecka litet drygt efter det andra dådet. Dådet nära Medborgarplatsen. Det som nyligen berörts på ett ytligt sätt hemma hos Karl. Han hade köpt en tidning. Någonting hade det stått i den. En artikel. Han hade tackat för sig och brutit upp. På något sätt kände han på sig att allt var på väg att gå åt fel håll. Han hade för mycket kontakt med Olle. Måns alltså. Han hade dessutom svarat uppriktigt på alldeles för många frågor från Karl. Att han inte kunde lita på Olle, det förstod han så fort dennes far, Niklas Luntmård, direkt efter det andra dådet hade börjat beklaga sig. Då fanns det bara en sak att göra. Han satte sig på tåget igen. Resan neråt Stockholm gick förvånansvärt snabbt. Med sig hade han allt han behövde. Fåglarna i uthuset som hängt i sina halsar hade han med förnöjsamhet överlämnat till sin vän som tagit hand om dem. Sedan hade det bara behövts en liten ursäkt till, så hade de sagt hej då, och han begav sig av. Tåget dundrade in på centralstationen en dryg timme senare. Han tog en tidig buss och hade en sagolik tur att inte behöva vänta för länge på den. Stan hade varit helt folktom. Det var oktober, och klockan började närma sig tio över sju. Det kom han ihåg. Han skulle se om han kunde tala honom till rätta. Åtminstone så. Han berättade om sin resa, om sina jaktbyten som han lämnat över till honom som han hade haft sällskap med. Han fick en fråga. Han hade visat ett uppenbart intresse och var nyfiken på någonting som han ville veta mer om. Det var när frågan kom och han skulle visa någonting som det svindlade för honom. Någonting tog honom i en annan ritning. Tog tag i honom. Kanske var han medveten om det. Kanske inte. Det hade han inte möjlighet att säga nu. Inte så här långt efteråt. Långsamt och med bara en kort rörelse på nacken för att se bakåt om någon stod i närheten öppnade han fodralet som geväret låg i. Sedan sa han någonting. Den andre. Det small. Han hade träffat honom. På samma sätt som kvällen innan när de varit ute på sitt pass och väntat. Fast det här var annorlunda. Det hade gått till på ett helt annat sätt. Han tittade sig hastigt runt omkring. Det var fortfarande tomt. Medan de hade stått där och pratat tidigare hade det kommit in tre personer genom entrén. Det hade gått flera minuter sedan dess. Han hade sedan plötsligt blivit väldigt varse situationen. Plötsligt blivit nervös. Det hade varit som ett osedvanligt bryskt uppvaknande. Han tittade runt och såg övervakningskameran. Han vågade sig fram några steg. Det han såg förvånade honom och gav honom samtidigt hopp. Den var ur funktion på ett sätt som han aldrig trodde var möjligt. Senare fick han veta att det skett kvällen före. Olle hade kommit över och velat prata. Han hade inte velat visa upp sig. Måns hade själv gjort någonting med kameran. De hade antagligen skojat om saken. Han skulle nu alltså inte synas på bild.

Han fick plötsligt väldigt bråttom ut. Han småsprang över parkeringen. När han tillfälligt stannade upp hade han en bit kvar till Matteusskolan. Bara en kort bit kvar. Sedan var det inte långt till tunnelbanestationen på Odenplan. Där kunde han höra sirenerna. Han gick inte ner och tog tåget. Han skulle ta en ny buss. När blåljusen susade förbi honom tittade han efter dem. Det gjorde det fåtal personer som också stod på hållplatsen där han var.

Skillnaden var bara att han tittade med andra ögon. Och att det han bar på var det som i det här fallet varit honom behjälpligt. Sedan kunde han inte göra sig av med det. Kanske var det hans dåliga samvete. Kanske var det hans divis om att var och en får skylla sig själv. Det som han kastat fram till Emilia några dagar för inte så länge sedan. Skulle de hämta honom och sätta dit honom kunde det helt enkelt inte hjälpas. Men det hade aldrig hänt. Och så gick det på. Han såg sina nya chanser och han tog dem. Men nu var det slut. Han satte ner glaset i diskhon i köket. Sedan gick han till badrummet. När han kom ut därifrån släckte han belysningen som riktades mot en bok i bokhyllan, kollade låset till altanen och lämnade rummet för den avlånga hallkorridoren mot sitt eget rum. Där fanns en garderob, ett vapenskåp med ett ordentligt lås. Inuti fanns geväret som de låtit honom få tillbaka. Det fanns en stol, en matta på golvet, ett litet bord framför fönstret och en säng. Han skulle vakna utvilad nästa morgon tänkte han. Då skulle han vakna utvilad till ännu en ny dag. Så tänkte han.

Kapitel 16

Han hade lämnat en springa i dörren som stod på glänt till rummet där han satt och arbetade framför datorn. Muggen som innehållit varm choklad utan socker stod bakom och var skymd av den uppfällda skärmen. Den hade fått den bekanta brunaktiga randen högst upp nära kanten. Han reste sig upp, snodde åt sig muggen och slängde den i papperskorgen innan han gick ut i korridoren. Där sträckte han på sig och såg sig omkring. Det hördes ett knatter från några tangentbord i närheten.

Någon hade skickat dokument till skrivaren som just var i färd med att spotta ut desamma ur apparaten rakt ut i facket på dess ena kortsida. Han travade med tysta steg fram i korridoren och försökte samla tankarna. Han behövde förnyad kraft. Det var det han behövde mest just nu. Ute hade solen nyligen börjat sitt återtåg sedan den senaste tillbakagången med hagel som hade sköljt ner från en mulnad himmel i sidled. Han gned sig med handen över hakan. Kaffe? Nej, det fick räcka med den kopp han druckit under morgonen hemma sittande vid köksbordet och med radion påslagen på låg volym. Han gjorde helt om och gick förbi Joels rum. Om han hade tur satt han där och inte längtade efter annat än att få utbyta några enkla fraser så här under förmiddagen. Hade han otur var Joel redan ute och på språng i olika ärenden. Så som det brukade vara. Han förvånades över att även hans dörr stod öppen.

"Sitter du här och också försöker syresätta dig?" sa Karl när han stannat till utanför dörren till Joels rum med den öppna springan och halvt om halvt kikade in. Joel höjde blicken och fyrade av ett snabbt leende.

"Jag sammanställer en sak som jag skulle ha blivit klar med för några dagar sedan", sa han.

"Då kanske inte jag ska störa", sa Karl.

"Jag blir bara glad om du stör", sa Joel. "Hur har du det egentligen?" Karl drog i dörren och gled fram över tröskeln medan han tittade runt i det trivsamma rummet.

"Det är väl under kontroll det mesta skulle jag säga", sa han och spanade på Joels jacka som låg slarvigt slängd över en stolsits och med ena ärmen liggande i golvet.

"Hur är det själv?" undrade han. Joel höjde ögonbrynen och drog ett djupt andetag.

"Under kontroll är ett ganska bra uttryck. Det är så det känns just nu", svarade han och andades ut luften i en lång ström.

"Vad är det där då?" frågade Karl och ställde sig mitt på golvet.

"Det här?" sa Joel.

"Det som du håller på med?" förtydligade Karl.

"Det är en av skjutningarna för ett par veckor sedan", sa han. Karl knep ihop munnen i en tyst min.

"Ja", sa han. "Var ska det sluta?" sa han igen och lyfte på Joels jacka i ena ärmen och hängde den snyggt över ryggstödet. Sedan satte han sig på stolen. "Vet du det?" fortsatte han på samma tråd. Joel skakade lätt på huvudet.

"Nej, det vet jag inte. Det törs man väl inte tänka på", sa han.

"På tal om att tänka", började Karl på nytt. "Jag har tänkt på de senaste dagarnas händelser. Jag behöver sannerligen hjälp. Har du tid?" frågade han utan att Joel visste vad det rörde sig om.

"Tid med vadå?" undrade han.

"Att hålla uppsikt över en lokal i Västberga", svarade Karl och hade gått rakt på sak.

"Sitta i en bil och hålla uppsikt?"

"Ja, naturligtvis får vi byta av varandra. Vi, och två andra", sa Karl.

"Ja, du menar det där? Det där tjafsiga?" Han tittade som hastigast upp från tangentbordet.

"Tjafsigt kan det nog vara", sa Karl och drog med en hand över ansiktet. "Jag tycker det verkar ganska underbart samtidigt måste jag säga."

"Hur då, underbart?" Joel tittade ner i tangentbordet igen och fortsatte skriva medan han med spänd min väntade på att Karl skulle svara honom.

"Här träffar man ett gäng och blir bjuden till en lokal och som senare dyker upp i en utredning som man håller på med. Är inte det underbart? Det sparar en massa tid åt en om inte annat", sa han utan övertygelse. Joel tittade som hastigast upp igen.

"Det kanske det gör. Vad ska jag göra?" undrade han.

"Sitta i bilen och vara tankehjälp. Lotsa mig rätt när jag hamnar fel", svarade Karl.

"Bara det?" undrade Joel med ett lätt leende.

"Det är inte så bara", sa Karl. "Underskatta inte svårighetsgraden i det här. Det är knivigt. Komplicerat. En hel massa tåtar att dra i. Ta bara de här offren. Varför just där och varför just då? Eller jag menar nu, då det hände. Varför inte tidigare, och på ett helt annat sätt? Men framför allt", sa Karl och reste sig sakta ur stolen och gick fram till fönstret. "Varför just de?"

"Hm. Varför? Och varför?" sa Joel och satte ner pek- och långfingrar i ett par knattrande och tvekande rörelser över tangentbordet. Han visade upp en koncentrerad och klurig min i ansiktet.

"Det är där du kommer in", sa Karl med skämtsam röst. "Det är just där du kommer in. "Du har ju den där förmågan att se saker som jag inte ser. Eller på ett annat sätt", sa han.

"Det där sista vet jag inte om det stämmer", sa Joel.

"Jo, det är det det gör. Jag känner dig", sa Karl.

"Kan du sätta mig in i det hela?" bad Joel honom om. "Så att jag kan förstår åtminstone någonting av det", sa han med låtsad sarkasm.

"Hur ofta läser du tidningarna? Jag vet att jag har frågat förut men ändå", sa Karl.

"Du menar om jag har läst någonting? Ja, när jag har tid alltså."

"Ja, och?" sa Karl och kisade ner mot innergården och fönstren mittemot. Han tittade på de tunna gardinerna som hängde för fönstren på de första våningarna längst nere nära marken. Sedan följde han raden av fönster uppåt i den höjd där de hade sin egen våning. "Fasen vilken tråkig utsikt du har här", sa han uppriktigt. "Ibland förstår man inte hur privilegierad man är. Det är bara så", fortsatte han.

"Sådant ät livet", sa Joel.

"Ursäkta min kommentar om utsikten", sa Karl.

"Du behöver inte be om ursäkt, Kalle. Du har ju rätt. Utsikten är verkligen i tristaste laget."

"Så, vad vet du?" undrade Karl.

"Två personer stiger ur ett plan. Det är fortfarande kallt ute. På marken ligger ett tunt lager snö. Det ligger mera snö i kanterna av själva landningsbanan än på andra ställen. Andersdotter, trettioåtta, är en av cheferna i Granopto som sysslar med emballage och liknande. Kremmeborg är fyrtiotvå och också chef. De känner varandra ganska bra. Nu är de på väg till ett möte med Lyvarsen. Han är trots namnet inte norsk. Det bara låter så. Han sitter på kontoret i Stockholm. Det är där vi befinner oss nu", avslutade Joel en lång harang och fick en nyfiken blick av Karl.

"Inte så illa så här långt. Bara en liten detalj", uttryckte Karl. "Andersdotter var trettiosju. Annars var det perfekt."

"Så bra då", kommenterade Joel.

"Fortsätt!" sa Karl och la en hand bakom nacken medan han var beredd på att lyssna vidare.

"En bil kör fram. Och nu börjar det konstiga", fortsatte Joel. "En bil kör alltså fram. Den har inte synts tidigare, men den måste så klart ha kommit någonstans ifrån. Den stod inte där från början. Tre personer kastar sig ut genom dörrarna. De öppnar eld. Innan någon ens fattar vad som har hänt ligger Kremmeborg och Andersdotter livlösa i sitt eget blod på landningsbanan. Det finns vittnen. Det gör det. Ett av dem har stått bakom rutan i hallen med utsikt över landningsbanan. Han jobbar som flygplatskontrollant och har sett halva händelseförloppet." Joel tog ett andetag, lyfte ena handen och kliade sig på kinden.

"Och den andra står på landningsbanan alldeles intill ingången till byggnaden. Det är han som senare springer in", sa Karl.

"Just det", sa Joel. "Det är han som springer in."

"Vi stannar där litet, Joel", sa Karl och svängde runt mot stolen och satte sig. "Varför steg de alla ur bilen när bara den ene hade ett vapen? Vad tror du?"

"Amatörer?"

"Ja. Det tror jag också", sa Karl. "Bland annat var det det som gjorde att de agerade så. Men det är någonting annat också", la han till.

"Något annat vet jag inte, men vad är det som gäller sedan när de kör därifrån?" frågade Joel och tittade upp.

"Vad det är som gäller? Menar du med bilen?"

"Ja."

"Ja, den har hittats på kamerorna körande norrut, men sedan är det stopp", sa Karl.

"Syns det någonting?"

"Inte inuti. Det syns, men de har antagligen masker på sig. Det syns väldigt dåligt."

"Ingenting som går att identifiera dem med?" undrade Joel. Karl skakade på huvudet.

"Nej, ingenting", sa han.

"Pratade du någon gång med honom som befann sig på landningsbanan?" undrade Joel.

"Javisst. Han sa någonting om masker. Det var han nästan säker på att de hade haft", sa Karl.

"Ja, men då saknas det i alla fall fortfarande någonting att gå på. Någonting ganska viktigt", sa Joel sakta.

"Ja, bilen är ju ett av de sista viktiga spåren", höll Karl med om.

"Ja, det är så sant."

"Jag trodde förresten inte du hade tid att läsa tidningarna", kontrade Karl skämtsamt igen.

"Vad vill du att jag ska göra nu?" sa Joel.

"Det väntas en leverans. Den är framme vilken dag som helst. När den kommer måste vi kolla upp vad det är", sa Karl. "Framför allt måste vi ta reda på varför de fortfarande använder sig av sin gamla lokal. Den är ju såld. Man undrar hur de vågar", fortsatte han.

"Och man kan vända på saken. Hur skulle de våga använda en lokal som de själva äger? Om man tänker så", sa Joel.

"Mm."

"Hm", sa Joel och tittade okoncentrerat in i skärmen på datorn.

"Vet du vad jag tror?" sa Karl och tittade på Joel som tittade tillbaka upp på honom.

"Nej, vad tror du?" sa han.

"Jag tror att det var en som körde, en som tog reda på vilken väg det var de skulle köra, och en som sköt. Det är vad jag tror. De kan ha använt småvägarna", sa Karl. Joel satte upp två fingrar mot den övre delen av hakan och tryckte in dem i skinnet medan han tittade på Karl.

"Det låter ju vettigt. Då är de inte härifrån? Ingen av dem?"

"Nej. Så kan det nog vara", sa Karl fundersamt. "Så, du ställer upp då?"

"Men det förklarar ju fortfarande inte varför de gick ur bilen allihop", sa Joel.

"Det är så sant", sa Karl. "Men ställer du upp?"

"Ja, det är klart. Så fort jag får det här ur världen", sa Joel och nickade mot datorskärmen.

"Bra! Jag har rekognoserat på gatan. Jag vet var jag ska parkera bilen. Jag sitter ensam så länge. Då kanske inte jag ska störa längre. Stort tack, Joel. Har du sett Brick efter morgonmötet?"

"Nej. Han är inte inne. Jag har inte sett honom. Varsågod. Det ska bli ett sant nöje att jobba med dig igen", sa Joel.

Karl gjorde en nick med huvudet och drog handtaget åt sig och travade ut i den tysta korridoren. Inne på rummet tittade han ner i papperskorgen där han minuterna innan slängt chokladmuggen. Han skakade på huvudet för sig själv. Inget mera kaffe. Ingen mer choklad. Sedan tog han sin jacka och begav sig i väg tillbaka samma väg, förbi Joels rum och ut genom dörren med det infattade trådnätet. Den som smällde till varje gång den gick igen. Sedan ner i hissen och ut på gatan. Solen lyste för fullt. Den hade under den senaste timmen höjt sig en bra bit sedan han sist varit ute. Det kändes genast varmare. Det kändes genast också en aning bättre allting. Joel var ändå Joel. Den pålitlige. Och Karl var som han var. Den som alltid hade något nytt i kikaren och beväpnad med en envishet som hade sin motsvarighet hos få. Också enligt en säker källa.

Kapitel 17

"Här skulle man kunna sitta hela dagarna och bara glo", sa Karl och kisade mot det solbelysta torget.

"Mm. Verkligen. Det är spännande med människor", sa Emilia.

"Ja, det händer någonting nytt framför ögonen hela tiden."

"Vad snabbt de rör sig en del. Har du tänkt på det?" sa Emilia.

"Det har jag väl tänkt på", sa Karl.

"Det är stressen", sa hon.

"Det är stressen som är problemet", höll han med om.

"Det värsta jag vet är att handla mat", sa hon.

"Det har jag aldrig hört dig säga. Varför har jag aldrig hört dig säga det förr?" undrade han och vände sig med en blick mot henne.

"Det vet jag inte varför du aldrig har hört mig säga det", svarade hon och drog en hand över nacken.

"Vad är det som stör dig i kassan?"

"Det är pinnarna, Karl. Pinnarna. De borde förbjudas", sa hon.

"Ja, ja", sa han och nickade svagt.

"Sedan är det det där med att man ska vända koden åt rätt håll", fortsatte hon.

"Vad är det för problem med det?" undrade han och såg på henne på nytt.

"Det händer ibland att jag vänder dem helt fel med flit", sa hon.

"Varför det då?" undrade han igen.

"Därför att jag vill att de ska lugna ner tempot. Jag gillar att långsamt utforska saker. De hinner ju blippa varorna innan man hinner få fram plånboken. Sedan sitter de där och suckar", sa hon.

"Varför suckar de?"

"Därför att det tar en sekund extra. En sekunds extra väntan. Under den sekunden blir jag så stressad att jag inte klarar av det", svarade hon.

"Jag har aldrig hört dig beklaga dig över det. Du låter som jag. Jag känner inte igen dig", sa han sedan han hade tagit in och funderat över det hon sagt. Du jäklas med flit alltså?" sa han.

"Mm", sa hon. "Jag gör det. Det måste man göra."

"Det kanske man måste", sa han sakta och fundersamt.

"Måsarna har fullt upp här", sa hon. Han fortsatte nicka.

"Vad tyckte du om honom?" undrade han plötsligt.

Hon vände sig om och såg honom i ögonen.

"Du menar din gode vän Robert?" frågade hon inte helt utan en viss sarkasm i andemeningen.

"Mm. Det honom jag menar", sa han.

"Jag undrar varför han bara dök upp så där", sa hon.

"Du undrar det?" sa han.

Mm", sa hon.

"Vad tror du då?" undrade han igen.

"Han vill ställa sig in", sa hon.

"Vill han ställa sig in?" frågade han och smakade på orden.

"Ja, det tror jag att han ville. Jag fick en smärre chock", sa hon.

"Det var överraskande, ja", sa han med viss inlevelse.

"Det var precis det det var", sa hon.

"Jag menar, det att du kände så. Att du uppfattade det så", sa han.

"Skulle inte du ha gjort det?" ville hon veta.

"Hm. Kanske det. Antagligen. Om jag kliver i dina skor. Sätter mig in i din situation, som aldrig har träffat honom förr", sa han.

"På tal om skor. Och som han ställde skorna. Raka, prydliga linjer. Allting rakt och prydligt. Under, någonting helt annat", sa hon.

"Vadå för någonting?" undrade han och såg prövande på henne och undrade samtidigt om hon skämtade.

"Inte vet jag. Det är ju du som känner honom", sa hon och tittade tillbaka på honom igen.

"Vi är bjudna på fest", sa han efter en stunds tystnad.

"Fest?" undrade hon.

"Jonas. Ropsten", sa han. Han ringde mig i går."

"Jonas?" frågade hon.

"Nej. Robert", sa Karl.

"Jaha du?" sa hon.

"Vi ska väl gå?" sa han och vände sig om mot henne.

"Om du säger det så", sa hon.

"Elise ska vara där också", sa han.

"Det ska hon?" sa hon.

"Mm", sa han.

"Ja, då så", sa hon.

"Ja", sa han.

"Då blir det väl så", sa hon.

"Ja, då blir det väl så", sa han.

"När då?" undrade hon.

"I morgon kväll", sa han.

"I morgon kväll alltså", sa hon och fick någonting tankfullt i ansiktsuttrycket.

"Ja", sa han. "I morgon kväll."

"Jaha?" sa hon.

"Varför köpte du ingenting häromdagen?" undrade han.

"Ärligt talat, så tycker jag att han verkar taktlös. Han verkar inte fatta vad han säger. Hur alla vi andra tänker. Han lever i ett eget universum", sa hon.

"Nehej, du", sa han.

"Du förstår inte?" sa hon.

"Nja, förklara!" sa han.

"Plötsligt kastar han ur sig en sanning som han inte inser att han chockar andra med", sa hon.

"Jaha?" sa han.

"Ska du ha sådana vänner?" undrade hon.

"Jag har massor av andra vänner", sa han.

"Har du? Joel?"

"Till exempel Joel", sa han.

"Vad ska du med honom till då?" undrade hon.

"Joel?" undrade han.

"Robert!" sa hon.

"Han är inte så ensidig som du tror", sa han.

"Jo! Han är precis så ensidig som jag tror", sa hon.

"Då är vi alla ensidiga", sa han.

"Ja, då är vi alla ensidiga. Men vi andra är det på ett betydligt trevligare och normalare sätt", sa hon.

"Nu har jag tappat tråden", sa han.

"Det var länge sedan", sa hon.

"Jag har väl inte tappat tråden för länge sedan?" sa han förvånat.

"Jo, för ett tag sedan har du det", sa hon.

"Känner du vad varmt det blir i solen?" sa han.

"Mm", sa hon. "Du hittade just en annan tråd."

"Nu förstår jag ingenting, Emilia. Du har blivit litet konstig", sa han.

"Det är därför att du har blivit som du har blivit", sa hon.

"Är för att jag har blivit konstig som du har blivit konstig? Eller är därför att du har blivit konstig som jag har blivit konstig?" undrade han.

"Vi kanske aldrig ska flytta ihop?" sa hon.

"Det kanske vi i alla fall kommer att göra", sa han.

"Tror du?" sa hon.

"Ja. Det är inte omöjligt. Jag tror det finns goda chanser", sa han.

"Vi kanske måste gå halva vägen var", sa hon.

"Hur då?" undrade han.

"Om du byter vänner så byter jag jobb", sa hon.

"Det är väl ganska drastiskt. Jag tycker det låter som en helt onödig sak", sa han.

"Då har du missat någonting", sa han.

"Vad pratade han om?" undrade han.

"Han nämnde att han hade principer", sa hon.

"Principen om hur man ställer skorna i hallen?" undrade han.

"Det är där det börjar. Det pekar åt ett visst håll", sa hon.

"Nej, det håller jag inte med om", sa han.

"Jag vet att du inte gör det", sa hon.

"Ska vi börja röra oss hem?" sa han.

"Det kan vi göra", sa hon. "Det är nog lika bra."

"Jag tror det blir trevligt i morgon kväll", sa han när de hade lättat från sina platser på den fasta bänken runt plaskdammen på torget, den som aldrig var fylld med vatten utan användes till andra saker.

"Det tror du alltid", sa hon. Han suckade och lät en fnysning gå fram genom näsan och lät ett snabbt leende synas.

"Var det allt?" frågade han.

"Allt?" undrade hon.

"Vad sa han mer?"

"Han frågade om det var nyklassicism", sa hon. Karl såg roat på henne.

"Det blir klockan tjugo i morgon", sa han.

"Då kommer vi tjugo och tio. Ska vi säga så?" sa hon. "Ja, vi kan vara litet sena. Det gör ingenting", sa han. Hon skrattade till litet lätt med ett finurligt uttryck i ögonen.

Kapitel 18

Det hade varit uppemot tio grader varmt under dagen. Karl och Emilia hade stått en stund och tittat på snödropparna som slagit fram i de för övrigt trista rabatterna utanför huset. Det fanns också en mindre sorts blomma i en klar, blå färg som tog över hela plättar där den hade fått fäste. Ingen av dem visste vad den hette men de hade stått en längre stund och tittat på och beundrat den. Sedan hade de dividerat om huruvida det var bäst att ta bussen eller tunnelbanan till den plats som låg i den allra östligaste delen av innerstans utkant. Emilia hade föreslagit bussen. Karl hade propsat på tunnelbanan. Men utan att kunna motivera sin åsikt. Till sist hade det blivit tunnelbanan. Men utan att Emilia förstod varför hon var den som fick vika sig.

De upplevde det båda som en särskilt utdragen och långsam sträcka genom de gamla tunnlarna efter T-centralen. Det gnisslade och tjöt i rälsen. Det skakade, och blev ibland tvära inbromsningar. Vagnen var halvtom vilket inte var förvånande med tanke på det sena klockslaget. Människor hade redan ett par timmar tidigare brutit upp från sina arbetsplatser med nydiskad och nedpackad tom matlåda eller en lunchkupong mindre i plånboken. Många av dem hade säkert redan hunnit vara hemma en stund. Likadant var det för Karl och Emilia. De hade strålat samman lagom till middagen. Ätit spaghetti med djupfrysta köttbullar som varit färdigstekta redan när de legat i frysdisken i butiken. Till det hade Karl blandat ner någonting som han hittat bland mejerierna och som gjorde det litet krämigare. Sedan hade de suttit tysta i varsitt rum. Hon i köket med ett korsord, och han i vardagsrummet i sällskap av Frippe och med en deckarpocket som han hade läst med glasögonen på näsan. Han hade ryckt till när hon plötsligt stått i hallen och sagt att det var dags att sticka i väg. Han hade kastat en blick mot klockan och på så sätt kunnat bekräfta riktigheten i hennes känsla för allt som hade med tidsåtgång att göra.

I sovrummet bytte han skjorta, drog en tråkig slips över huvudet som han fumlat med under en uppvikt skjortkrage när han dragit åt knuten och hängde sedan på sig en kavaj. Emilia hade gjort ett enda tryck på parfymflaskan och riktat den på ett ställe på halsen, och valt ut en kavaj i en annan färg än Karls. Sedan hade de varit redo att ge sig av. De gick till fots till Slussen. Där hade de väntat på rätt vagn. När de stigit på hade de satt sig snett mittemot varandra. Karl hade lagt det ena benet över det andra med fotknölen i höjd med knät på det som han hade vilande med foten i golvet. Sedan hade de suttit tysta i krängningarna ett par stationer.

Emilia plockade fram ett läppglans som hon smetade på utan spegel när det var som mest stilla mellan skakningarna i vagnen.

”Är det bra så?” undrade hon och vände sig mot honom. Han tittade på henne.

”Ja, det är bra”, sa han och gjorde henne inte förvånad.

147

"Har du memorerat gatuadressen?" frågade hon sedan.

"Inte i telefonen, men i huvudet", sa han. Hon nickade.

"Jag trodde du gillade papper", sa hon.

"Papper?" undrade han.

"Att skriva ner gatuadresser på", förtydligade hon. Han log lätt.

"Behövs inte", sa han.

"Det känns som om jag är på väg till jobbet", fortsatte hon.

"Ja. Var det därför du inte ville åka tunnelbana?" sa han med en nyss kommen insikt som slagit honom.

"Mm", sa hon.

"Är du hungrig?" undrade han. Hon tittade på honom för ett kort ögonblick.

"Nej", sa hon. "Är du?"

"Nej. Det är litet synd."

"Men det kommer väl", sa hon.

"Det gör väl det", sa han. Emilia vände på huvudet och spanade åt sidan när de for förbi stationen där hon brukade gå av när hon skulle till arbetet på Berras firma.

"Han berättade att det var pendeltåget som när det susade förbi var det som höll honom på mattan och försatte honom tillbaka till verkligheten", sa hon. Han såg förvånad på henne.

"Vem då? Berra?" undrade han.

"Robert", sa hon. "Bara en sådan sak!" Karl gjorde en min men sa ingenting. Tåget stannade på stationen och dörrarna gick upp. Han gick ut före genom dem och pekade ut en riktning. Solen höll på att gå ner. Den röda färgen på himlen lyste mellan grenverket på ett litet träd i en slänt. Runt omkring spretade de trassliga buskarna utan blad. Åt andra hållet spelade vinden i vågorna i vattnet. Det krusade sig litet lätt. De ställde sig på ledbandet som lutade lätt uppför. Efter några minuter stod de på gatan. Husen var låga och gick i den röda tonen. Balkongerna såg överallt likadana ut och var än så länge lika tomma på utemöbler. Skylten utanför den lokala pizzerian lyste i skarpa färger. Karl fick någonting på tungan som han sysselsatte sig med och som hade suttit fast mellan tänderna någonstans under resan ut.

"Jag skulle kunna svepa ett glas vatten", sa han.

"Ja, jag med. De var ganska salta de där köttbullarna", svarade hon.

"Mm", lät han höra.

"Är inte klockan åtta nu?" undrade hon. Han drog undan ärmen på jackan och tittade.

"Jo, hon är åtta", sa han.

"Ska vi ta taxi hem i kväll?"

"Ja, det tycker jag. Vi får se hur sent det blir", sa han. De gick gatan fram och lät blickarna följa fasaderna.

"Ser det likadant ut överallt?" sa hon förvånat.

"Ungefär", sa han. "Där borta ska det ligga ", sa han och pekade med en hand längre nedåt gatan. Hon nickade knappt synbart.

"Jaha?" sa hon. Karl ställde sig och lutade sig bakåt när de hade stannat till utanför porten. Gräsmattan var grön, kvadratisk och såg välstädad ut. Samma sorts blommor som de själva hade sett skjuta upp hemma i rabatten fanns även här. Det lyste av färgerna i dem i det dunkla kvällsmörkret. Karl stod stilla och tittade upp.

Det hördes av röster från balkongen med den öppna balkongdörren. Jonas ansikte uppenbarade sig innanför ett fönster. Han vinkade när han såg dem stå därnere. Sedan gick han ut på balkongen och hälsade. "Jag skickar ner nycklarna här", sa han med ett leende. Karl återgäldade leendet, tackade och böjde sig ner mot gräsmattan och plockade upp dem när de hade landat.

"Det ser ut att vara små lägenheter här", sa Emilia när de börjat den långsamma uppstigningen för trapporna.

"Det är en lagom stor tvåa", sa Karl och satte fötterna på nästa trappsteg i det rena och luktfria trapphuset. Dörren på nästa våning svängdes upp innan de hade hunnit upp hela vägen. Det hördes ett lätt hundskall och av någon som hyssjade i bakgrunden. Inne i hallen doftade det svagt av stekt lök. Berras hund Beethoven for fram till hallen där han uppehöll sig med viftande svans. Sedan hördes Berras röst när han kallade på hunden inifrån rummet. Jonas dök upp iförd ett svart förkläde över en vinröd skjorta.

"Vad roligt att ni kunde komma", sa han. "Elise är här. Pappa och Berra sitter i soffan. Roffe är på väg. Han ringde just. Han är i stan." Karl sträckte fram handen och hälsade. Jonas tittade på honom och vände sig till Emilia som han tog i hand. De hängde av sig jackorna på galgar längs väggen. Emilia knuffade Karl i sidan och nickade mot golvet. Roberts skor stod prydligt placerade bredvid varandra i ett hörn. Karl skakade på huvudet. Han klev in i vardagsrummet och slog runt med blicken. Robert steg upp, gav honom en lätt kram och en ryggdunkning och sträckte fram handen till Emilia.

"Jag ber om ursäkt för sist", sa han vänd mot henne.

"Det gör ingenting. Du är ju en av Karls vänner", sa hon. Han log litet trevande.

"Vill du ha bål på äppelmust?" frågade han. Hon nickade.

"Ja, det skulle smaka bra", sa hon. Robert tog några steg fram till en svart skänk längre bort i rummet där han snodde åt sig ett glas och tog upp skopan med den andra handen och hällde upp åt henne. Sedan gick han tillbaka och överräckte glaset till henne.

"Det var roligt att ni kunde komma", sa han. Hon tackade och tog emot glaset. Karl hade hamnat i samtal med Berra längre bort i den breda dörröppningen till vardagsrummet. Han sträckte ner handen och klappade Ludde som fortfarande ivrigt viftade på svansen.

"Vad fint det är här", sa han och tittade sig omkring.

"Ja, visst är det!" sa Berra. "Och så nära stan. Nära till jobbet på firman. För Jonas del menar jag."

"Ja, bättre kan det inte bli", sa Karl. Robert la handen på Emilias rygg och föste henne försiktigt åt Karls håll.

"Nu ska jag visa er runt", sa han. Karl snurrade ett halvt varv och såg sig omkring.

"Är det en tvåa?" frågade han.

"Ja, det är inte stort men det är precis lagom än så länge", sa han och såg nöjd ut. Han förde dem båda till hallen.

"Här är badrummet", sa han och gick före ett par meter och slog upp en dörr. Han gjorde en gest med handen utan att tända belysningen. Sedan sköt han till dörren igen och gick tillbaka. Både Karl och Emilia nickade bekräftande. Robert tog några steg åt andra hållet.

"Här har ni sovrummet. Det är litet, men å andra sidan är vardagsrummet större", sa han. "Som ni har sett så är det som något slags alkov där man kan ställa ett matbord eller någonting liknande därinne", fortsatte han. Emilia nickade igen med en förnöjsam min.

"Jättefint", sa hon. Robert nickade mot henne.

"Köket ska jag visa också", sa han och gick före genom vardagsrummet. "Det har en kakelugn som är ganska trevlig", sa han och ställde sig mitt på köksgolvet och pekade mot ena väggen. Karl kom efter alldeles bakom och kikade mot det gräddvita kaklet med de små målade detaljerna.

"Det var inte illa", sa han och slog runt med blicken runt köket med de nästan helt mörka, fördragna gardinerna. "Var är Elise?" undrade han.

"Hon är på ingång. Hon ville handla någonting i affären på hörnan", sa Robert. "Hon kommer snart." Karl fortsatte titta runt.

"Fint bord", sa han.

"Ja, det är artonhundratal. Nästan allt är artonhundratal utom själva huset", sa Robert.

"Inte dumt alls", sa Karl igen. Det hördes en vissling. Robert kom snabbt fram till fönstret och drog undan gardinen så pass att han kunde se ut på gatan.

"Nu är Roffe här", sa han och drog sig genom dörröppningen till vardagsrummet och knäppte med fingrarna åt Jonas som förde ner handen i byxfickan och drog upp nycklarna till porten som han slängde till

Robert. Han fångade dem i luften och steg ut på balkongen.

"Här har du. Bra att du är här", sa han och slängde ner dem på gräsmattan. Karl hörde svagt hur Roffe tackade och hur porten gick upp därnere och strax slog igen efter honom. Robert gick in i hallen och öppnade dörren. Sedan gick han tillbaka.

"Har du fått någon äppelbål, Karl?" undrade han. Karl nekade.

"Det har inte hunnits med", sa han.

"Ja, men då ska du ha det", sa Robert och gick fram till skänken och hällde upp ett glas till Karl som tackade när han tog emot det. Det kom ett hundskall från Ludde igen när Roffe kort senare steg över tröskeln och ställde sig i hallen.

"Vad mörkt det har blivit", sa han och strök den blonda luggen ur ansiktet när han böjde sig ner och tog av sig skorna som han släppte på hallgolvet och föste ihop med ena foten. Robert drog in andan.

"Ofattbart mörkt, och fortfarande så", sa han. Roffe kikade in i vardagsrummet och tittade storögt på draperiet i den breda dörröppningen.

"Ja, här har ni fixat ska jag säga", sa han.

"Jonas är särskilt förtjust i soffan", sa Robert. "Och jag tror att Elise gillar den också", la han till.

"Mm", mumlade Roffe och stegade fram till Karl och Emilia och hälsade. Berra gjorde honnör åt honom sittande i soffan och reste sig sedan och gick fram i hans riktning.

"Gosse, vad du står i", sa Berra och dunkade Roffe i ryggen. Karl smuttade på äppelbålen och såg gillande på glaset. Han vände sig om mot Emilia.

"Den var inte så dum den här", sa han. Hon log lätt.

"Nej, den var inte så dum", sa hon.

"Ska vi sätta oss?" frågade han. Hon nickade, och de rörde sig mot soffan där de slog sig ner bredvid varandra.

"Nu är ni här", sa Jonas och satte sig bredvid. "Nu vill vi höra allt nytt", fortsatte han. Karl tog en ny smutt på äppelbålen.

"Det rör på sig så sakteliga, om du menar utredningen?" sa han. Jonas nickade och såg hastigt upp mot Roffe som dagen till ära hade dragit på sig en stickad tröja med skjorta och slips och stod bredvid Robert längre bort.

"Ja, det är synd om honom", sa Jonas och kliade sig på kinden.

"Men jag var ganska snäll när jag bad om hans upplysningar", sa Karl litet skämtsamt.

"Det tror jag säkert, konstapeln", svarade Jonas.

"Roffe kanske får skylla sig själv", sa Emilia retsamt. Jonas tittade oförstående på henne.

"Nej, det tycker jag inte", sa han. Karl hade spärrat upp ögonen och tittade på henne. Hon nonchalerade hans blick.

"Vad har du gjort i dag?" frågade Karl och vände sig till Jonas igen.

"Vi har promenerat hela dagen. Långt. Jättelångt."

"Här omkring?"

"Ja, längs hela strandlinjen. Där de inte bygger vill säga", svarade Jonas och drog en hand genom det halvmörka håret.

"Just det", sa han dröjande. "De bygger längre ner vid vattnet", sa Karl.

"Ja, det blir säkert bra. Man kan gå åt andra hållet än just vid strandkanten när man ska förbi där", fortsatte Jonas. Karl nickade sakta.

"Ja, det är inte så dumt med promenader, över huvud taget", sa Karl.

"Hur gick det att komma hit? Gick det bra?" undrade Jonas.

"Jag fick litet lock för öronen strax efter Gärdet, annars fungerade det bra", sa Emilia och gav Jonas en blick. Jonas tittade på henne för ett ögonblick och la sedan huvudet på sned och vände sig till Karl.

"Förstår du nu hur vi har det på kontoret, Berra och jag?" sa han. Karl höjde handen till nacken där han snodde runt med den över huden och drog in luft.

"Jag tror jag hänger med i vad du säger", sa han medan han nöp sig en aning i skinnet.

"I sommar ska vi sitta på balkongen", fortsatte Jonas, "och ta litet promenader åt andra hållet."

"Ja, det förstår jag att det är roligt att upptäcka litet nya vyer", sa Karl.

"Ja, det är bara litet tråkigt med hamnen, alla stora anläggningar med rör, hela industrikaraktären och alla motorleder. Det är svårt att komma fram till fots. Men vi måste utforska området ordentligt", sa Jonas igen. Robert som stod i närheten tog ett par steg fram och ställde sig intill Jonas.

"Det är ju industrin som har varit stommen i det här landet under så lång tid. Tänk om vi inte hade den, och bara hade exempelvis en turistnäring som drog in pengar till landet. Det vore trist om det var det enda", sa han. Karl nickade instämmande.

"Det känns främmande, ja. Nej, jag tror man får ta det onda med det goda", sa han. Emilia tittade på honom. "När vi stod på rullbandet beundrade vi konsten på väggarna. Den där målningen som sitter innanför glas", sa hon. Robert tittade på henne.

"Den är från nittonhundra sjuttiotvå", sa han. "Egentligen är den ganska...ja, ja, jag antar att den har sin charm", sa han och smuttade på äppelbålen.

"Pappa är inte så förtjust i sjuttiotalet. Men Elise och jag gillar stationen med de polkagrisrandiga väggarna och betonggångarna", sa Jonas.

"Tvärtom, Jonas. Jag älskar sjuttiotalet, men man får vara litet selektiv med vad man uppehåller sig vid", sa Robert och fingrade på slipsknuten med den hand som han inte höll glaset i. Jonas nickade instämmande. Sedan hördes en signal på dörren. Ludde gav upp ett nytt skall och travade fram till hallen och ställde sig innanför dörren och väntade. En nyckel sattes i låset. Elise dök upp i dörren och drog igen den bakom sig. Hon blickade in i vardagsrummet och fick syn på Emilia som hon log mot. Jonas satte ner sitt glas på rumsbordet och gick fram till henne i hallen. De utbytte några ord och en lätt kram. Sedan tog han kassen och bar in den till köket.

"Vi pratade just om lägenheten och om området här", sa Robert och vände sig till Elise som kom in i rummet.

"Ja, visst är det en fin lägenhet. Jag trivs också bra sedan jag flyttade in här", sa hon och hälsade på Karl med en lätt handskakning.

"Vi har träffats en gång", sa Karl.

"Ja, du var inne för några månader sedan på kontoret och skulle prata med Berra vill jag minnas", sa hon och sken upp. Emilia tog ett lätt tag om armen om henne och drog henne med sig till soffan efter att Elise och Karl hade hälsat på varandra. Karl tittade efter dem och smuttade på glaset.

"De har hittat varandra. Vår duktiga receptionist och vår utmärkta administratör. I Perignoth Systems kontorslokal", sa Robert skämtsamt till Karl.

"Ja, det verkar som att de har gjort det", svarade Karl.

"Vad tyckte du om det som Roffe hade att komma med?" frågade Robert med litet lägre röst.

"Jo, det var bra", sa Karl. "Jag kommer litet längre för var dag som går", fortsatte han.

"Så, var står du nu om man får fråga?" fortsatte Robert och lät ögonen smalna av.

"Nu måste vi ha en viss uppsikt över lokalen i Västberga. Det väntas in ett paket. Det kommer vilken dag som helst." Robert tittade på honom.

"Ett paket?" sa han förvånat.

"Javisst. Ett paket från Granopto", sa Karl.

"Vad ska vi göra med det när det kommer?" frågade Robert igen.

"Det tar vi hand om. Jag har en kollega som hjälper mig", sa Karl och nickade.

"Hm", lät Robert höra och drog ett finger genom håret. "Vad tror du tanken med paketet är?"

"Tanken är väl att skeppa det vidare till den verkliga adressaten", sa Karl.

"Vem gissar du att det är?" undrade Robert igen. Karl dröjde med svaret en kort stund. Medan han funderade på vad han skulle säga tittade han ner på Ludde och klappade honom litet på huvudet.

"Jag tror jag vet vem som gick bakom ryggen på Andersdotter och Kremmeborg som de hette. Offren på flygplatsen", sa han sakta.

"Hm", hummade Robert igen och inväntade fortsättningen.

"Har du hört namnet Petersberg någon gång?" frågade Karl honom rätt ut.

"Ola Petersberg?" sa Robert och fick något spänt över ögonen.

"Ja? Det hade du?" sa Karl med äkta förvåning.

"Det var han som sålde lokalen till oss", sa Robert kort och tömde glaset.

"Då har vi litet mer att gå på", sa Karl när förvåningen lagt sig. "Får jag fråga en annan sak, Robert?" sa Karl en aning tystare.

"Ja. Fråga på!"

"Litar du till hundra procent på Berra? Det var han som helt plötsligt ville köpa lokalen. En lokal som ni inte har någon som helst användning för vad jag förstår", sa Karl och satte upp ett ursäktande ansiktsuttryck. Robert lämnade honom med blicken och såg ner på sina händer som han höll det tomma glaset med. Sedan tittade han bort mot Berra som satt i soffan och var djupt försjunken i en diskussion med Roffe.

"Mer än hundra", sa han och tittade på Karl när han vänt sig om igen. "Hundrafemtio." Karl drog hastigt på mungiporna i en min.

"Vad bra", sa han kort. "Det var bara det. Det var bara det jag undrade."

Kapitel 19

Robert fingrade tankfullt på randen av den stickade tröjan högt uppe vid halsen. Han såg sig hastigt omkring med en blick som inte vågade fastna på det som den landade på.

"Får jag föreslå att vi tar en promenad du och jag före middagen?" sa han så att bara Karl hörde hans ord. Karl tittade mot honom och nickade.

"Det kan vi göra", sa han. Robert vände sig mot soffan där Berra satt.

"Vi tar ut Ludde en kort sväng", sa han och gestikulerade med huvudet i en knyck åt dörren till. Berra nickade tillbaka och flyttade blicken till Ludde som hade lystrat till där han låg på den stora mattan.

"Då blir han glad. Kopplet hänger i hallen", sa han. Robert vände på klacken och hade fått på sig jackan innan Karl hunnit fram till Emilia för att säga att han skulle gå ut och ta en kort promenad. När Karl kom in i hallen stod Robert fullt påklädd med läderkopplet hängande i handen. Han hade sin halvlånga jacka på sig som Karl kände igen och en marinblå halsduk om halsen. Ludde lät sig frivilligt kopplas och slank genom dörröppningen ut i den mörka farstun. Ingen av dem brydde sig om att trycka på ljusknappen som satt i axelhöjd. Ludde trippade ivrigt nerför trapporna som löpte raka i skilda trappavsatser till varje våning. Det enda som hördes var deras steg nerför. När Robert nått bottenvåningen stegade han över golvet i farstun förbi två dörrar på varsin sida om porten och drog upp densamma och släppte förbi Karl.

"Skönt i alla fall med frisk luft", sa Karl sedan porten gått igen bakom dem med ett klick. Robert tog några steg på betongplattorna bakom honom utanför porten och drog upp en tunn mössa ur ena jackfickan. Han drog ner den över huvudet och över halva öronen.

"Frisk luft är det bästa", sa han.

En gatlampa lyste upp ett begränsat område alldeles under ljuskäglan där den stod intill gräsmattan som i det ljusa skenet fick någonting gulaktigt över sig. Robert kom upp alldeles vid sidan av Karl som lät blicken löpa över närmaste husfasad.

"Det är ett lugnt område", sa han och granskade balkongerna med sina svartmålade räcken. Robert drog med fingrarna längs mungiporna innan han svarade.

"Det är ett väldigt sömnigt och lugnt område." De stannade till vid nästa stolpe där Ludde stannat upp och uppehållit sig ett ögonblick inte långt ifrån den förra. Där lyfte han på benet och stod en stund innan han med viftande svans glatt rörde sig vidare. "De har fortfarande inte tagit bort all sand", fortsatte Robert och tog långsamma steg på trottoaren.

"Nej, men de har börjat så smått ändå på sina ställen har jag sett", sa Karl och fingrade på halsduken i halsen.

"Det är när gruset efter sandningen under vintern är helt borta som man verkligen börjar nalkas våren", sa Robert igen.

"Det är så sant. Allting måste komma i en viss ordning", svarade Karl.

"Tror du att man kommer att ha råd att bygga så här småskaligt i framtiden? Tre våningar och med gräsmattor mellan varje hus?" sa Robert och nickade i riktning framåt i mörkret med huvudet och med Karl bakom sig som långsamt tittade sig omkring.

"Nej, det är tveksamt", sa han.

"Ja, med tanke på hur dyr marken är", fortsatte Robert.

"Ja, det blir antagligen fler höghus", funderade Karl.

"Det skulle förvåna mig om det inte med tiden måste bli alldeles för många höghus i sådana här områden. Höghusens tid är inte förbi. Den enorma utbyggnaden och storskaligheten. Det är så man kan kräkas", sa han.

"Nej, den är inte förbi", sa Karl och tittade på honom. Robert drog med en hand under näsan.

"Jag tänkte på det där om färjehamnen och verken i närheten", fortsatte han. "Det var ju så det började härute. Jag antar att det var så det började långt innan husen kom på plats. Långt innan de började bygga bostäder. Baracker. Det fanns ju en tid då halva innerstaden var fylld av baracker. Arbetarbostäder." Karl tittade upp mot den alldeles mörknade himlen ovanför gatlampornas skarpa sken.

"Det var så det började en gång, ja", sa han.

"Det var i princip färdigbyggt för åttio år sedan. Det som har hänt sedan dess är utbyggnad, inte uppbyggnad", sa Robert. Karl nickade där han gick utan att Robert såg det.

"Det är viktigt att det är rätt beslut som tas framöver", sa han.

"Det är mycket viktigt", sa Robert. Han tvinnade sakta läderremmen med sin vänstra hand om den högra som han höll kopplet till hunden i. Sedan släppte han ut kopplet i sin fulla längd och slätade ut remmen som hade vridit sig, i en rörelse med några få drag med fingrarna.

"Jag tänkte på det där du sa", sa han. Karl kastade en snabb blick på honom från sidan.

"Vilket då?" undrade han.

"Det där du sa om Berra", förtydligade Robert. Karl blickade framåt och såg det höga staketet kring bollplanen längre fram.

"Ja?" sa han.

"Ja. Jag har fullt förtroende för Berra. Han utmanar inte självmant", sa han.

"Det låter betryggande", sa Karl och tittade på honom från sidan igen. Det förflöt en halv minut utan att någon av dem sa någonting.

"Därnere har du bollplanen", sa Robert plötsligt och pekade medan han drog med tummen över läderremmen som vilade ett varv på ovansidan av hans högra hand.

"Det gör det inte mindre trevligt", sa Karl.

"Nej, det gör det ännu trevligare", sa Robert utan att le.

"Har du någonsin spelat själv?" undrade Karl. Robert skakade på huvudet.

"Nej. Inte tennis", sa han. Karl kände någonstans inom sig ett eko av någonting. Någonting i det förflutna. Sedan kom han på det. Det dök hastigt upp inom honom. Det fanns ingen möjlighet att han någonsin skulle kunna glömma det hela. Han kanske bara inte tänkte på det varje dag. Speciellt inte en sådan här gång när de träffades under avslappnade former.

"Måns", sa han halvtyst för sig själv. Robert stannade plötsligt upp mitt i steget.

"Måns", upprepade Robert och hade vänt sig om mot Karl och såg honom i ögonen.

"Ja. Måns spelade tennis", sa Karl. Robert hejdade sig en stund. Sedan pressade han ihop läpparna vilket gav honom ett spänt uttryck över munnen.

"Du har så rätt. Det gjorde han verkligen", sa han och började gå igen. "Han spelade tennis."

"Och Berra?" undrade Karl. "Han har ingenting med paketleveransen att göra?" Robert tog ett kort andetag innan han svarade.

"Nej. Det har jag mycket svårt att tänka mig", sa han och sneglade mot Karl när han trodde att Karl inte såg honom.

Karl stannade upp alldeles framför bollplanen med sina strålkastare som satt utsatta i alla hörn. Ljuskäglorna fördes ihop i mitten där de landade och suddade ut alla skuggor på den bleka och helt tomma gräsplanen. Alltihop badade i ett blekvitt ljus.

"Han var säkert duktig på tennis", sa Karl sakta. Robert hade ställt sig bredvid och stod stilla och såg ut över samma område och samma punkt på gräsplanen som Karl hade i sitt blickfång. Han såg ut att tänka från Karls horisont där han tyst stod bredvid.

"Det ifrågasätter jag inte alls", sa Robert när det gått några sekunder. "Det tror jag att du har rätt i", fortsatte han.

"Kommer du själv att vara i lokalen den kommande veckan?" frågade Karl. Robert tvekade innan han svarade.

"Det kommer jag nog säkert att vara", sa han. "Det måste bli så."

"Vi kan behöva en nyckel", sa Karl.

"Jag förstår det", svarade Robert och stirrade på den öde planen med ljuset som silade ner från en ensam punkt i mörkret runt lamporna.

"Du har inte någon extranyckel så här meddetsamma?" undrade Karl.

"Nej. Berra har två. Jag ska prata med honom senare", svarade Robert dröjande.

"När paketet kommer tar vi hand om det", fortsatte Karl. Robert kastade ett hastigt öga på honom och såg ut att just ha vaknat upp ur sina tankar.

"Jag kan tänka mig att det måste bli så", sa han och vände sig med blicken tillbaka till det förra stället.

"Ingen får vara kvar i lokalen när det anländer."

"Det accepterar jag också", sa Robert och snodde långsamt läderremmen runt den högra handen med den vänstra medan han fokuserade på någonting långt därframme. Sedan spände han handen som antog formen av en knuten näve och släppte långsamt upp den tvinnade remmen igen. "Jag accepterar det", sa han.

Karl tittade på honom från sidan. Han visste inte vad han tänkte. Men han såg någonting i Roberts ögon med blicken som var riktad rakt fram. Någonting hade blixtrat till. Karl kunde inte förklara det. Det var en känsla. Han hade kisat litet. Kanske hade han pressat ihop läpparna igen. Hakan hade också fått ett spänt uttryck över sig.

Sedan slappades ansiktet av. Det gick ett par sekunder. Nu såg han till skillnad från alldeles nyss ut att bara vila med blicken. Medan han stod så tittade han fortfarande rakt fram. Han tog ett andetag. Karl såg det från sidan. Sedan flackade han till med blicken som med ens blev rörligare.

"Ska vi vända om?" frågade Karl. Robert vände sig sakta om och kastade ett öga på honom under en kort sekund.

"Vi vänder om", sa han och höjde blicken och såg runt omkring sig på den öde gatan med bara strålkastarna som enda ljuset. Karl vred kroppen ett halvt varv och drog in den kyliga luften i näsborrarna.

De ljusa trappstegen lystes svagt upp av det matta ljuset från takbelysningen i trapphuset. Det kastade sina matta och kalla reflektioner över väggarna med de stängda dörrarna på våningarna. Karl läste namnet på brevlådan högst upp medan Robert tog upp en nyckel ur fickan och satte den i låset. Han vred om den i låset och öppnade dörren. De hängde av sig jackorna i hallen och steg fram och ställde sig i rummet där de andra satt. Berra kastade ett snabbt öga på dem. Först på Robert och sedan ett längre ögonkast mot Karl. Han tittade därefter snabbt ner. Därpå återgick han till sitt samtal med Roffe som satt försjunken i soffan och med ett vaket uttryck i ansiktet tog för sig av plockmaten på bordet. Han fyllde hela handen och tuggade i sig ett chips i taget medan han funderade på det han lyssnat till som Berra sagt och som lågmält hade lagt ut texten. Det hade förmodligen handlat om någonting intressant. Då och då hade Berra gestikulerat lätt med ena handen under den korta stund

Karl iakttagit dem. Robert drog sig fram mellan soffan och bordet och satte sig tyst ner i sitsen och tittade frånvarande och koncentrerat framför sig.

"Gosse, vad du ser nedslagen ut!" sa Berra. "Vi kanske ska hugga in på maten." Robert tittade upp på honom.

"Det är ingen fara med mig", sa han utan att göra en ansats till att klämma fram ett leende.

"Då har i alla fall Beethoven varit ute för den här förkvällen", fortsatte Berra och gav upp ett leende.

"Ludde är nöjd", svarade Robert. Berra tittade på honom igen.

"Så bra att han är nöjd", sa han. Robert nickade mot honom med bara en ansats till ett leende, reste sig ur soffan och gick in i köket till Jonas. De pratade en stund därinne med varandra. Efter några minuter ställde sig Jonas på tröskeln och sa till alla att maten var klar. Det var fritt fram att komma in i köket och ta en tallrik.

Karl som hade satt sig bredvid Emilia reste sig och väntade på att hon skulle göra detsamma. Sedan gick de mot köket och stannade till alldeles utanför. Därefter tog de varsin tallrik och rörde sig långsamt runt bordet i köket där maten var upplagd på faten.

"Vi har pratat och pratat", sa Emilia med ett leende. "Vad länge ni var ute."

"Var vi? Jag tyckte det var bara en kort stund", svarade Karl.

"Nu är jag hungrig. Om jag inte var det förr, är jag det nu", fortsatte hon. Han mumlade någonting till svar. Kort därefter satte de sig ner vid bordet med stolarna runtom som stod i den andra änden av stora rummet.

Robert kom fram, sträckte sig över bordet och tände ljusstakarna med de lätt lilatonade vaxljusen. Han blåste ut lågan på tändstickan som han hållit i. Han la ner den slocknade stickan på kanten av ljusstaken och tittade mot lågorna som stilla brann bredvid varandra.

"Det var inte så dumt ändå att ni kunde komma hit i dag", sa han och tittade först mot Emilia och sedan mot Karl. Karl nickade mot Robert.

"Det har verkligen varit givande så här långt", sa Karl. Robert tittade på honom.

"Det har det verkligen", sa han.

Kapitel 20

Det var soldis och strax före påsk. Temperaturen hade höjt sig två grader sedan dagen innan. Nu var den uppe i tolv plusgrader. Karl tänkte på hur de hade knallat den korta biten till stationen, tagit sig nerför trappen och vikt av åt höger. Efter spärrarna hade de stått på rullbandet och räknat sekunderna. Det tickade någonstans ifrån när de kom ner på perrongen. Den upplysta skylten på väggen mittemot visade vilken sida tåget skulle avgå från. Det stod inne. Det hade varit ännu kyligare i luften än tidigare under eftermiddagen. Nu var det becksvart och sen kväll. De gick till vänster. De passerade flera dörrpar som var stängda då det fortfarande fattades några minuter tills tåget skulle först öppna, och sedan stänga dörrarna och köra mot stan. Mittöver i blickfånget rakt fram låg vattnet. Inloppet från saltsjön. Det som började ute till havs för att ju längre in mellan öar och landremsor smalna av mer och mer tills det med lätta vågor svepte fram ända in till stadskärnan någonstans mellan malmarna och ända fram till slottet. Han kände något som gnagde inom honom. Han hade haft en upplevelse som han inte kunde sätta fingret på vad det var. En upplevelse som bara snuddat vid hans inre, gjort honom orolig, men som inte ville ge sig tillkänna. Inte ge honom någon ledtråd som han kunde fortsätta nysta i vilket kunde göra att han kunde förstå någonting. Han visste inte vad det var. Kanske hade han redan förträngt det. Skjutit undan det. Förpassat det till det bortglömdas domäner. Mer eller mindre tillfälligt eller mer eller mindre permanent. Emilia märkte det också hos honom. Han hade inte kunnat ge henne något svar. Om han kunde hade han i alla fall kanske inte velat.

När de kom hem hade de sparkat av sig skorna. Turats om i badrummet och dråsat i säng. Klockan hade varit över ett på natten. Det hade inte varit fullmåne. Den skulle dröja några dagar till. Det hade han sett när han sent tittat ut och hittat den i sitt hörn på den mörka natthimlen. Den hade haft en oformlig och ofullständig karaktär. Stående vid sängen hade han vikt undan ett hörn av täcket. När han la sig hade ett leende som av ren lycka spridit sig över hans ansikte. Han hade varit nära att nästan genast somna. Kort därpå hade Emilia släntrat ur badrummet. De hade sagt godnatt. Karl hade blundat. Hon la sig på sin sida i sängen och vände ryggen till. Han hade vänt sig åt sin sida och somnat och som det kändes inom några få minuter.

Nu satt han i passagerarsätet. Joel hade kört sträckan ut till den ensliga gatan i Västberga, gjort som Karl föreslagit och parkerat på ett ställe ett tjugotal meter från infarten till huset med bildäcken på tomten och med de nyss uppkomna snödropparna som slokande stod i jorden där de skjutit upp. I närheten hade asfalten spruckit. Det låg bitar av den bredvid som någon hade råkat röra upp och sparka runt. På gatan hade de suttit i timmar i det instängda utrymmet. Närmare bestämt två och en halv timme. Karl hade släppt ner sätet redan efter den första timmen så att det lutade bakåt och gav hans kropp en liggande lutning. Då och då var han tvungen att ändra ställning på fötterna. Han hade ett tag satt upp den ena foten mot instrumentbrädan bredvid ratten. Medan han låg där försökte han tänka och känna efter. Joel hade det ena benet liggande med fotknölen över det andra. Han suckade. När han för andra gången frågade varför det var så förtvivlat viktigt att finnas på plats långt före det att posten som skulle anlända hade kommit förklarade Karl för andra gången att man aldrig kunde veta hur paketet skulle levereras och vad som i övrigt kunde hända. Vad som helst kunde röra sig därute. Någon kunde dyka upp. Något helt oväntat kunde ske. De kunde inte ens vara helt säkra på vem som egentligen skulle vara den som levererade försändelsen. Sedan hade han suckat högt för sig själv. Det kanske skulle bli någon annan än dem som de trodde. Det kom han på strax efter att han skulle säga. Joel accepterade det hela tills en halvtimme till hade gått och han var inne på exakt samma tankebanor som tidigare.

Karl hade fått vetskap om att det eventuellt skulle komma regn. Annalkande regn. Men inte i någon större omfattning. Det senare var bara en gissning från hans sida. Slutsatsen han dragit om regn i just en mindre omfattning hade han kunnat lita på utifrån att bara titta ut. Det var ljust. Och det såg inte ut att vilja mörkna någonstans. Han kände hur det kröp i benen. Joel klagade inte. Han hade ett ganska förväntansfullt uttryck i ansiktet. Som om han var laddad inför uppdraget. Som om det intresserade honom någonting kolossalt. Och det gjorde det antagligen också. När Karl satte sig upp och drog upp ryggstödet kunde han titta sig omkring. Han sa någonting till Joel om att han tyckte att det rörde sig förvånansvärt mycket med tanke på den ensliga atmosfären som rådde i återvändsgränden. Joel höll med. De tittade mot samma punkt långt borta på den bortre delen av trottoaren på andra sidan gatan. Ett par gubbar rörde sig i maklig takt. De bar på någonting. Då och då stannade de upp i sina rörelser och såg ut att prata med varandra. Sedan gick de åt varsitt håll. En stund senare hamnade de åter på samma plats och fortsatte samtala om någonting och lyfta på saker, lådor och annat.

"Ta bara de där", sa Karl. "De kan vara med i hela komplotten. Det är därför vi måste vara här i god tid."

"Du tror att jag är född i går?" sa Joel och gav honom ett ögonkast. Karl skrattade till.

"Ursäkta. Det var inte så jag menade", sa han.

"Jag har inte köpt polisbrickan på postorder", sa Joel igen.

"Nej, nej", sa Karl.

"Jag börjar bli hungrig", sa Joel och stirrade rakt ut genom rutan efter en kort stund.

"Jag kan tänka mig det", sa Karl. Joel gav honom ett nytt ögonkast från sidan.

"Blir inte du hungrig?" undrade han.

"Jo. Jag har inte tid att erkänna det bara. Jag kan inte släppa tankarna på det här", sa Karl.

"Hur har helgen varit?" frågade Joel. Karl gjorde en oskyldig min med munnen.

"Jodå. Ungefär som vanligt", sa han "Själv?" Joel suckade.

"Bra, tack. Vi drog runt med varsin kundvagn i ett shoppingcentrum. Sedan var den dagen slut." Karl skrattade.

"Någonstans får man skylla sig själv", sa han.

"Det är mycket för ungarnas skull. För att de ska komma ut", sa Joel.

"Vad är det för fel på rejäla skogspromenader?" undrade Karl.

"Det är inget fel, Kalle. Om du visste vad vi är ute och knallar", sa Joel.

"Jag menar det", sa Karl. "Jag menar det."

"Än har det inte kommit", sa Joel.

"Nej. De dröjer än", svarade Karl.

"Ja, men jag menar regnet också. De hade ju sagt att det skulle bli regn."

"Ja, det också", sa Karl frånvarande.

"Jag vet inte vad du tänker på, men titta på den där gubben där borta", sa Joel och nickade åt ett håll.

"Mm", sa Karl dåsigt. "Det är honom jag tittar på."

"Ja. Han bara står och glor", fortsatte Joel.

"Mm."

"Ja, men vad gör han?" sa Joel igen.

"Det kanske är så det är att jobba i den där branschen", sa Karl.

"Det tror jag inte", sa Joel.

"Han kanske ska plantera någonting i rabatten. Sådana saker får man väl planera i förväg innan man sätter i gång. Det tar tid att tänka ut saker", sa Karl. Joel fnös.

"Du ska inte skoja nu", sa Joel och kliade sig hastigt framför örat.

"Ska jag inte?" sa Karl och tittade spänt på mannen som stod i pösig täckjacka i deras blickfång en bra bit bort.

"Han har inte sett oss?" undrade Joel. Karl skakade sakta på huvudet utan att släppa mannen med blicken.

"Icke!" sa han.

"Men det ser skumt ut. Det håller du med om?" kommenterade Joel igen.

"Det vet jag inte. Det vet man inte än", sa Karl.

"Ja, men nu menar jag vi. Vi ser skumma ut. Tycker du inte det?"

"Inte om han inte har sett oss", sa Karl och tittade fortfarande stint framåt.

"Det är bäddat för misslyckande", sa Joel.

"Så hungrig är du väl inte?" sa Karl.

"Det är inte det jag snackar om", sa Joel.

"Du verkar vilja ge upp", sa Karl.

"Nej, nej. Då har du missförstått mig", sa Joel.

"Det händer ibland", sa Karl.

"Att man ger upp?" frågade Joel.

"Det också", sa Karl. "Men att man missförstår!"

"Ja, ja", sa Joel.

"Såg du honom för en halvtimme sedan?" undrade Karl och vågade sig på att kasta ett hastigt öga på Joel.

"Nej. Han dök upp när du reste upp stolsitsen. Eller en stund efter det", sa Joel.

"Det var betryggande", sa Karl. "Jag måste ha tittat åt ett annat håll då."

"Ja, det var väl något sådant", sa Joel. Karl suckade. "Vad tror du om det här?" undrade han.

"Han ser inte längre så skum ut. Nu kommer nog posten snart. Det är vad jag tror", sa Joel och tittade på klockan i bilen.

"Ja", sa Karl och kliade sig på överläppen. Joel kastade ett öga tillbaka på Karl när en stund förflutit och det hade blivit tyst och ingenting hade gett ljud ifrån sig. Varken utanför eller inuti bilen. Under den stunden var deras egna andetag det enda som hade hörts.

"Är det någonting du funderar på som jag har nytta av att få veta?" undrade Joel med en snusförnuftig retorik helt plötsligt. Karl harklade sig litet utan att se på honom.

"Jag tänkte bara på hur viktigt det är, det här med vad man säger", sa han och kände redan hur han höll på att tappa tråden.

"Hur då? I vilket sammanhang menar du?" undrade Joel. Karl drog med en hand över hakan.

"Ja, det här hur man lägger fram saker och ting så att det ska låta rätt", sa Karl och gjorde ett nytt försök.

"Jaha?" sa Joel och smackade till med läpparna.

"Hur man kan framkalla en helt osann bild av sig själv eller av någon annan om man inte väljer orden rätt", fortsatte Karl.

"Och mer?"

"Det man säger kan sitta fast och tas på ett alldeles för stort allvar. Och det går aldrig att skapa en ny bild efter det."

"Mm. Gör det inte?", sa Joel.

"Människor har en tendens att plocka upp det negativa", fortsatte Karl.

"Du, det kom inget regn", sa Joel och lutade sig fram mot rutan och tittade upp mot den jämntjocka molnigheten.

"Det är fortfarande ljust. Men då kommer det nog till kvällen ska du se", sa Karl och gnuggade till över hakan med ena handen.

"Hur gör du då? Lyssnar inte du till det negativa?"

"Om man gör det så gör man det ofta därför att det är någonting man fruktar av det man får höra", sa Karl och tittade framåt.

"Jag vet inte hur länge sedan det var jag hade en sådan djup och filosofisk diskussion men nu verkar det som om han börjar röra på sig där borta", sa Joel.

"Det är aldrig för sent", sa Karl.

"Ja, men jag menar allvar. Han har fått en idé. Kolla!"

"Det har jag också fått", sa Karl. "Jag har fått en snilleblixt i skallen", sa Karl som för tillfället uppfattades som både upprörd och ironisk av Joel som irriterat men samtidigt intresserat kastat ett öga på honom.

"Vadå för någonting", sa han och vände sig från Karl.

"Har du någon kikare i bilen?"

"Är det inte du som ska tänka på sådant?" sa han och tittade på honom igen.

"Om du har det så skulle jag verkligen vara i stort behov av den nu", sa Karl och spände ännu en gång blicken genom rutan. Joel såg på honom igen och började rota med handen som han sträckte bakom sätet till golvet bakom bilstolen.

"Jag vet att den har legat här", sa han och stånkade när han sträckte handen bakåt så långt han kunde.

"Jag kanske kan göra det själv", sa Karl och vred på kroppen åt Joels håll och räckte ut handen ner på golvytan bakom Joels sits.

"Nu kommer den ska du se. Nu kommer den, Kalle!" sa Joel koncentrerat och med upphetsning i rösten efter ett par sekunder. Karl snodde runt med fingrarna så att han bara kunde peta men inte få tag i kikaren som knuffats undan en bit för långt.

"Säger du?" sa han en aning uppretat.

"Skynda dig", sa Joel. "Om du ska hinna se någonting." Karl lossade med en väldig fart bältet som åkte upp i rullen och vräkte sig sedan åt sidan och svor.

"Det var en jäkla kikare att gömma sig när man som bäst behöver den", sa han ilsket.

"Han går ur", sa Joel.

"Jäklar!"

"Han skickar fram ett papper till mannen i jackan. Han skymmer honom nu", sa Joel.

"Nu då!" sa Karl fick upp kikaren med handen och satte den till ögonen. Var är vi?"

"I en idiotisk sits. Nu drar han snart. Där gick dörren igen. Han backar", sa Joel.

"Vilken han?" sa Karl.

"Han i paketbilen", sa Joel.

"Paketbilen?"

"Ja! Han med paketet", fräste Joel otåligt till och tittade på Karl som satt kikaren för ögonen och snodde runt med den medan han skruvade på det lilla hjulet för att få in skärpan.

"Jag ser inte riktigt", sa Karl och lät frustrerad.

"Titta en gång till", sa Joel.

Karl svor och satte ner armbågarna mot knäna för att hålla kikaren stilla.

"Jag ser!" utstötte han ett ögonblick senare.

"Gör du? Vad ser du då?" kastade Joel fram.

"Nu ser jag ännu bättre. Vi ska se om…", började Karl och avvaktade medan bilen som kommit och levererat paketet körde åt sidan så att mannen bakom som stod vid huset skulle synas, "om det är…det är. Det är någon." Han tystnade. Han sa inte ett ord. Han tittade bara och gjorde inte ett ljud ifrån sig och satt framåtlutad i en koncentrerad ställning. Joel knuffade honom lätt i sidan på armen på honom.

"Vad gör du?" sa han högt.

"Det var som sjutton! Det här förstår jag inte", sa Karl fortfarande med kikaren för ögonen.

"Vem är det?" sa Joel och sträckte fram handen och råkade stöta till Karls högra hand.

"Vänta litet", sa han. "Det kan inte vara så", sa han osäkert men med snabb andhämtning.

"Vad kan det inte vara? Säg någonting!" sa Joel som satt med handen i luften som han hade försökt rycka ifrån Karls kikare med.

"Nu får du ta den", sa Karl kärvt och drog med bägge händer över ansiktet och hade spärrat upp ögonen under

176

tiden som händerna drogs nedåt. Han snodde åt sig nyckeln och satte in den i låset och drog i gång bilen.

"Han drog. Jag hann inte se", sa Joel och sänkte kikaren i knät och tittade snabbt på Karl.

"Vi hänger på", sa Karl med bister min. Han drog fram bältet och tryckte hastigt ner det i hållaren och drog ratten runt ett kvarts varv samtidigt som han gasade.

"Vem är det?" frågade Joel skarpt.

"Bert Vånglund vet du vem det är!" sa Karl och tittade snabbt i backspegeln och ut åt både Joels och hans egen sidoruta.

"Vånglund?" sa Joel överraskad.

"Ja. Berra!" sa Karl. "Berra var det! Jag kan svära på att det var han. Jag kan helt enkelt svära på det."

Kapitel 21

Regnet kom verkligen under natten. Precis som han hade trott. Han vaknade till när klockan just passerat fem och det smattrade på fönsterblecket. Han såg hur det föll och hörde hur det landade på metallkanten med det knäppande ljudet. Från ett jämngrått molntäcke for det ner i ett tätt strilande. En fiskmås flög med tunga vingslag. Genom springan i fönstret kände han den syremättade luften. Det var samtidigt milt. Han tog ett extra andetag med utsikt över gatan nedanför innan han lämnade sovrummet. Papperstidningen hade kommit under natten. Den hade landat med ena kortsidan uppåt och tryckts ihop i det andra hörnet. Han plockade upp den och slängde den på soffbordet i rummet. Kaffet drack han stående och i små klunkar med ena handen vilande i midjan.

När det fattades femton minuter till åttaslaget drog han oinspirerat med skosulorna över entrémattan och tog samtidigt i sitt medvetande in det klirrande ljudet från kafeterian i närheten. Han tog hissen upp. Med gott utrymme och endast i sällskap av sig själv kunde han kosta på sig att granska spegelbilden och med ena handen ruska till och dra runt i håret. Innan han klev ur var han fortfarande inte nöjd med resultatet. Efter en omväg via toaletten med det skarpt upplysta handfatet med spegeln ovanför kastade han jackan över stolsitsens ryggstöd och tryckte in knappen på datorn på rummet. Det hade blivit komplicerat. Han tänkte på det prekära läge han befann sig i och när han med båda händerna i midjan tittade mot den tomma whiteboardtavlan medan datorn skulle starta. Han kunde prata med Brick. Men han undrade vad det skulle tjäna till då han ändå inte skulle kunna följa hans rekommendationer. Han skulle i alla fall bli tvungen att göra det på sitt eget sätt. Något annat sätt fanns inte. Det var då det kanske blev ännu mer komplicerat. Han beslutade sig för att säga så litet som möjligt om saken under morgonmötet. Han skulle låta informationen beledsagas av en axelryckning. Inte ge det någon större tyngd. Joel skulle säkert inte opponera sig. Allt för att ge den den triviala touche som situationen krävde. Han hade nämligen en annan idé. Någonting som i sig var en aning kontroversiellt. Ur avdelningens synvinkel.

Han hade fått göra en snabb utryckning. Tömma huvudet på de tankar som uppehållit sig inom honom under ett par veckors tid och i stället sätta sig in i någonting nytt. Ställa om till nolläge. Han lyckades väl inte helt. När klockan närmade sig nio och trettiofem hade situationen löst sig ute på fältet och han hade bestämt sig. Då bröt han upp och åkte tillbaka till kontoret, hängde upp jackan över ryggstödet igen och gick ut i korridoren efter en kaffe. Sedan satt han en stund med telefonen liggande framför sig på bordet och tittade på den. Han växlade med blicken mellan skrivbordet och utsikten utanför. Den luftiga, öppna, fria utsikten. Det hade inte slutat regna. Då och då tog han en smutt av kaffet ur muggen. Sedan kände han sig redo.

"Ringer jag olämpligt?" frågade han och hade uttryckt sig formellt. Det hördes en antydan till ett lätt skratt i andra änden innan den normala samtalsrösten återkom.

"Du har aldrig ringt olämpligt", sa Robert.

"Vad bra. För den här gången har jag ett speciellt ärende", fortsatte Karl tvekande.

"Vad kan det vara?" undrade Robert.

"Det fattas någonting som du skulle kunna hjälpa mig med", sa Karl.

"Då undrar jag verkligen vad som fattas dig", sa Robert igen.

"Emilia hade inte kunnat säga det bättre", sa Karl självironiskt och pressade ryggen tillbaka mot ryggstödet och tittade som hastigast upp i taket.

"Jag delar alltså tankegång med Emilia. Det var ju fantastiskt", sa Robert.

"I det här fallet", sa Karl.

"Törs du klämma fram vad saken gäller på telefon eller ska vi träffas?" frågade Robert.

"Det senare vore att föredra. Var är du nu om jag får fråga?"

"Jag har just avslutat en kopp te på Vulcanusgatan. Jag sitter här i den gamla lokalen", sa Robert.

"Du skulle inte kunna komma hit? Vi skulle kunna ta en promenad", sa Karl.

"Det ser jag fram emot. Var då?"

"Kungsholmsgatan", sa Karl.

"Stora ingången?" sa Robert.

"Stora ingången", svarade Karl.

Han la ner telefonen på bordet. När han tittade åt vänster såg det ut att fortfarande regna. Sist han hade varit i gruppens lokal på Vulcanusgatan hade Berra varit som bäst i farten med att avlägsna allt klotter efter vandaliseringen som skett där. Han hade haft mask för ansiktet. Karl anande att de hade lyckats ganska bra med upprustningen. Allt hade säkert återställts i ett acceptabelt skick. Så kunde han tänka sig att det var. Kanske satt han där och funderade över det som varit. Det fanns säkert ett och annat att fundera över. Om inte förr så åtminstone nu efter den oansenliga sittningen i bilen tillsammans med Joel. Men det skulle han lägga fram så försiktigt som möjligt. Han drog åter jackan av stolen och trädde armarna i den och stängde dörren till rummet efter sig. Han tittade in genom rutan till Lindas rum när han ändå gick förbi. Det var tomt innanför. Hissen kom efter en kort stunds väntetid. Sedan sjönk den ett antal våningar ner tills en inspelad röst upplyste honom om vilken våning han befann sig på. Han klev ur och tog långsamma steg fram över golvet. Han såg sig omkring. Han väntade en stund. Han hälsade på en kollega som såg honom stå där. Kollegan gick mot hissen. De var ute i olika ärenden. En var på väg upp.

Han själv var på väg ut. Sedan rätt som det var stod han där. Han kan ha stått en stund. Han såg ut att ha stått stilla ett bra tag. Hur omöjligt det trots allt kändes. På något konstigt sätt smälte han in i omgivningen. Karl tog några steg fram. De hälsade. De tog i hand.

"Gick det bra att komma hem sedan?" frågade Robert.

"Tack. Det gick bra. Det var en väldigt trevlig fest", sa Karl.

"Vi får göra om det någon gång", sa Robert.

"Det får vi göra", sa Karl.

"Du hade någonting på hjärtat?" sa Robert.

"Jag undrar om vi ska ta en promenad?" sa Karl och hade uttryckt det litet annorlunda.

"Det kan vi göra", sa Robert.

"Hantverkargatan?" frågade Karl.

"Det blir bra", sa Robert.

De började strosa fram längs den smala men livliga gatan som hade en undanskymd plats i tillvaron. Det var folk i rörelse. Det blåste en aning kallt. En buss saktade in och stannade intill trottoarkanten och släppte av sina passagerare. Den utförde en nigning i den sidan som inte var vänd mot gatan. Sedan drog den i väg. Hållplatsen där det stått personer och väntat blev tom. Vattenpölar hade lagt sig på trottoaren. En och annan butiksdörr öppnades och stängdes igen. Trafikljusen slog om. Bilar stannade bakom dem. De hann gå en sträcka. Bilarna stod kvar. När det åter slog om drog de i väg. Somliga svängde. Andra for rakt fram. De gick förbi Kungsholms kyrka. Karl pekade och sa någonting. Robert tittade, stannade kort till och nickade. Sedan gick de vidare.

"Det kom regn", sa Robert.

"Ja. Snart kommer sommaren, värmen och de lata dagarna", sa Karl.

"Hoppas du får din semester som det är tänkt", sa Robert.

"Det ska nog fungera", svarade Karl.

"När ska det här sluta?" sa Robert och satte upp en hand med handflatan vänd uppåt i luften. Karl tittade uppåt i skyn.

"Om ett par timmar är det nog över", sa han. Robert log.

"Det kan bli lyckosamt", sa Robert.

"Så, vad ska du göra själv? I sommar?" undrade Karl.

"Jag kanske inte har så mycket att göra", svarade Robert.

"Vad skulle du vilja göra?" Robert skrattade till och drog förstrött med handen över hakan vilket för Karl verkade tyda på att han hade tagit frågan på allvar.

"Jag sätter mig kanske någonstans där jag kan titta på folkvimlet", sa Robert. Karl blev förvånad utan att visa det.

"Hur mår Maria?" frågade han sedan rakt på.

"Hon har anpassat sig till omständigheterna." Karl kastade ett snabbt öga på honom.

"Det var egentligen inget svar", sa han.

"Det var ett halvt svar", sa Robert eftertänksamt.

"Ja."

"Jag orkar knappt tänka på det", sa Robert.

"Det kan jag föreställa mig", sa Karl utan att vara helt övertygad.

"För Annas skull, menar jag", fyllde Robert i. Karl nickade sakta.

"Då blir det logiskt."

"Vad har flickvännen sagt om mig?" undrade Robert.

"Hon har bara berättat litet om vad ni pratade om", sa Karl.

"Vad pratade vi om enligt henne?" Karl dröjde med svaret medan han försökte formulera någonting som skulle både vara sant och inte låta alltför negativt och nedslående.

"Hon sa att du hade sagt att du brukar höra pendeltåget när det susar förbi. Att det skapar någon balans i tillvaron." Robert gav upp ett hest garv.

"Jag kanske sa någonting sådant. Det skulle vara så typiskt i så fall."

"Hur då?"

"Att komma med någonting överraskande", svarade Robert.

"Hon blev verkligen överraskad när du stod på tröskeln", sa Karl.

"Hon fick en smärre chock. Jag trodde ett tag att hon skulle kasta ut mig. Jag måste ha babblat på efter det."

"Ja. Så var det. Jag har också en överraskande sak att komma med", sa Karl och lät om möjligt ännu mer osäker än någonsin.

"Det förstod jag på en gång du ringde", sa Robert och hade stannat till och tittade ut mot Riddarfjärden. Han satte ner händerna i de djupa fickorna i jackan. Mössan räckte ner över öronen på honom. Karl tog några prövande steg så att han kom upp bredvid. Sedan drog han med ett par fingrar i mungiporna. Han tittade runt omkring sig några gånger.

"Jag kanske måste kasta fram det jag ska säga direkt. Och jag kanske måste göra det en aning bryskt", började Karl och slog blicken runt över vattnet och byggnaderna på holmen i närheten fast litet långsammare den här gången.

"Kör i vind", sa Robert kort och hade behållit lugnet.

"Jag vill inte sätta in en kil mellan dig och Berra", fortsatte Karl trevande.

"Jag gillar raka förhållningsregler. Sedan får man ta det hela utifrån de omständigheter som råder i ett visst fall", sa Robert och blickade mot någonting i fjärran.

"Jag hade en kollega med mig i bilen i går. Vi satt skymda utanför huset i Västberga." Robert tittade lugnt på honom när han sakta hade vänt huvudet.

"Det var en överraskning", sa han.

"Var det det?" undrade Karl.

"Jag trodde inte att det skulle ske så snart", sa Robert.

"Nej, det var ingen som la märke till oss. Jag berättade det också för Berra, att det skulle ske en övervakning", sa Karl och nickade för sig själv.

"Då börjar jag förstå vart du vill komma", sa Robert.

"Ja, det blev komplicerat det här med Roffe och Granopto", sa Karl kort.

"Kläm fram med det, du", sa Robert.

"Det är så väldigt svårt", sa Karl.

"Nu vill jag veta vilket ärende du är ute i", sa Robert igen.

"Hur mycket har Roffe sagt om sina iakttagelser på lagret på kontoret i Malmö?" frågade Karl. Robert gjorde en min som avslöjade hans besvikelse.

"Du behöver inte krypa som katten kring het gröt. Vi vet alla om det där med smuggelhärvan", sa han.

"Det kom ett paket i går. Jag trodde inte jag skulle få se det gå till på det sätt som det gjorde", fortsatte Karl.

"Står kåken kvar? Hel och i oförändrat skick?"

"Den står på stabil grund", svarade Karl.

"Då kan jag inte se att det är någon fara", sa Robert korthugget och glädjelöst. Karl tittade mot honom och blev fundersam under ett ögonblick.

"Berra är straffad för sprängningarna för några år sedan. Wennergren-center, Medborgarplatsen och Älvsjö-dådet. Är det någonting mer hos honom som vi bör känna till?" frågade Karl. Robert skakade på huvudet och hade fått ett allvarligt uttryck i ögonen.

"Nej. Där har du gått vilse", sa han igen lika kort.

"Du litar på honom?"

"Ja. Visst gör jag det", sa Robert och gjorde en ny min.

"Vad är det för paket som levereras till Västberga?" kastade Karl fram plötsligt. Robert fick en sammanpressad min i ansiktet och sänkte blicken i marken. Han drog förstrött med framdelen av skon genom gruset på kajen.

"Berätta mer", sa han. Karl suckade ljudligt efter ett långt andetag.

"Ja", sa han. "Vi såg det med egna ögon hur han tog emot ett paket. På en gång kastade han sig i bilen. Vi tyckte att det var läge att se vart han tog vägen. Alltså tog vi upp jakten."

"Ja? Sedan?" sa Robert.

"Vi tappade honom efter Essingeleden", avslutade Karl. Robert drog på munnen.

"Ni tappade honom?" sa han. Karl nickade svagt. Robert funderade en stund.

"Ja", sa Karl.

"Och paketet kom från Granopto? Det är ni säkra på?" Karl nickade igen

"Helt säkra. Brick har haft möte med logistiken och med en utredare från Malmö", sa Karl.

"En kil i gruppen", mumlade Robert och tittade ner i gruset igen.

"Jag är verkligen ledsen", sa Karl.

"Du gör en höna av en fjäder", sa Robert. "Den som verkligen ska vara ledsen är Ola Petersberg. Han som sålde lokalen till oss", sa han och drog med handen över ansiktet.

"Varför det, måste jag fråga", sa Karl och tittade uppmärksamt på honom.

"Han har gjort en liten tabbe. Han tror att Roffe har varit lierad med Granopto och de gamla cheferna. Han har tydligen inte hängt med i svängarna."

"Har Roffe berättat det här för dig?" undrade Karl.

"Ja."

"De gamla cheferna? Kremmeborg och Andersdotter?" undrade Karl igen. Robert nickade.

"Just det", sa han. "Men så är det ju naturligtvis inte", fortsatte han och blickade ut över vågorna över det väldiga vattnet mot Södermälarstrand. Karl tog ett par andetag och följde rörelserna hos en fiskmås som gracilt gled genom luften.

"Han är inte lierad på något sätt?" Robert tittade på honom.

"Nej, han är absolut inte lierad", sa han.

"Robert! Jag kan behöva ta in dig på ett formellt förhör", sa Karl efter en stunds betänketid.

"Gör det du måste, konstapeln", sa Robert utan rörelse.

"Jag försöker vänta med det men nu har jag sagt att det kan komma att bli så", fortsatte Karl.

"Du behöver inte be om ursäkt", sa Robert. "Det är klart ni ska ta in mig på förhör." Karl tittade på honom från sidan.

"Var finns paketet?" frågade han lugnt.

"På Vulcanusgatan", sa Robert tyst och med blicken över vattnet.

"Och?"

"Tomt. Helt tomt."

"Jag visste det", sa Karl sakta.

"Vad visste du?"

"Att du kände till det. Att du hade sett det", sa Karl igen. Robert gav honom en kort blick. Någonting i den gjorde intryck av att han såg en aning road ut. Men bara för ett kort ögonblick. Och väldigt subtilt. När Robert gjorde en ansats till att vilja dra sig mot Stadshuset följde Karl efter. Därifrån gick de över bron mot Gamla stan. Robert skulle ta den röda linjen ut mot Norsborg. Karl kunde ta vilken som helst. De vinkade lätt mot varandra när de skildes åt och Robert steg in när dörrarna öppnades. Karl stod kvar och tittade efter honom stående på perrongen.

Kapitel 22

Han fingrade med båda händerna på bältet med tummarna nedstuckna innanför i en avslappnad ställning vid väggen i den stora hallen. Medan han stod så passade han på att luta sig mot den glatta ytan. Den var kall. Ute var det också fortfarande kylslaget och i råaste laget. Bakom det guldisiga molntäcket som hade ett visst ljus över sig tycktes strålarna från solen skymmas. Han vände ansiktet sakta ner och såg på armbandsklockan. Sedan dubbelkollade han för säkerhets skull med den som satt högt upp på väggen i den vid det här laget ganska så klassiska byggnaden. Det ställe där han tillbringat så mycket tid. Tid till att drömma. Tid till att föreställa sig saker. Att staka ut en framtid, planera, tänka, utföra och sammanfatta sina drag. Ett drag. Det var nu dags för nästa framryckning, nästa drag. Tiden var inne för det. Det hade känts så under hela den senaste veckan att någonting verkligen måste hända. Vad som skulle hända var också känt. Hur det skulle ske var även det lika självklart. Tidpunkten var den enda omständigheten som alltefter tycke och dagsform kunde ändras. Kanske var det ännu för tidigt? Möjligheten fanns alltid att i sista stund göra en liten justering av den utstakade planen. Men nu var det definitivt bestämt. Det skulle ske. Det skulle ske snabbt och med effektivitet. Utan förvarning skulle det slå ner. Det skulle slå ner ordentligt. Inte nästa vecka. Inte i morgon. Utan denna dag som var i dag. I dag skulle det vara den dagen då det skulle komma att förändras totalt. Allting skulle förändras och ta in på en ny väg.

Med bister min såg han dem komma. De drog sig långsamt fram över golvet sedan de tagit sig uppför rulltrappan och med ljuset i ryggen släntrat fram över golvet med sina rullväskor och sitt bagage och sina högljudda tillrop. Alla röster som ekade och vilkas läte och ljudstyrka studsade över väggarna och blandades med ljudet från motorerna utanför. Den eländiga saktfärdigheten som han var tvungen att bevittna varje dag. Vareviga dag fanns den där framför honom. Dessa ständiga rörelser. Alla människor. Turister, vanliga människor och affärsfolk med sina packningar. Mer eller mindre stora väskor. Deras ytterplagg. Deras rotande. Ytligheten. Nonchalansen. Alla tilltal. Nedlåtenheten när de någon gång tilltalade honom. Och så alla dessa evinnerliga frågor som kastades fram till honom efter en evig väntan vid bagagebandet. Denna roterande, snurrande och irriterande sak som alltid tog sådan tid på sig och aldrig kunde stå stilla. Allt letande och tittande. Allt pockande och allt propsande och så allt påkallande av hans hjälp. Denna vedervärdiga tillvaro.

Klockan uppe på väggen hade låtit sin långa visare röra sig framåt. Mer än vad han skulle ha gissat. Han lättade från väggen med ryggen och gick några steg över det blanka golvet. Det kändes hårt under fötterna. Han hade fortfarande den bistra minen över munnen. Den hade inte lämnat honom. Han ställde sig där ljuset slog ner innanför den gigantiska rutan. Han stod mitt i den svagt upplysta fyrkanten av blekt solljus. Där vände han sig om och såg ut över den vidsträckta utsikten. Det skulle dröja innan han såg det. Den här gången skulle det ta en stund innan det dök upp i hans synfält. Längre än vanligt. Sedan skulle han vara beredd. Han kände med fingertopparna på utsidan av väskan som han bar på. Han var beredd. Mer beredd än någonsin förr.

Han väntade ett tag. Sedan kom det där. Det började som en prick. I skyn dök nu den lilla pricken upp långt där borta. Den dök fram genom det täta molntäcket och såg som väntat ut att stå stilla. Han kunde som vanligt inte se den röra sig. Inte en millimeter. Inte den här gången heller. Han vände sig tillbaka in mot hallen. Han tog in omgivningen. Det var som det brukade vara. Han gjorde som han brukade göra. Precis som han hade tänkt ut det fram till en viss punkt. Han tänkte framåt även till långt senare efter det att det planerade ögonblicket skulle vara verklighet. Det var ett senare ögonblick som skulle vara välkommet. Han vände sig om igen. Nu var den större. Den hade flyttat på sig bland molnen. Den framträdde tydligare nu. Det syntes att den rört på sig. Han tyckte att den också såg ut att ha sjunkit. Den hade sjunkit en bra bit. Han tittade ner. Där fastnade han med blicken. Det hade regnat under natten. Det hade regnat en hel del under halva natten och hela förmiddagen. Nu var det blött. Hela landningsbanan hade blivit mörkare av regnet som hade fallit. Han tittade mot rulltrappan. Där var det. Det var där det skulle ske. Han vände sakta på huvudet igen för att kolla vad klockan på väggen visade. Det hade gått några minuter till. Föga förvånande. Ingenting förvånade honom. Han förde handen till ryggen. Sedan drog han tillbaka den igen. Han tittade sig runt omkring igen. Det fanns några som stod i en klunga längre bort. De hade huvudena vända åt ett annat håll. Han hoppades att de skulle vara vända så om bara några minuter också. Hoppas. Det kunde han alltid.

Nu hade det definitivt kommit närmare. Han började kunna urskilja detaljer. Han såg hela kroppen. Uppepå och undertill. Vingarna. Och hur det vinglade till när det singlade fram i luften. Konstigt egentligen att det kunde hålla sig kvar där. Så mycket som det vägde. Flera ton. Åtskilliga ton. Han hörde ljudet från det. Om han skulle gå närmare skulle han kunna höra det ännu tydligare. Han stod ändå kvar och tittade. Det kom rakt emot honom. Det var inte långt kvar. Snart skulle det efter nedstigningen ta mark. Sedan skulle det inte dröja länge till. Inte alls länge till. Nu var det så nära det kunde vara utan att få fast mark. Det visste han av erfarenhet. Efter alla år. Efter hela den långa tid som han tillbringat med att titta efter dem. Det var på väg att gå ner nu. Det var bara en kort bit kvar. En liten sträcka. Från hans horisont var den pytteliten. I verkligheten var den längre. Nu var det alldeles nära marken. Planet gick ner. Det var ganska öronbedövande. Landningen var perfekt. Han fortsatte titta på det när det rusade fram över raksträckan och innan det hunnit sakta ner. Det började så smått minska farten nu. Det gick några sekunder. Han kunde se hela det stora planet. Hela skådespelet. Men även hur högt över marken det sträckte sig i sin egen kropp. Bokstäverna satt på sidan. Fönstren där piloterna satt kunde han se. Hjulen och däcken som roterade på marken. Detaljer. Det saktade in litet till. Det svängde. Och det fortsatte svänga några meter till. Sedan saktade det ner ytterligare något. Nu rusade det inte längre. Det rullade långsamt men beslutsamt in till sin på förhand bestämda plats. Nu rullade det riktigt sakta. Sedan stannade det helt och stod stilla.

Det gick några sekunder. Nu började en väntan. Den utdragna väntan. Den som han sett så många gånger. Han vände sig om mot klockan. Han passade på att se sig om i hallen. De hade lämnat den. Klungan. I stället hade det kommit nya människor som såg ut att flanera runt. En del hade uppmärksamma blickar. När han vände sig tillbaka såg han dem alla. De som stigit ur planet och hade börjat röra sig mot ingången och mot rulltrappan. Han kände bakpå ryggen. Sedan tog han ner handen igen. Än stod han kvar. Han tittade ut genom det stora glaset. Det hade inte blivit ljusare. Det skulle inte bli ljusare än så under resten av dagen heller. Det fanns inga sådana utsikter. Han skulle senare var tvungen att ta sig långt bort. Rulltrappan gick i gång. Han kunde höra röster. De pratade livligt. Han kunde till och med höra deras rörelser. Deras bagagehjul på väskorna som rullades upp i rulltrappan och som sedan drogs över golvet. Han hade siktet inställt. Han vände sig om. Han tittade på dem. På nytt tittade han ut. Sedan vände han sig tillbaka igen. Den här gången hade han vänt på hela kroppen. Han tog ett enda steg fram. Det var allt som behövdes. Det var dock inte det enda som behövdes. Det behövdes någonting annat också. En liten rörelse. Han gjorde en rörelse. Denna lilla rörelse. Bakpå ryggen. Och han gjorde det nu. Den rörelsen som han hade tränat på. Det gick två sekunder. Det hade hörts ett ljud. Ett högt ljud. Han hörde någon som skrek. Det började genast röra på sig överallt. Det blev panik. Han hörde skrik.

Höga skrik. Det var som om de hade vaknat till liv. Helt plötsligt väckts ur sin slummer. Ur sin egen lilla värld.

Han började därefter själv röra på sig. Han sprang åt det håll han hade tänkt ut. Han var snabb i benen. En sekund bara så skulle han komma undan. Det hade blivit träff. En fullträff. En enda snabb rörelse och sedan en perfekt fullträff. Han var snart borta. En bra bit bort där ingen kunde se honom. Ingen var efter honom. Inte en enda var det som kommit bakom honom. Han kunde inte höra någon där bakom. Han sprang ifrån alltihop. Han sprang fort undan och fortsatte springa tills inget alls mer hördes. Sedan sprang han litet till. Nu kunde han verkligen säga att ingenting mer hördes än hans egna steg. Hans egna, ekande steg över det hala, nystädade golvet med de svaga linjerna av vatten från dagens runda med golvvårdsmaskinen. Den som han sett vareviga dag. Ända sedan han började sin bana på det ställe där han var. Vareviga dag. Och med samma stumma uttryck hos den som satt däruppe och körde runt. Runt och runt. Han rundade ett hörn. Det enda han hörde nu var hans egna steg som dunkade mot det blankhala golvet i en för övrigt tyst del av ankomsthallen. Han sprang. Och han sprang. Bort. Och längre bort.

Kapitel 23

Karl hade satt upp ena foten på skrivbordsskivan. Det försatte hela honom i en lutning som han trivdes i. Han tänkte på Berra där han satt med ryggen tungt vilande mot ryggstödet. Han hade försynt frågat Robert om det inte kunde vara lika bra att han fick följa med honom och kolla i lokalen efter paketet. Robert hade efter en ytterst kort betänketid erkänt att han sett ett paket som inte stått där tidigare. Han hade direkt förklarat att det var tomt. Sedan hade Robert tvekat en aning på om han skulle gå med på nästa drag eller inte. Karl hade inte utövat någon övertalningsmanöver på honom. Robert hade ställt sig och funderat ett tag. Sedan hade han gått med på det. Karl hade dragit upp telefonen och ringt en kollega som var där innan de hann räkna till tre minuter. De skulle få skjuts. Utanför lokalen vid Atlasmuren hade Karl sedan tackat sin kollega som lovade att säga till om han själv behövde hjälp med någonting någon gång. Sedan hade de gått in genom porten och in på gården. Trädet hade stått där mitt i och skjutit upp sina rötter genom asfalten. Sedan hade de gått in. Paketet hade inte varit något stort paket. Det var dessutom precis så tomt som Robert hade sagt att han kom ihåg det. Det var adressetiketten som var det intressanta. Det stod Granopto på den. Någonting måste ha legat inuti. Ett mindre paket. Det som antagligen hade kommit från utlandet och paketerats om i den större kartongen. Så gissade Karl att det kunde ha gått till.

Robert hade tittat på honom och sett ut att vilja vara behjälplig. Det kunde emellertid inte hjälpas att Karl frågade sig om det kunde vara så att Robert kanske också var inblandad i det hela. Och vad det skulle innebära i så fall. Dels för Karl som avslöjat sina misstankar, dels för utsikten att få rätsida på hela saken. Var paketet sedan hade tagit vägen var det förmodligen bara Berra som visste. Karl skulle bestämma sig inom kort huruvida man skulle ta in honom på förhör eller helt enkelt åka ut till kontoret i Värtahamnen och höra sig för med honom.

Han kunde säkert ha ett och annat att berätta efter litet påtryckning. Särskilt om Karl hade med sig Joel eller någon av de andra.

Karl visslade tyst för sig själv. Det var någonting mer han behövde tänka på när det gällde allt det andra också. Nu hade han den chansen. Det var signalementet hos de tre personer som snabbt tagit sig ur bilen på flygplatsen och utfört dådet. Och sedan lika snabbt försvunnit därifrån. Bilen hade tappats bort på kamerorna i höjd med en norrförort där bilen hade tagit in på en mindre avtagsväg och sedan inte synts mer. Karl klottrade med en rödpenna i det utskrivna papperet som han läste från tyst för sig själv. Sedan var det naturligtvis offren själva. Deras anhöriga, deras verksamhet och alla papper i företaget som kunde vara intressanta. Dem hade man fortfarande inte blivit klar med. Det var ett tidsödande arbete som skulle pågå veckor framöver och antagligen inte vara klart förrän i mitten av sommaren. Så brukade det vara. Det kunde heller inte hjälpas.

Det hade också funnits vittnen. De hade sett det de hade sett. Men det hade varit begränsat till en kort tidsrymd och till en synnerligen vag iakttagelse av gärningspersonerna. Karl gjorde en notering kring sitt eget ordval som rörde ordet synnerligen. Sedan funderade han på det en stund medan han fortsatte klottra med rödpennan i marginalen. Han bytte sittställning. Han tog ner benet som legat på skrivbordet och satte upp det andra. Då hamnade han med ansiktet vänt mot den fria utsikten över taken utanför. Det var disigt och molnigt. Han sänkte blicken. Sedan var det det där med paketet. Det måste bero på något att man tog chansen att som Karl antog ännu en gång använda sig av lokalen som mottagare av ett paket. Det som sedan skulle skeppas vidare. Varför det var så med lokalen hade han emellertid ingen aning om. Roffe verkade inte vara typen att utföra någonting i den riktningen.

Ivar Lyvarsen verkade också helt fläckfri. Han verkade vara en person med många kontakter och med många järn i elden. Varför han och varför nu? Det frågade sig Karl och kunde ännu inte hitta svar på de frågorna. Så återstod Ola Petersberg. Mannen tillika den nytillträdde karriärklättraren med det fasta handslaget, det spretiga håret och den malmöitiska dialekten. Han hade dessutom framstått som självsäker, hade haft en vit tandrad utan skavanker och grå slips. Grå slips, tänkte Karl. Renata Andersdotter hade haft någonting grått på sig. Det hade hon med största säkerhet haft. Det torde väl ändå vara helt betydelselöst ändå. Han gjorde en liten notering i marginalen med den röda pennan även där. Det gjorde han samtidigt som han log åt sig själv. Andersdotter hade varit från Malmö. Det var Ola Petersberg också. Då fanns det ändå någonting. En liten ljusglimt. Eller var det hans barnslighet? Ännu en anledning att göra det där röda strecket även om det var tunt. I dubbel bemärkelse. Det var mycket tunt. Han suckade för sig själv när han insåg att han fullkomligt vänt ut och in på allas deras liv och innehåll i desamma utan att för ett ögonblick vara närmare en lösning på någonting. Han drog ett snabbt andetag och snurrade runt i stolen och tittade mot dörren.

Det rörde sig därute. Han tyckte han kunde höra Bricks röst. Han tyckte också att han kunde se Linda som tydligen kommit in under den tid som han själv suttit på rummet. Det pratades utanför dörren. Han tittade koncentrerat dit. Sedan såg han Bricks ansikte dyka upp bakom rutan. Han tittade in. Knackningen kom kort därefter. Sedan öppnades dörren innan Karl hunnit öppna munnen. Brick tittade på honom under en kort sekund.

"Du var ju i Malmö i förra veckan", sa han när han hade svängt upp dörren och stod på tröskeln och hade det rödblonda håret flygande runt öronen. Karl tittade tillbaka på honom och nickade.

"Ja", sa han så kort han kunde.

"Ola Petersberg är död. Mannen som tillträdde efter Andersdotter och Kremmeborg. Skjuten till döds. På samma ställe som det förra dådet. Ute på flygplatsen", sa Brick och gjorde en paus. Bricks kinder såg slappa och hängande ut. Hakan hade fallit ner en bit. Ansiktsuttrycket var allvarligt. Karl kände genast hur det gick runt för honom.

"Menar du verkligen det?", sa han och reste sig sakta ur stolen. "Jag satt just och tänkte på honom." Han for upp med handen mot ansiktet och rev sig i pannan stående på golvet.

"Du kan ta med dig Linda. Hon är inne", fortsatte Brick och blinkade förtroendefullt men samtidigt allvarligt mot Karl.

"Jag såg det", sa han och stapplade fram och lyfte i en enda rörelse jackan från stolsryggen och tog sig fram till dörren där Brick backade en aning.

"Ta det lugnt, och lycka till", sa han, gick undan och klappade Karl på axeln i farten.

"Tack. Det kan behövas", sa Karl och fick ett skevt leende från Linda som stod längre bort.

Han steg ur bilen som han hade parkerat ungefär på samma ställe som förra gången. Det fanns inga skillnader i övrigt heller. Personal från rättsmedicin och tekniker var på plats. Till och med vädret var detsamma. Åtminstone som han kom ihåg det. Samma kyliga luft. Samma utdragna väntan på den efterlängtansvärda våren. Han tittade upp. Några måsar cirklade över hans huvud. De hade redan under den korta tid han gått över parkeringen uppehållit sig en bra stund där ovanför. Han visste inte vad de väntade på. Vad de pockade efter. Det kunde inte vara honom. Han tittade mot de överfulla papperskorgarna med sina skräppapper som stod i närheten. Då förstod han. De bara väntade på att han skulle avlägsna sig. När han närmade sig ingången la han märke till minerna hos människor runt omkring. De såg upprörda ut. Några såg ut att bara sitta och vänta utan att prata med varandra. Andra stod och hängde och ville få en glimt av det som försiggick längre in i den skumt upplysta hallen. Han passerade bänkarna med alla frågande ansikten. Medan han rörde sig framåt spanade han efter någonting annat. Andra intryck. Någonting som avvek. Någonting som såg annorlunda ut. Han såg det inte. Han tyckte inte att han såg det. Han vände huvudet åt den riktning han gick. Golvet var blankhalt. Det såg nystädat ut. Nytorkat och nyligen genomgånget. Längre bort stod en städmaskin. Det gav honom en bekräftelse. Den stod stilla och var förmodligen avstängd. Ingen fanns i närheten. Kanske hade den bara lämnats där av någon. Nu var den övergiven. Det såg så ut. Som om någon bara lämnat den och tagit sig bort eller dragit i väg. Kanske var det så.

Rulltrappan var avstängd. Någon hade tryckt på stoppknappen. På golvet låg en omkullvräkt resväska med små hjul. Kanske hade någon tappat taget om den. Kanske hade det gått hastigt till. Eller kanske var det mannens resväska. Han som låg alldeles framför. Rakt framför Karl fast längre bort. En bit framför rulltrappan. Ungefär fem till sju steg. Han stannade upp och tog in synen. Fötterna befann sig sju steg från den övre delen av rulltrappan. Resten av kroppen låg i riktningen rakt framåt ifrån rulltrappan sett. Det var därifrån han måste ha kommit. När det hände måste han sekunderna innan ha stått i rulltrappan med resväskan bredvid sig och väntat på att få komma upp till nästa våningsplan. Sedan måste han ha hunnit gå några steg rakt fram. Så såg det ut. Innan någonting annat hade stört honom. Innan någonting hade hänt. Någonting som han inte var beredd på. Så såg det ut när Karl tog några steg fram och tittade på den livlösa kroppen på golvet. Precis framför rulltrappan som nu hade stannat.

Det fanns en väntan och förvirring i luften. Han gick ytterligare några steg fram. Ungefär två steg. Han tittade ner mot ansiktet på mannen som låg ner. Han kände igen honom. Så som han såg ut hade han även sett ut när Karl hade mött honom på kontoret den där gången. Det blondspretiga håret. Den blå blicken. De oklanderligt vita tänderna. Det var han. Han som hade tagit över hela alltet. Han som jobbade och innehade den position som Kremmeborg haft. Eller kanske hade de delat på chefskapet, han och Andersdotter.

"Hur länge har ni stått här?" undrade Karl och hade vänt sig med sin fråga till någon i närheten.

"Vad kan det vara? Tjugofem minuter", sa kvinnan som stod bredvid.

"Kan det vara för fyrtiofem, femtio minuter sedan som det hände?" frågade han igen. Hon nickade tvekande.

"En knapp timme sedan. Kanske litet mer", sa hon. Han hade nästan genast ångrat att han varit på väg att lägga orden i hennes mun. Hon hade inte gått på det. Det gladde honom. Han tog ny sats.

"Var är alla?

"Vittnena?" Karl nickade mot henne. Han kände att han började känna sig trött.

"Ja. De som kom upp för rulltrappan", förtydligade han.

"De är i rummet längre bort", sa hon och pekade. Karl tittade åt det håll hon pekat och vände sig sedan runt och tittade ut över landningsbanan. Planet stod med nosen snett åt vänster från den plats där han stod. Ansluten till planet fanns en trappa som rullats fram. Två ambulanser hade parkerat närmare hans synfält. Inte långt från ingången som ledde till rulltrappan som nu var avstängd.

"En timme", sa han tyst och fick en blick av kvinnan i skyddskläder.

"Det är min bästa gissning", sa hon. Karl kastade på nytt en blick mot mannen på golvet. Kostymen syntes under den relativt tunna trenchkavajen. Den gick ner en bit på låren och var beige. Åtminstone tills för en timme sedan. På ett ungefär. Om man fick tro kvinnan från rättsmedicin som stod bredvid och tittade på honom.

"Har ni hittat inslagshålen från skotten någonstans i lokalen?" frågade han. Hon nickade igen och vände huvudet och halva kroppen mot en plats längre bortom. Han tittade åt det håll hon syftade på och kisade mot dem som stod ett fyrtiotal meter längre ner. De befann sig alldeles intill väggen till en butik. Han kunde se hur butikens lampor fortfarande lyste på insidan. Han nickade och vände sig sakta om åt andra hållet. Bakom honom fanns den stora glasrutan. Det var där han nyss stått och tittat ner mot flygplanskroppen på landningsbanan utanför. Alldeles vid väggen fanns en bänk. Den var målad i en mörk färg. Framför rutan var det fritt från inredning. En tom och öppen yta. Utsikten var vidsträckt. Han vände sig om och snurrade sakta runt. Högt upp på den motsatta väggen långt borta satt en klocka.

"Skotten måste ha kommit därifrån i så fall", sa han både som ett påstående och som en fråga och hade snurrat tillbaka med kroppen mot rutan till igen där solljuset kom in. Hon nickade.

"Det är mycket troligt", sa hon. "Antingen från ett ställe intill eller längre bort ifrån. Karl såg på henne och snurrade tillbaka och gav platsen en ny blick innan han hummade till svar. Sedan rörde han sig och snurrade hela varvet runt, vidare åt andra hållet. Det var mörkare där. Det var helt tomt så när som på en sak. Den som han alldeles för en liten stund sedan lagt märke till. Han fäste blicken på golvvårdsmaskinen som stod övergiven mitt på golvet. Han tittade på det rena och torra golvet. Han gav henne en lätt nick när han åter såg åt hennes håll.

"Tack så länge. Jag får väl återkomma", sa han och började gå mot rummet med vittnena som satt och väntade.

Kapitel 24

Brick sträckte på halsen och kliade sig på sidan av den med baksidan av en nagel. Det raspade med ett svagt ljud när han gjorde rörelsen mot den torra, rynkiga huden. När han lagt ner handen i knät tittade han upp på Karl. Karl som hade snurrat på skinnstolen med den fula tulpantavlan på väggen bakom ryggen stannade upp i sin egen rörelse och såg på honom.

"Bra, Kalle!" sa Brick. "Jag tror på den där mannen på städmaskinen. Ivan. Var det så han hette?" Karl nickade.

"Ivan, ja", sa Karl. "Och så någonting i efternamn som jag har svårt att uttala. Jag har det uppskrivet."

"Känn inget dåligt samvete för det. Jag har det också uppskrivet. Jag tror att han har riktiga uppgifter att komma med", fortsatte Brick.

"Det kändes rätt och riktigt", sa Karl igen.

"Jag ska gå igenom min kopia över personalförteckningen och schemana, det första jag gör. Sedan har jag ett möte om en timme. Jag föreslår att vi träffas härinne kort före hemgång efter det så får vi se vad det är för tankar som har dykt upp då.

"Sexton och trettio ungefär?" undrade Karl som behövde ett förtydligande.

"Det säger vi. Sexton och trettio blir perfekt", sa Brick och reste sig ur kontorsstolen vid skrivbordet.

"Då skrider jag till verket med ett annat uppdrag som jag har så länge", sa Karl och sköt ifrån med benen för att komma ur skinnsitsen.

"Det låter alldeles utmärkt", sa Brick med en disträ uppsyn.

När han fyra timmar senare öppnade bildörren och svängde över fötterna och benen ner på parkeringen hörde han dem igen. Han hade dragit åt handbromsen och stigit ur. De flög på ett betryggande avstånd från honom och cirklade sakta runt medan de synade omgivningen. Deras breda vingslag var långsamma där de med en till synes inre styrmekanism och med en minimal ansträngning svävade i luften. Han slog igen dörren och tog sig fram mellan de parkerade bilarna. Han undrade om det trots allt inte var litet vår i luften. Det kändes så och doftade så. Han tittade mot ett av de stora fartygen i hamnen. Det som låg alldeles invid kajen. Bakom fanns vattnet som glittrade av de små krusningarna som vinden åstadkom över dess yta. Han drog i porten sedan han slagit in koden. De bekanta trapporna ledde honom upp till rätt våning. Det var samma dörr som förut som han nu drog i när han skulle passera över tröskeln till det lilla receptionsutrymmet. Stället som också innefattade rummet med möblemanget snett bakom. Det bekanta ansiktet bakom den enkla disken sken upp i ett lätt leende när deras blickar möttes. Han kände till hennes namn men han uttalade det inte. Vid det här laget kände hon väl till honom också. De hade setts för bara en vecka sedan. Under andra former. Nu var det en annan situation. Ett helt annat läge. Det var detta helt nya läge som nu gjort att han måste påkalla allas uppmärksamhet. De hade gått med på det. Allihop lovade de att de skulle vara där på utsatt tid och plats. Egentligen var det snett fördelat. Eller med ett annat uttryck med en klar övervikt åt ena sidan. De var många medan han skulle vara helt ensam. Den här gången fick det bli så. Den här gången också. Han tog till höger över den fransiga mattan i den bleka orange kulören med trådarna liggande invid väggen och den utslitna ytan under hans fötter. Han stannade vid rätt dörr. Det såg han om inte annat på skylten bredvid densamma.

Efter knackningen öppnades dörren framför honom. Robert släppte handtaget och vände sig om efter att ha gett honom ett kort leende men innan han hälsat. Han sjönk ner i en fåtölj vid fönstret och drog med en hand över slipsen innan han la ner handen på armstödet.

"Kul att se dig igen, konstapeln", sa han.

"Jag önskar bara att det hade varit i ett annat ärende", sa Karl. Berra satt i sin skinnstol bakom skrivbordet och rörde på läpparna i en min.

"Roffe kommer när som helst", sa han upplysningsvis.

"Det låter bra", sa Karl och ställde sig mitt i rummet med plastblomman till höger om sig och Robert rakt fram.

"Jag behöver väl inte ens säga att du får sätta dig ner om du vill", sa Berra igen.

"Jag kan behöva stå en stund", sa Karl och nickade mot Jonas som satt på en stol med fönstret med den trasiga persiennen bakom ryggen. Han hälsade på Karl med en kort fras. Karl hälsade tillbaka.

"Vi gör vad vi kan för att lägga korten på bordet", sa Berra och riktade sig till ingen särskild. Karl bet tag i en liten hudflik på överläppens undersida medan han funderade på om Berra menade att de redan gjorde det eller om de skulle göra det framledes.

"Vad bra", sa han kort.

"Stämmer det som står i tidningarna?" undrade Robert och hoppades att Karl kunde följa hans tankegång. Karl tog ett andetag.

"Det stämmer att nye vd:n för Granopto har fallit offer i ett skjutdrama ute på flygplatsen. Nu på morgonen", sa Karl och såg på Robert som med uttryckslös min tittade på honom.

"Det var som tusan", sa han lugnt och flyttade långsamt blicken mot Berra.

"Gosse, vad det händer saker", sa Berra. "Det går inte en dag utan att det är någonting." Karl tittade osäkert på honom.

"Det är så det har blivit", sa Karl och tittade snabbt på plastblomman i hörnet.

"Ja, det är så det har blivit", sa Robert och tittade ner på händernas naglar. Stolen som Jonas satt på knarrade när han rörde sig på den. Karl tittade dit och lät blicken fortsätta mot rutan med den trasiga persiennen på sned innanför fönsterglasen. Utanför låg gatan. Det hade ljusnat en aning. Han tyckte att solen var på väg att bryta igenom molnen.

"Kör du biltransporter som vanligt?" frågade han och hade flyttat fokus från utsikten till Jonas som satt framför fönstret.

"Ja, jag kör som vanligt. Jag installerar program och levererar kablar och annat. Det blir ungefär tre dagar i veckan. Två heldagar och en halv", sa han.

"Vad bra. Och kurserna?"

"De går bra", sa Jonas. "Det är riktigt roligt."

"Det var bra", sa Karl.

"Någon måste ju ta över när Berra går i pension", sa Robert och kom in på sitt gamla tema. Berra reste sig plötsligt och tog några steg bakom sitt skrivbord. När han knallat så långt han kunde utan att stöta i Jonas vände han sig tvärt och gick tillbaka. Hela tiden hade han blicken ner i den slitna heltäckningsmattan. Sedan vände han om och gick åt andra hållet igen. Alla följde de honom med blicken. Robert drog in andan när Berra hade knallat fram och tillbaka några sträckor under tystnad. Han tittade mot hans nedvända ansikte. Sedan följde han hans rörelser med fötterna som klev fram över mattan. Han såg mot hans rygg när han vände den mot honom. Sedan tittade han upp mot hans ansikte igen när Berra gjort helt om och började gå tillbaka. Robert drog in andan igen och suckade.

Berra vände sig tvärt när han kommit alldeles nära skrivbordsstolen och gick tillbaka åt samma håll som han kommit ifrån för fjärde gången. Han hade satt armarna bakom ryggen och satt ihop händerna som han tankfullt rörde på under det att han antingen studerade mattan eller inte la någon speciell vikt vid den alls. Han stannade plötsligt upp och stod stilla och vaggade med fötterna medan han tittade först på Robert och sedan mot Karl.

"Jag tror vi får börja utan Roffe", sa han. Karl tog ett andetag.

"Jag tror också det", sa han kort. Sedan tittade han mot Berra som åter börjat vandra fram och tillbaka innan Karl på nytt tog sats. "Jag har litet på hjärtat", fortsatte han. Robert harklade sig snabbt.

"Det är bara att lägga fram det", sa han. Berra fortsatte promenera genom rummet utan att se på de andra och utan att titta upp.

"Det gäller Granopto", sa Karl. "Det rör närmast det här paketet som du, Berra, plockade upp och försvann med i bil. Vi hade lokalen under uppsikt. Drog efter dig när du for i väg och tappade dig efter Essingeleden. Där blev det stopp." Berra vände sig om när han nått i höjd med den stol som Jonas satt på. Sedan gick han tillbaka åt samma håll mot skrivbordet. Fortfarande med blicken ner i mattan och med fingrarna som rörde sig bakom ryggen på honom. Karl hade gjort en kort paus.

"Senare fick vi veta att paketet hade hamnat i lokalen på Vulcanusgatan", sa han och gjorde en paus igen. "Varför paketet är så viktigt är därför att jag genom er har fått veta att Roffe avslöjat en smuggelhärva med någon inom Granopto inblandad. Nu finns det anledning att tro att Granopto utnyttjar Västbergalokalen till att transportera någonting med hjälp av en eller flera personer. En av dem är du, Berra", sa Karl och tittade mot Berra som stannat upp i steget och bistert såg på honom men som snart började sin vandring igen och hade en blick som oavbrutet vilade i mattan.

"Säg någonting, för fan", sa Robert tyst efter ett par sekunder. Berra stannade upp och kastade ett öga åt hans håll.

"Det var intressant det där med genomgången som du hade alldeles för en liten stund sedan", sa han och fortsatte sin promenad. "Jag kan säga så mycket att jag inte vet ett endaste dugg om innehållet i paketet eller varför det skulle till Vulcanusgatan."

"Vem tog hand om det på Vulcanusgatan?" frågade Karl.

"Det gjorde Roffe", sa han.

"Frågade du vad det var?"

"Nej."

"Varför inte?"

"Jag var inte intresserad."

"Varför hämtade han det inte själv?" fortsatte Karl.

"Det frågade jag inte heller."

"Varför håller sig Roffe undan i dag?"

"Det kan jag inte säga därför att det vet jag inte."

"Men du ringde upp honom?"

"Ja."

"Vad sa du då?"

"Att du skulle komma hit."

"Hur lät han då, när du ringde?" Berra stannade upp och såg ut att tänka efter ett slag.

"Han lät stressad", sa han.

"Vilken tid var det?"

"Klockan ett."

"Och nu är klockan tre", sa Karl och tittade snabbt på armbandsklockan på armen.

"Ja." Berra fick upp farten igen i sitt promenerande.

"Lät han nervös på något sätt?"

"Stressad."

"Åkte du därifrån sedan, från lokalen på Vulcanusgatan?" sa Karl.

"Ja, det måste jag ha gjort."

"Vart åkte du då?"

"Jag åkte direkt hit", sa Berra, stannade till och satte sig i fåtöljen och stirrade framför sig.

"Så, du fick uppdraget av Roffe att hämta upp ett paket och ta det till Vulcanusgatan?" undrade Karl och drog med två fingrar nedåt längs båda sidor om hakan.

"Precis så gick det till." Robert harklade sig och klappade med händerna på armstöden som lät som ljud som av lätta och dova slag. Berra tittade på honom. Sedan reste sig Robert och ställde sig mitt i rummet så att han hade utsikt ut mot parkeringen utanför. Han satte ner tummarna i byxornas fickor.

"Om man lägger ihop två berättelser som till synes inte har med varandra att göra kan man ibland få ihop det till en och samma berättelse", sa han och tittade slött ut genom rutan.

"Vad menar du med det", frågade Berra och fick en blick från Jonas som suttit tyst hela tiden.

"Jag var där i lokalen innan paketet hade kommit. Sedan gick jag ut i ett ärende", fortsatte Robert.

"Jaså?" sa Berra.

"Roffe var också där. Till mig sa han att så fort paketet hade levererats skulle han köra det till norrort och lägga det i en postbox", fortsatte Robert.

"Vilken ort?" kastade Karl snabbt fram.

"Jag tyckte han sa Kallhäll", sa Robert och fortsatte att titta ut över gatan med måsarna som cirklade runt ovanför. Karl ryckte till. Den enda som såg det var Jonas som höjde ögonbrynen och nyfiket tittade på honom.

"Kallhäll?" sa Karl.

"Hm?" sa Robert och vände sig slött om åt Karls håll.

"Men det var ju där bilen försvann från kamerorna", sa Karl.

"Vilken bil?" undrade Robert.

"Bilen som gärningsmännen körde i dådet på flygplasten. Det första. För två veckor sedan." Roberts ögon smalnade av. Han såg på Karl med en kisande blick. Sedan kastade han ett snabbt öga på Berra.

"Då ligger han risigt till", sa Robert.

"Vem då? Inte Roffe?" sa Berra snabbt. Robert nickade sakta mot honom.

"Jo. Roffe", sa han och bet ihop käkarna.

Kapitel 25

När han precis tryckt av samtalet på telefonen hade det ringt igen. Han hade tittat ner mot glaset med numret som lyste bakom det och med siffrorna som han litet vagt började känna igen. Sedan hade den bekanta rösten tilltalat honom med hans för- och efternamn. Han hade strukit luggen ur pannan och tittat ner i marken när han hade lyssnat till den som talade. Någonting hade blivit fel. Kanske var det inte hans fel att någonting hade gått snett men det skulle vara bra om det hela kunde rättas till. Så hade man sagt. Han kunde inte göra annat än att åka tillbaka och förklara sig. Han gick med på att göra det redan i dag. Han sa att han skulle kunna komma loss på en gång. Men han behövde inte tala om för någon att han skulle åka i väg. Det var onödigt. Det hade man sagt. Så hade man uttryckt saken. Han satte sig i bilen och körde. Först en sträcka på södersidan. Sedan upp på Essingeleden. Det var köer i trafiken. Inte så mycket att det störde. Men köer var det.

Det tog honom en rejäl stund att bara sitta och vänta när det blev tjockt och slutade rulla. Sedan lossnade det plötsligt och blev framkomligt igen. Det varade inte så länge. Det blev stopp igen. Han kände igen det. När han ändå satt i bilen passade han på att fundera på det som hade hänt. Det var inte den lättaste uppgiften. Men förmodligen inte den svåraste heller. Det kunde han säga utan att veta så mycket mer om saken. Egentligen undrade han vad han hade gett sig på. Nu var det svårt att dra sig ur. Det var nästan omöjligt. Det kunde han i alla fall tänka sig att det var.

Det gick litet snabbare nu. Inte därför att han precis var ensam på vägen. Det var han inte. Men det hade lossnat ytterligare något och löpte på utan att stocka sig alltför mycket. Han ville egentligen bara ha det gjort. Han ville att det han hade lovat skulle vara avklarat så att han kunde få återgå till sitt. Sitt eget. Allt det som han hade tänkt ut att han skulle göra. Det var en hel del han skulle göra. Så hade han tänkt. Och så hade han planerat. Just i dag hade det funnits en rad andra saker som han skulle kunna ha gjort i stället för att sitta så här. I stället för att sitta just där han satt. Men det blev inte så. Han var på väg. Det var på sätt och vis skönt att vara på väg någonstans. Kanske litet spännande samtidigt också. Det trodde han nog att det skulle vara.

Det försvann ytterligare några minuter av tiden och det försvann ytterligare litet grann av sträckan på vägen där han befann sig. Han tittade ut. Han passade på att se sig omkring. Det gjorde han alltid. Så ofta han kunde. Det kunde vara bra att exakt veta var han befann sig om han någon gång skulle behöva beskriva det eller komma ihåg det av någon annan anledning. Han tog av på en mindre väg. En liten sväng bara, så var han där. Inne på den mindre vägen. Han visste inte riktigt hur långt det skulle vara. Han hade bara fått det beskrivet för sig. Det var också på telefon. Det hade varit samma röst som förut. Och samma sätt att instruera. Han hade liksom nu inte heller då sagt nej eller motsagt sig att göra det man sagt att han skulle göra. Så ej heller denna gång alltså.

Den mindre vägen blev till en ännu mindre väg. Det gick knöligt att ta sig fram. Knöligare än det hade gått på den förra. Den hade varit bredare. Nu hade han en raksträcka framför sig. För ovanlighetens skull hade det blivit en sådan. Han hade när han nu tänkte efter svängt så många gånger att han knappt visste hur han hade åkt. Inte heller visste han längre var han befann sig. Han fick sakta in och läsa på skyltarna. Han tittade på den handritade kartan som han hade liggande på ett ställe bara för sin egen skull. Den skulle han följa. Han gjorde ett streck på kartan för varje gång han svängde. Den låg i sätet bredvid. Det var för att han skulle ha koll. Han hade emellertid nu glömt bort namnen på skyltarna som han hade passerat. Det kunde inte hjälps. Det var svårt. Det skulle kanske vara svårt. Det kanske var meningen. Det hade förmodligen också ljusnat litet grann där ovan. Det verkade hoppfullt. Det var eftermiddag och skulle snart vara kväll. Före kvällen hade han ett annat ärende. Också ett viktigt ärende. Men det skulle säkert hinnas med det också.

Skogen såg dyster ut i kanterna av vägen. Framför allt var det tyst och ensligt. Väldigt tyst. Det verkade tomt. Alldeles för tomt när han tänkte efter. Det var gropar i vägen. Stora vattenfyllda gropar som han försökte undvika så långt det gick. Det gick inte helt och hållet att undvika varenda grop som borrat sig ner i gruset. Han tittade längre fram. Han hade sett någonting. Någonting hade för en kort sekund skymtat i hans ögonvrå. Bara skymtat en aning. Och helt utan att han kunde säga vad det var. Nu tittade han igen. Men han såg det inte längre. Det var borta. Han kröp närmare med bilen. Över groparna och över gruset. Han tyckte att det hade mörknat litet till. Och att det verkade mer ensligt än tidigare. Kanske var det den ensligaste delen av hela vägen. Av alla vägar som han någonsin kört. Förmodligen var det så det var. Den ensligaste vägen som han någonsin kört på. Och kanske den gropigaste av dem alla. Det måste det vara. Av alla de vägar vilkas namn han hade glömt och vilkas namn han aldrig skulle kunna komma ihåg. Detta var den gropigaste av dem. Han skulle inte säga till någon vart han var på väg. Det hade han däremot inte glömt. Det löftet hade han hållit. Av allt som går att lova hade han lovat även det.

Kapitel 26

"Om du anser att vi ska gå ut med en efterlysning på Rolf Andreasson så gör vi det", sa Brick i telefonen.

"Han säger att han numera heter Roffe. Bara Roffe, rätt och slätt", sa Karl.

"Karl, jag sitter och läser dina papper just nu", fortsatte Brick och hade tagit upp en ny tråd.

"Ja?"

"Du hade i det första dådet...det är säkert ingenting...".

"Vadå?" undrade Karl.

"Jag tyckte jag uppfattade någonting här som jag reagerade inför", sa Brick.

"Vad kan det vara? Är det någonting som jag inte själv har sett?" frågade Karl på nytt och tryckte luren till örat samtidigt som han gjorde en uttröttad grimas.

"Ja, det kan vara någonting. Var är du förresten?" undrade Brick.

"Jag är fortfarande hos Vånglund i Värtan. På kontoret", sa han och snurrade sakta runt.

"Jaha, ja", sa Brick.

"Men vad var det du reagerade för?" frågade Karl igen.

"Jo, just det. Den här kontrollanten på flygplatsen. Han som hade sett det första dådet. Jag minns inte vad du sa, men jag ser ju vad du har skrivit", fortsatte Brick.

"Ja, vad vill du säga?"

"Jag tyckte att jag hittade någonting där som löpte ihop. Ungefär som när man sammanfogar två berättelser till en. Förstår du hur jag menar?" frågade Brick.

"Lustigt att du säger det. Det var någon som sa någonting liknade för en stund sedan", sa Karl.

"Det säger du?" sa Brick på ett disträ sätt.

"Vad var det med kontrollanten då?" undrade Karl.

214

"Det var någonting i signalementet."

"Vad i signalementet?" frågade Karl.

"Han hade någonting som stämde överens med det som Ivan på golvvårdsmaskinen hade sagt. Upplevde du inte det själv och tänkte så när du skrev så i marginalen?" undrade Brick.

"Så långt har jag inte hunnit tänka än." Karl tog några steg med fötterna som svepte runt i gruset. En mås skriade över hans huvud. Han tittade upp.

"Så du har inte lagt ihop pusselbitarna?"

"Nej. Inte så."

"Då har ditt undermedvetna manat dig att skriva i marginalen medan du var någon annanstans i tankarna", sa Brick.

"Ja."

"Vad var det då du tänkte på?" fortsatte Brick.

"Vet inte."

"Karl, du låter trött. Jag kan höra irritationen hos dig", sa Brick igen.

"Det är ingen större fara, Jörgen. Du får ursäkta i så fall."

"Det är bättre att du kommer in och kollar själv", sa Brick.

"Hur gick det på mötet då?"

"Det var det gamla vanliga", sa Brick.

"Jag hinner inte läsa papper i kväll. Jag kanske gör någonting annat. Det kan bli litet övertid", sa Karl.

"Ja, vad du gör så ta det lugnt", sa Brick.

"Tack ska du ha så länge."

"Hej med dig, Kalle." Karl tryckte av samtalet och vände sig och tittade mot Berra som förstrött stod och sparkade lätt med ena tån i gruset på trottoaren. Han tittade först på Karl och sedan på Robert som fundersam stod bredvid.

"Jag gillar inte det här", sa Robert. "Det har hänt någonting."

"Han är grupp Atlas maskot, konstapeln", sa Jonas och drog en hand genom det halvmörka håret. Karl dröjde sig kvar med blicken en stund på Jonas. Någonting fladdrade förbi inom honom. En tanke. Karl blev frånvarande under ett ögonblick. Han satte händerna framför ansiktet och lät dem sedan löpa ner över kinderna. Sedan vände han sig om och tittade på Jonas. Han skrattade till litet fånigt och suckade. Sedan tog han några steg fram mot Jonas. Robert tittade uppmärksamt och samtidigt förbryllat på honom från sidan.

"Jonas", sa Karl. "Får jag fråga en sak?" Jonas tittade på honom och såg undrande ut.

"Fråga på du, konstapeln", sa han och försökte låta oberörd.

"Vad har du för färg på ögonen?" Jonas sprack upp i ett konstigt, skevt leende och tittade ner i gruset i en hastig rörelse med huvudet. Han hade knyckt till. Robert hade tagit händerna ur fickorna där han låtit dem glida ner sedan de klivit ut på trottoaren.

"De är väl blå. Mörkt blå", sa Jonas litet osäkert. Karl tog några steg fram, spände blicken och tittade på honom.

"Ja. Det är någonting som gnager i bakhuvudet. Alldeles nyss när du drog handen genom håret var det som om någonting dök upp för min inre blick", sa Karl.

Berra var på väg att öppna munnen för att säga någonting. Robert hade reagerat omedelbart och satt upp en hand i luften åt honom. Berra hejdade sig och såg från Robert till Jonas.

"Vadå?" sa Jonas.

"Mannen på golvvårdsmaskinen. Men det är inte bara det. Det är någonting annat också", sa Karl. Robert vilade med blicken på honom.

"Vad för någonting, Kalle?" undrade han sakta.

"Det är som den där sammanblandningen mellan två berättelser som går i varandra", sa Karl. "Det går inte att få fram mer nu. Det är stopp", sa han och tittade upp mot Jonas en gång till. "Det är stopp", upprepade han. Robert slickade sig om de torra läpparna.

"Jag vet inte vad det är för man du pratar om", sa han.

"Nej, jag vet det knappt själv", sa Karl.

"Ni har jobbat hela dagen. Jag kör. Jonas, du får byta av mig om jag blir trött. Vi kör mot Kallhäll", sa Robert och vände helt om.

Karl satt framtill bredvid Robert som drog bilen genom den första rondellen. Han synade ovant skyltarna när han körde genom norra Djurgårdsstaden. Han hade haft ett avslappnat uttryck i ögonen när han satt sig bakom ratten utan att säga någonting. I ansiktet syntes ingenting som gjorde någon antydan om nervositet eller om andra känslor. Karl tittade försynt på hans händer på ratten. Något var det som gjorde att han tittade på dem. Den torra ytan på ovansidan av dem. Han rörde litet på fingrarna. Det var där det satt. Nervositeten. Den som han alldeles nyss inte trodde fanns. Någonstans och på något sätt borde den synas om den fanns där. Den oro som för Karl framstod som så uppenbar. Han kände av vibrationerna. Kände dem i luften. Det andades nervositet och koncentration om hela stämningen.

Jonas satt med ansiktet vänt utåt rutan mot vägen. Det var ingen idé att säga att det säkert inte var någonting. Att det inte var någon fara. Det alternativet var för länge sedan otänkbart. Ämnet för stunden var nu ett annat. Bara Berra i baksätet hade sitt vanliga jag i behåll. Som om ingenting hade hänt. Som om de inte stod inför någonting som de inte visste någonting alls om. Vilket de gjorde. Det som väntade kunde vara vad som helst. Han borde avbryta det hela. Avstyra hela saken. Be Robert stanna intill kanten och påkalla dem som hade som yrke att utföra sådana här saker. De som var insatta. De som hade betalt för att utföra det. En träning och en utbildning. Endast de. Det var emellertid alldeles för sent för det. Det visste han. Han hade ännu en gång hamnat rejält i klistret. Den här gången kändes det som om han hade gått över gränsen fullständigt. Var det därför han var så trött? Det kunde vara så.

"Jag gick förbi biblioteket häromdagen", sa Robert och hade brutit tystnaden. "De hade en oansenlig mängd skräp i skyltfönstret", fortsatte han.

"Robert, för fasen! Börja inte nu igen", kväste Berra från baksätet. "Berätta i stället vad du tänker på!" sa han rätt ut. Robert pressade ihop läpparna.

"En oansenlig mängd skräp var det", sa han igen.

"Pappa, jag tror att Berra har rätt. Vi måste vara öppna för Karls skull. Han är här för att hjälpa oss. Det vi vet, det får vi säga rent ut", sa Jonas. Karl tittade snett bakåt mot Jonas som satt vid fönsterplatsen och tittade framåt.

"Vi måste alla pigga till oss. Vi måste hålla oss alerta", sa Robert.

"Heter det inte pigga upp sig? Vi måste pigga upp oss", sa Berra från baksätet.

"Det kanske det gör", sa Robert. Det gick en halv minut då det blev tyst igen. "Nu lät du förresten som den där flygvärdinnan som Roffe mötte en gång, som han fick ihop det så bra med. Kommer du ihåg, Berra? Han såg inte så tokig ut på den tiden, Roffe", sa Robert och drog snett på munnen.

"Vilken flygvärdinna?" frågade Berra tyst.

"Flygvärdinnan! Med de skorrande ljuden. Hon med håret", sa Robert igen och gav upp ett lätt garv.

"Ja, ja", sa Berra. "Nu minns jag. Det var inte igår.

"Nej, och det var inget litet hår heller vill jag minnas", sa Robert för sig själv. Jonas skrattade lätt i baksätet. Berra tittade på honom och puffade på honom med handen.

"Du var bara en fjunis på den tiden, Jonas", sa han litet okaraktäristiskt. Jonas skrattade ett torrt och tonlöst garv. Karl log i framsätet och hade blicken slött vilande på körbanan som avverkades under bilens däck. Utanför fönstret försvann de södra delarna av Solna med grindarna till den stora kyrkogården. Så småningom skulle de i god tid ta in på E18. Själva raksträckan var inget problem. Den skulle inte ta särskilt lång tid. Det brukade den inte göra. Kanske var det trots allt just den här tiden litet köer norrut. Det kunde i så fall inte hjälpas. De skulle i alla fall komma fram och de skulle göra det i tid. I tid före kvällen. Innan ljuset hade sänkt sig. Innan det blivit helt mörkt. Robert bröt tystnaden och Karls tankegångar som i hans inre hade tagit olika vägar.

"Jag minns när du föddes", sa han utan att någon tog miste om vem han hade riktat sig till.

"Det var väl ett par år innan vi träffades", sa Berra. Robert hummade.

"Ja, det var ett par år tidigare", sa han. "Det var den lyckligaste dagen i mitt liv. När Anna kom tio år senare var det en dag som var lika lycklig. Två dagar av hänförelse", sa Robert. Det blev tyst en stund medan Roberts inåtvända blick riktades rakt fram.

"Vad hände sedan?" undrade Karl.

"Jag återsåg Maria av en slump. Sedan kom Anna. Vi gled isär igen. Jag jobbade. Jag blev mer och mer utled. Jag fick rekommendation att gå i terapi. Jag hamnade återigen av en slump hos Maria som terapeut. Vi gifte oss. Sedan skilde vi oss och flyttade isär. Så har mitt liv sett ut", sa Robert.

"Snart ska du väl säga att det inte är förrän nu som du har hittat ditt rätta jag", sa Berra och skrattade torrt åt sin egen kommentar. "Tro inte för ett ögonblick på vad han säger, Karl. Gör inte det", skyndade han sig att tillägga innan Robert hunnit säga emot honom. Robert fick något av ett leende där han satt i profil från Karls håll. Karl vände sig ett halvt varv bakåt så att det knarrade i sätet.

"Jag är van att höra historier", sa han och hörde kort därpå Berra som lät höra ett nytt garv. "Men den här gången har jag ingen anledning att betvivla sanningshalten."

"Det var inga dåliga dagar", sa Robert tyst. "Inga dåliga dagar."

Kapitel 27

Han stannade och slog av motorn. Nästan i en och samma rörelse. Himlen hade mulnat igen. Inte så att det fanns tunga moln som varslade om nederbörd. Inte riktigt så. Det var snarare ett lätt mörker som långsamt sänkt sig. Han satt kvar med nyckeln i handen. Han tittade rakt fram. Någon hade klivit ut där framme. Han hade klivit rakt ut på vägen men stod avvaktande där han stod. En bit bort. Där stod han och väntade. För det var väl en han? Han hade bara klivit rakt ut och ställt sig där. Som om han visste. Som om han var medveten och också förberedd på att han själv skulle komma körande just här och just nu. Så hade det känts. Så såg det faktiskt ut. Han stod inte kvar så länge på samma punkt. Han började röra sig sakta. Han rörde sig framåt. Nästan genast. Det var åt hans håll. Han hade ett utseende som han inte kände igen. Han var yngre än honom själv. Han var välklädd. Inte i några tjocka material. Så kallt var det inte. Det var snarast så att man kunde uppfatta kläderna som snygga. Snygga men diskreta. Kanske var det inte hans egna. När han tänkte efter såg de ut som en uniformsliknande utstyrsel. En snygg sådan. Han gick sakta framåt. Det var som om han tvekade. Ett steg i taget. Och hela tiden med blicken åt hans håll. Ändå verkade det som om han visste precis vem det var som kommit körande och hade stannat. Han var inte kort. Inte rund. Han hade något av ett leende på läpparna. Och han var mörk. Det syntes. Trots att det fattades en sträcka på ett antal meter mellan dem. Tjugo meter kunde det mycket väl vara frågan om. Det trodde han.

Han satt kvar. Han visste inte om det var rätt eller fel. Det bara kändes rätt. Det kändes också så osäkert det hela. Som om han inte var riktigt säker på om detta var rätt över huvud taget. Eller säker på vad som skulle hända. Men vad kunde hända? Man hade bett honom. Och han hade gjort det man bett honom om. Så vad var det som inte stämde? Det frågade han sig när personen närmade sig honom rakt framifrån. Honom som han satt och tittade på rakt fram genom rutan. Han glömde bort de tankar han just haft. Han tryckte med tumme och pekfinger om nycklarna som han fortfarande hade i handen. Han kände sig törstig. Kanske var han hungrig också. Han hade inte haft tid att känna efter. Han hade ju bara lovat komma. Och nu var han här.

Den andre hade närmat sig. Han var tio meter ifrån. Leendet hade han fortfarande kvar. Blicken som hela tiden varit riktad mot honom likaså. Den som tittade på honom med en intensiv uppmärksamhet. Som om han hade väntat ett tag. Som om han hade väntat på någonting som nu hade förverkligats. Det var honom han hade väntat på. När det var fem meter kvar tittade han sig sakta runt omkring. Men utan att stanna. Det var så han hade gjort. Alldeles nyss. Han rörde sig fortfarande och kastade en lugn blick åt båda hållen. Åt båda sidor om sig. Där fanns skogen. Ingenting annat. Ingenting annat än tystnaden. Tystnaden i skogen och de mörka träden med mörkret bakom. Ogenomträngligt. Så såg det ut från där han satt. Han hade kastat en hastig blick ut genom sidorutan. Och så såg det alltså ut. Han kramade nycklarna i handen. Han höll hårt i dem. Varför visste han inte. Det var någonting. Någonting annorlunda. Någonting helt annorlunda.

Han var riktigt törstig nu. Den andre stannade precis framför bilen. Han hade helt plötsligt stannat och blivit stående. Nu stod han stilla och tittade på honom. Det var han själv som hade vänt undan blicken. Nu tittade han tillbaka. Någonting fick honom att göra det. Den andre som tittat på honom stod fortfarande kvar med blicken mot honom. Och hade så gjort under en överskådlig tidsrymd. Under en tidsrymd då han själv vänt sig om mot skogen förbi passagerarsätet och sedan tillbaka. Han började röra sig igen. När han hade tagit några steg till var han helt framme. Han hade kommit ända fram till dörren och ställt sig. Nu tittade han på honom från sidan. Han tittade själv tillbaka. Han såg honom därute. Nu log han inte längre. Det kunde han se.

Han släppte greppet en aning om nycklarna. Det kändes svettigt i handen. Det hade han inte känt förut. Nu kände han hur han svettades i handen som kramat om nycklarna. Han tittade ut igen. Han mötte en blick. En blick som tittade på honom. På ett bestämt och på ett outgrundligt sätt. Och med en mun som inte sa någonting. Ingenting alls. Och inget leende. Han kände det svagt när det kom. I sin vänstra hand. Han tittade ner på den. Det syntes inte. Men han kände det fortfarande. En liten darrning. En svag darrning så som en liten vibration. Utifrån eller inifrån honom själv. Han blev förvånad. När det dykt upp kunde han inte säga. Han hade varit någon annanstans i tankarna. Den hade kommit när han var någon annanstans. Darrningen. Han undrade var den kom ifrån. Han var iakttagen. Det kändes tydligt. Så tydligt som det någonsin känts. Han var på väg att öppna dörren. Det trodde han själv att han hade varit. Han hade gjort en enda liten rörelse och varit på väg att öppna dörren. På något sätt var det stopp. Han kunde inte röra handen. Den lydde honom inte. Den rörde sig men den lydde inte det han sa till den att göra. Öppna dörren. Darrningen fanns också kvar. Det gjorde den. Han ryckte hastigt till i hela sidan. Samma sida där darrningen satt. Han tittade inte längre ut på honom som stod där. I höger hand hade han fortfarande nycklarna. Han ryckte till igen. Han satte dem i låset och drog i gång motorn. Han som stod där ute stod kvar. Han såg det i ögonvrån. Han gjorde sig beredd att börja rulla. Han vågade inte titta ut. Vågade inte se på honom. Men han såg att han stod kvar. Det gjorde han. Rullade gjorde han själv nu. Han rullade fram en meter. Sedan gjorde han en rivstart och fick sladd.

Hela bilen hade försatts i en rörelse framåt. Han kunde inte väja för groparna i vägen. Det gungade. Han åkte framåt. Han for med kroppen åt sidan. Det krängde så att han for åt alla håll. Han höll krampaktigt i ratten. Hans armar kändes stela. Han såg honom i backspegeln. Han tittade efter. Det vågade han. Han stod kvar. Han blev mindre. Darrningen hade övergått i skakningar. Han skakade i hela kroppen. Men han åkte framåt. Så långt han kunde på den smala vägen med skogen på varje sida. Sedan blev den stopp. Han såg det i förväg innan det kom. Det var plötsligt där. Stoppet. Och han var på väg dit. Han vred ratten hastigt ett halvt varv, stannade till och la in backen. Därefter vände han sig om för att se på den som stod där borta. Han stod kvar. Han stod kvar och såg ut att vänta långt där borta på vägen. Sedan backade han med bilen. Långsamt. Han backade snabbare nu. Han darrade igen. Han backade snabbt. Det gick väldigt snabbt bakåt. Han hann inte riktigt med. Kanske var det darrningarna. Eller någonting annat som gjorde det. Han lutade plötsligt bakåt. Lutade bakåt med hela bilen. Han la in en växel. Gasade upp. Det rullade. Det varvade upp och nästan tjöt. Men han rörde sig inte. Han rörde sig inte framåt. Det lutade en hel del och han gasade för allt vad han var värd. Han satt fast. Han gasade igen. Samma ljud, samma resultat. Han satt fast. Ordentligt fast. Han vände sig sakta om. Den andre hade lämnat sin plats. Han hade stått kvar och tittat en stund. Han var på väg nu. Han gick med långsamma steg mot honom igen. Återigen var han på väg mot honom. Den här gången log han inte alls. Det kunde han se. Det kunde han verkligen se.

Kapitel 28

Karl fiskade fram telefonen från det ställe där han förvarade den. Han tittade med en kort blick ut genom rutan. Det hade blivit dunklare i kanterna av trädlinjen. Det gick fram en signal. Det gick strax därpå fram en signal till. Robert visslade tyst för sig själv med händerna orörliga på ratten. När han tittade mot Karl i passagerarsätet tystnade han. Karl flyttade luren från höger till vänster öra.

"Jörgen?" sa han. Han nickade sakta. Medan han lyssnade till det som Brick sa i luren innan de hunnit hälsa bet han tag i underläppen.

"Ja?" fortsatte han. Han nickade svagt igen. Det var tyst i bilen. Han satte upp handens ovansida och tittade som hastigast på sina naglar medan han väntade och lyssnade. "Ja", sa han igen. "Du! Har du Joel eller någon annan där?" Han väntade och lyssnade igen. "Ja, men...". Han blev på nytt avbruten. Han tittade sig omkring. "GPS:n, ja", sa han.

"För jag vet nämligen inte riktigt var jag är." Han lyssnade igen.

"Det är inget svårt", sa han. Han gjorde en min åt Robert som tittade på honom utan att säga någonting. Sedan tittade han tillbaka. "Ja, jag är ensam", sa han. Sedan lyssnade han igen. "Vad bra. Då kommer de snart. Det var fint det."

Han tryckte av samtalet och sänkte vänster hand som han hållit luren i. Han sänkte armen i knät och suckade och bet tag igen i underläppen med en sidotand.

"Tänk inte på det, Karl", sa Robert sakta. "En vit lögn har aldrig gjort någon skada." Karl lät några sekunder gå medan han bara andades.

"Brick sätter in en styrka. Det tar inte lång stund innan de är här", sa han.

"Vet de vart de ska åka?" frågade Robert.

"På ett ungefär vet de det", sa Karl igen. "Frågan är om vi vet det", la han till. Robert tittade på honom med en ny blick.

"Egentligen borde vi ringa Fabian", sa han. "Han måste få veta. Kan du ringa upp och säga att hans far är försvunnen norr om stan? Du behöver inte säga mer. Säg att vi letar efter honom, Jonas", sa Robert och tittade mot Jonas i backspegeln, vars blick han mötte endast kort.

Jonas drog fram telefonen och slog numret till Roffes son. När någon svarade i andra änden sa han så som Robert sagt åt honom att säga. Sedan tryckte han av samtalet och la tillbaka telefonen.

"Han blev inte glad", sa han. "Men jag vet inte om han förstår hur allvarligt det är", sa Jonas.

"Hur ser styrkan ut?" frågade Berra från baksätet plötsligt.

"Joel och några till som jag känner litet ytligt", sa Karl. "Tre, fyra personer. Med mig blir det fem", svarade Karl.

"Med oss blir det åtta", sa Robert. Karl tog ett djupt andetag.

"Det går inte", sa han. "Försök se till att Joel inte ser er. Han känner igen dig, Robert." Robert nickade sakta.

"Men jag har aldrig sett honom. Jag vet inte hur han ser ut", sa Robert.

"Han är ganska lång, mörk, och framstår som litet biffig. Han tränar fysiken flera gånger i veckan. Vid en jämförelse skulle jag se spinkig ut bredvid honom. Är det till någon hjälp?" undrade Karl och log snett och hastigt.

"Det kan det mycket väl vara", sa Robert och drog även han lätt på ena mungipan.

"Ja, det är ett jäkla jobb du har, konstapeln", sa Jonas och drog en hand genom håret. "Jag förstår inte hur du orkar ha det så här jämt. Det är tur att sådana som du finns", sa han och såg ut genom rutan på sin sida.

"Jag är tacksam", sa Karl. "Jag är tacksam för det samarbete vi har så här långt", sa han. Berra harklade sig i baksätet.

"Jag tror att det vi som ska tacka, faktiskt", sa han. Jonas log mot honom.

"Så, nu har du oss här", började Robert. "Beväpnade till tänderna kan vi ju inte precis sägas vara. Vad tycker du vi ska göra?"

"Du menar nu? Med Roffe?" undrade Karl. Robert nickade sakta medan han styrde bilen och hade blicken riktad rakt fram.

"Vi måste hitta bilen", sa Karl.

"Hur såg han ut? Petersberg?" frågade Robert igen.

"Han låg framstupa en halvmeter ovanför rulltrappan. Skjuten i sidan. Han hade inte en chans", sa Karl.

"Vapen?" sa Robert.

"Det jobbas för fullt på att få fram alla detaljer. Brick får nog ställa in en fällsäng på kontoret. Det är tur att han är ensam", sa Karl.

"Briggen, den gamla skojaren", sa Robert tankfullt. "Någon måste ha stått och väntat på honom. På Petersberg alltså", sa Robert igen.

"Ja, någon stod vid fönstret och väntade. Någon som kan ha sett planet när det var på ingång", sa Karl.

"Jaså? Det säger du? Ja, men då är det ju inte så svårt", sa han.

"Är det inte svårt?" sa Karl.

"Nu är det jag som är kommissarien här. Det kan vi låtsas", började Robert. "Jag har i princip det som krävs för att kunna vara en", la han till utan att le.

"Där sa du faktiskt någonting, Robert. Du har allt som behövs, så vad säger du då?" sa Karl och drog med en hand över hakan och tittade ut på vägen rakt fram.

"Han måste ha stått och väntat", sa han. "Antingen som passagerare med en gammal eller ny biljett på fickan, eller som anställd på flygplatsen", sa Robert.

"Gammal eller ny?"

"Han var antingen på väg att flyga eller hade redan flugit."

"Eller en anställd?" sa Karl undrande.

"Ja."

"Så långt är jag med. Men båda grupperna är små. Kanske tio procent. Den andra gruppen, den som utgörs av en person som egentligen inte alls har någonting på en flygplats att göra är större. De vet att Petersberg ska vara där. Det är allt. Det är därför de också är där", sa Karl.

"Ah, du tänker så. Nu får vi bestämma oss här. Ska vi rösta?" frågade Robert och höjde på ögonbrynen.

"Rösta ni!" sa Berra och harklade sig.

"Jag tycker vi röstar", sa Jonas.

"Vem tror på en gärningsperson med koppling till flygplatsen, och vem tror på en utan koppling till den, där plasten är utvald utifrån att det är där offren kommer att befinna sig där och då? Ett eller två? Koppling eller inte??" frågade Robert.

"Ett", sa Jonas.

"Två", sa Karl.

"Jag lägger ner min röst", sa Berra.

"Då vinner alternativ ett", sa Robert.

"Du är ute på smala domäner", sa Karl. "I osannolikhetens landskap."

"Icke!" sa Robert. "Han är störd. Det är en störd person. Tro mig!" sa han och fick en längre blick än vanligt från Karl som såg honom från sidan.

"Hur vet du det?" sa Karl.

"Herr Freud", svarade Robert.

"Vi leker med tanken", sa Karl. "Säg att det är så som ni tror, du och Jonas. Vem är han i så fall?" Robert drog in andan och andades ut i en ljudlös suck.

"Vem jobbar som chef?" frågade han. "En person som har ansvar", sa han och svarade sig själv innan någon annan hann säga något. "Han känner de här cheferna. Han kanske till och med har haft med dem att göra. De har gjort honom besviken. Då är det personligt", fortsatte han.

"Så, det här med smuggelhärvan tror du inte på? Det professionella och yrkesmässiga" undrade Karl.

"En sådan smuggelhärva kan finnas. Men då har han själv blivit drabbad", fortsatte Robert.

"Det har jag svårt att tro", sa Karl. "Både professionell smuggling och privata skäl. Den sammanblandningen har jag svårt att tro på."

"Då lägger vi smuggelhärvan åt sidan", sa Robert. "Vad får vi då?"

"En person som vill hämnas", sa Jonas från baksätet.

"Just det", sa Robert. "Det är på pricken en sådan jag ser framför mig."

"Endast privata skäl alltså. Hämnd för någonting privat eller yrkesmässigt?" undrade Karl.

"Det vet jag inte än", sa Robert.

"Freud", mumlade Karl för sig själv.

Karl tittade ut genom sidorutan och höjde blicken. Det var fortfarande ljust där uppe. Men det hade blivit dunkelt på marken. De svagt grå skuggorna bredde ut sig mellan husen och sträckte sig även in över backarna som sluttade nedåt från skogspartierna som omramade vägen. Robert tittade uppåt genom rutan och saktade ner.

"Nu tror jag vi ska svänga här", sa han. "Så att vi kommer in på småvägarna."

"Det ska ha varit här som den svarta bilen som de färdades i, i det första dådet, försvann", sa Karl.

"Jaså?", sa Jonas och tittade ut åt sidan igen.

"Vi har fortfarande inte planerat någon strategi", sa Robert.

"Strategin är att vänta på förstärkningen", sa Karl. Robert skakade sakta på huvudet.

"Det där tror jag inte alls på", sa han. "Faktiskt inte alls." Karl tittade på honom.

"Nej. Jag tror inte heller den strategin håller", sa han sakta.

"Vad sa Briggen egentligen?" undrade Robert.

"Han skulle söka Roffes telefon och återkomma så fort han har lokaliserat den." Robert hummade.

"Sedan sa du, en svart bil och tre personer i det första dådet? Var det inte så?" sa han. Karl nickade.

"Jo, så var det", sa han.

"Och du tror inte att det här är ett hämnddåd för det första attentatet?"

"Det avstår jag ifrån att spekulera i", svarade Karl.

"Nu är det så här", sa Robert. "Jag har min gode vän Berra här i bilen och min son. Jag vill inte att det ska hända dem någonting, lika litet som jag vill att du ska råka illa ut."

"Har du något förslag?" frågade Karl.

"Tyvärr har jag inte det. Men om de är tre, och beväpnade till tänderna, och vi är tre med bara ditt tjänstevapen, då blir det problem", sa Robert.

"Då blir det problem", sa Karl och stöttade sig mot dörrens sida när det dök upp en grop på vägen som Robert inte helt lyckades undvika att köra ner i och som fick bilen att gunga till.

"Vi är alltså fyra man i bilen och ingen av oss har någon riktigt bra idé om hur vi ska lösa det här", sa Robert. Han saktade plötsligt ner, bromsade in och stannade.

Framför dem låg vägen smal och krokig. Tallarna var höga. Runt omkring fanns ett risigt buskage som var bladlöst. Mer eller mindre höga, klena träd trängdes tätt runtom. Molntäcket hade så smått börjat glesna på en himmel där solen börjat sin bana ner. Robert drog ut nyckeln och satt med den i handen som han hade vilande i knät. Karl tittade på klockan. Robert drog i handbromsen. Karl tittade ut mot skogen. Det var ingenting som rörde sig därute. Det såg ruggigt ut.

"Han sköts ner i dag. Det vore ju bra om det kunde lösas innan kvällen och mörkret kommer", sa Karl. Robert skrattade till.

"Kan det gå så snabbt?" sa han.

"Jag tänker i alla fall kliva ur", sa Karl.

"Då föreslår jag att vi alla rör på benen en stund", sa Robert.

"Ja då, min far, den nytillträdde kommissarien. Om du säger så. Det ska nog vara lätt ordnat", sa Jonas och öppnade dörren på sin sida.

Karl smällde så tyst han kunde igen dörren och ställde sig på vägen och drog in luft i lungorna. Han tog några steg åt ena sidan och sträckte på sig och gjorde ett par armrörelser.

"Det är inte säkert att alla tre finns kvar. Någon kan ha dragit sig ur. Lämnat, eller blivit tvungen att lämna", sa han och vände sig åt de andras håll.

"Det är trevligt att du försöker muntra upp oss", sa Robert. "Men jag känner på mig att det här kommer att bli svårt. Kan någon som känner sig hågad ta fram en karta över området så får vi se vad vi har att syssla med här" fortsatte han. Jonas drog snabbt upp mobilen och knappade in namnet på det ställe där de befann sig. Efter en kort stund suckade han lätt.

"Jag tror jag faktiskt jag har hittat avtagsvägen. Om man förstorar det här så framträder ett antal hus. Vi har ett här, till exempel", sa han och tog några steg fram mot Robert och visade upp telefonen.

"Mm", sa han. "Vad tror du om det här?" sa han och överräckte den till Karl som gick närmare.

"Det stämmer med platsvisaren", sa han. "Vi ska se om vi får upp några namn på hyresgästerna. Det kan vara ett långskott men det är värt att pröva det."

"Skickar de någon helikopter?" frågade Berra som hade satt upp händerna i midjan. Karl skakade på huvudet.

"Nej. Bara vid större insatser", sa han.

"Det kanske är lika bra det", sa Robert. "För då vet de inte att vi är på väg", avslutade han.

"Det kan finnas en poäng i det", sa Karl.

"Ja", sa Robert. "Jag måste i alla fall dricka en slurk med vatten", sa han och gick mot bilen. Jonas tittade mot Karl.

"Karl", sa han. Karl tittade frågande på honom.

"Ja?"

"Du frågade vad jag har för ögonfärg innan vi gav oss av" fortsatte han och hade gått rakt på sak.

"Ja."

"Vad var det du tänkte på då?" sa Jonas undrande och drog en hand genom håret. Karl tittade på honom och rörde med långsidan av ett finger över den torra underläppen och såg koncentrerat på honom.

"Bara att du är lik någon. Det var den där gesten. Den gesten som du gjorde alldeles nyss igen", sa han.

"Jaha. Det kan var någonting viktigt alltså?" sa Jonas. Karl tittade på honom.

"Ja, det kan det vara", sa han. "Jag kan bara inte komma på det."

"Du vet inte vem det är?"

"Nej."

"Och han hade blå ögon?" undrade Jonas och spände munnen koncentrerat medan han väntade på att Karl skulle svara honom.

"Nej. Det hade han förmodligen inte. Det var någonting annat. Jag tror det var hårfärgen. Och rörelsen med handen genom håret", sa Karl.

"Jaha?" sa Jonas tankfullt och snurrade sakta runt och såg mot träden. Han tog några kliv in bland de närmaste träden och sjönk ner med fötterna i den mjuka mossan. Där stannade han och tittade ut mot en glänt som fanns längre bort och där träden stod glest.

"Och det var nyligen?" sa han och hade vänt sig tillbaka.

"Ja, det var nyligen. Helt nyligen", sa Karl.

"Och det var inte Petersberg?"

"Nej. Det var inte Petersberg", sa Karl. "Jag vet inte ens om det har någon betydelse. Det var bara en ingivelse." Jonas nickade sakta och såg sedan ner i mossan och bortåt över resten av marken i närheten.

"Men sådana brukar stämma", sa han när han hade vänt sig tillbaka. Karl försökte pressa fram ett lätt leende.

"Ibland kan de göra det", sa han.

Telefonen ringde. Karl satte den till örat. Han höjde på ögonbrynen och fick någonting vaket i blicken och började sakta nicka.

"Ja, kan du göra det? Eller kan du läsa upp en del stödord, korta, utryckta fraser?" sa han. Sedan lyssnade han på svaret. Det tog en stund. Han såg koncentrerad ut och såg sig omkring med frånvarande blick. Efter tjugo sekunder nickade han igen.

"Jaha? Han hette så, vad?" sa han och lyssnade ett kort ögonblick till. "Ja, men då säger vi så. Tack", sa han igen och stoppade tillbaka telefonen där den brukade sitta.

"Det var Brick", sa han och vände sig till Jonas som stod intill och till Robert som kom sakta gående från bilen. Berra stod en bit bort, försjunken i tankar.

"Vad sa han då?" frågade Robert.

"Han skulle eventuellt skicka ett papper. En dokumentering som jag själv har gjort. Han skulle bara fundera litet på saken", sa Karl.

"Jaha? Vart för det oss?" frågade Robert.

"Han läste upp ett par namn", fortsatte Karl.

"Jaha? Låt höra!" sa Robert och satte upp händerna i midjan.

"Det fanns en person som jag hörde alldeles i inledningsskedet. Han är anställd som kontrollant på flygplatsen. Maximilian heter han." sa Karl.

"Jaha?" sa Robert och tog några steg till fram.

"I mina stödnoteringar som jag skrev kort efter vittnesförhören till det andra dådet har jag skrivit att en annan anställd, Ivan, mannen på städmaskinen hade gjort en iakttagelse."

"Jaha. Vad säger du själv?"

"Ja, det jag kände då kan vara rätt", sa Karl.

"Nu förstår jag inte", sa Robert. "Kan du förklara?"

"Jag la ihop Ivans signalementsbeskrivning med utseendet på den här Maximilian som jag själv hade hört som vittne tidigare", sa Karl.

"Sa Brick det?"

"Ja, Brick sa det nu. Han hade uppfattat det så. Han hade tittat på mina otydliga anteckningar. Mina drag med rödpennan i marginalen. Det är en vågad tanke när en vittnesiakttagelse pekar mot ett annat vittne."

"Och sedan då?" undrade Robert.

"Ja", sa Karl. "Brunt hår, samma hårfärg som Jonas, relativt lång. Klädd i uniformsliknande arbetskläder, väntande. Hela tiden väntande. Bruna ögon också", sa

Karl och gav Jonas en hastig blick och som koncentrerat såg på honom.

"Och det här säger Briggen?"

"Ja", sa Karl. "Och en sak till", fortsatte han. "Ivan på städmaskinen hade lagt märke till att han ideligen hade tittat på klockan på väggen. Maximilian alltså. Jag vet vilken han menar. Jag såg den själv där jag stod framför rutan i hallen med utsikt över landningsbanan och snurrade runt och tittade inåt tvärs över golvet." Robert fixerade honom med blicken under en längre stund medan han såg ut att tänka.

"Han är inte så jäkla tokig i alla fall, den där Briggen", sa han och såg ut att fortfarande vara innesluten i sina egna tankar.

"Men kontrollanten var ju som sagt vittne till den första händelsen", sa Jonas. Karl nickade.

"Ja, just det. Det var ju det han var. Till den första händelsen, ja."

"Och han finns inte med med sitt namn som hyresgäst här ute?" undrade Robert och såg på Jonas.

"Nej", sa Jonas och gjorde en lätt nick åt telefonens håll som han plockat upp igen och höll i handen.

"Nej", sa Karl. "Han skulle bo någon helt annanstans", sa han och såg sig omkring i en utdragen rörelse.

"Ja, men det är bara att ringa upp honom, så får de se var han befinner sig", sa Robert.

"Ja, han skulle göra det. Det var det han skulle göra nu, den gode Brick", sa Karl.

Kapitel 29

Däcken snurrade för fullt. Han kunde höra det uppvarvade ljudet inifrån. När han tittade i backspegeln såg han hur gräs blandat med jord och smågrus sprätte upp bakom bilen. Det knastrade när gruset landade på bakluckan. Det var ett ilsket ljud. Bilen gungade. Men rörde sig gjorde den inte. Ingenting hände. Ingenting förde den framåt. Han prövade en gång till. Samma resultat den här gången. Han gned handflatorna mot varandra. De var svettiga. Han hade nu börjat svettas i båda handflatorna. Han kände ett motstånd. Motståndet genom bilens tyngd. Dess läge i den lilla nedförsbacken. Tyngden som höll den tillbaka. Kraften och ansträngningen som den behövde för att rubbas. Det var utsiktslöst. Helt ogenomförbart att han skulle kunna komma loss, komma upp på vägen, svänga runt och komma bort. Bort därifrån. Lång bort. Helt utan chans. Inte en tillstymmelse av en lösning i sikte. Han såg motvilligt och tvekande ut på honom där på vägen. Han hade först stått stilla och bara tittat. Nu hade han börjat röra sig. Han hade förstått han också. Det måste han ha gjort. Han gick framåt. Med långsamma steg rörde han sig och hade blicken på honom i bilen. Han kunde se hans ögon fast han satt i dunklet i förarsätet. Han såg rakt igenom honom. Blicken var genomträngande. En elak blick. Vass, hård. Skoningslös. En egenmäktighet.

Han stannade till i närheten en bit ifrån. Han hade knäppt upp en knapp i uniformen. Under skymtade någonting svart. Han log ett snabbt leende. Ändå var det som om det fanns någonting osäkert där också. Men detta osäkra gjorde honom inte till bättre mods. Det var ofrånkomligt att han satt illa till. Väldigt illa. Han hade missbedömt situationen. Han måste ha gjort det, men varför? Varför gjorde de det här? Han andades. Det var det enda han kunde göra. Han kunde inte tänka. Det gick inte att tänka. Det fanns inga utsikter, inga lösningar. Han satt fast. Han hörde något. En signal. Den andre som stått stilla och tittat på honom med något av ett leende ryckte till. Han hade för en sekund sett irriterad ut. Riktigt irriterad. Som om han genast blivit riktigt arg. Han hade fått ett ursinnigt uttryck i ögonen. Det kunde han se trots att han där ute hade vänt ner blicken och nu tittade på telefonen med dess glatta yta. Ursinnet låg över hela hans ansikte.

Han stod kvar en stund. Han tittade fortfarande på den. Sedan höjde han sakta blicken och stirrade rakt emot honom. Rakt på honom med den sällsamma, outgrundliga blicken. Igen. Leendet dök långsamt upp igen. Sedan var det borta. Det hade skett tvärt. Han pressade ihop käkarna och fortsatte glo. Det kunde han se inifrån där han satt.

Nu gick han fram. Telefonen stoppade han ner i ena fickan på byxorna. När han var framme stannade han upp och böjde sig fram. Han var alldeles intill rutan. Han ryckte till i bilen. Ville inte se. Ville framför allt inte veta vad som skulle hända. Han kände hur bilen började gunga igen. Det var på ett annat sätt. Den gungade från sida till sida. För varje gång den gungade åt ett håll blev det bara värre och värre. En värre och kraftigare lutning. Han kastades sedan tillbaka när den gungade tillbaka åt andra hållet. Han vände hastigt på huvudet. Han såg honom. Han hade satt upp en fot mot bildörren. Med alla krafter han hade, hade han försatt den i rörelse. Från sida till sida. Den gungade ännu värre nu. Foten ville inte släppa från dörren. Han kastades fram och tillbaka inuti bilen. Han kunde inte styra upp det. Han kunde inte hindra det. Han for omkring som en vante i förarsätet. Plötsligt kände han tyngdlösheten. En tyngdlöshet som varade bara under bråkdelen av en sekund. Han kände den men hann ändå inte reagera. Hann inte ta emot sig när den tippade. Han kastades handlöst åt sidan. Slog i huvudet. Bilen tippade, rullade runt. La sig uppochner. Den låg på taket. Han hade klämts ihop av rörelsen och kraften när den vräkts åt sidan. Det gjorde fruktansvärt ont. Huvudet värkte. Han visste knappt var han var. Tappade orienteringen. Det kändes som om han låg uppochner. Det tryckte över bröstet. Allt trycktes ihop. Det hördes ingenting. När det hände hade det knakat till. Nu hördes ingenting. Ingenting alls. Och det enda han kände var hans egen smärta.

Kapitel 30

”Gosse! Vad gör vi nu?” Berra la handen på pannan och tittade sig omkring. Han tog ett steg i det torra, bleka gräset med de långa stråna. Jonas hade satt upp händerna i midjan och hade fått ett missmodigt uttryck i ansiktet. Berra tittade på honom och sedan tillbaka där han varit med blicken förut. In bland träden. Det snåriga riset. Det halvdöda gräset, kvistar och sly. Det hördes ett fågelkvitter långt bort.

”Kan du säga om det är någon mening att vi tar den här vägen, Jonas?” sa Berra igen. ”Du har ju kartan framme. Jonas duttade på den glatta ytan och förstorade kartan som han fick fram.

"Ja", sa han. "Jag vet inte. Området är stort."

"Hur mycket skog är det?" frågade Robert som snurrat runt och nu tittade på honom.

"Det är mycket skog", sa Jonas kort.

"Jag börjar känna mig orkeslös", sa Berra uppgivet.

"Du ska dricka vatten", sa Robert. "Det är det som är bäst i längden." Berra tittade på honom. Karl suckade och masserade nacken med ena handen som han höll hårt tryckt mot den.

"Det kanske inte var så bra det här trots allt", sa han.

"Var är din kollega?" frågade Berra igen. Karl skakade på huvudet och gjorde en lätt min med munnen.

"Han borde vara här nu. Det borde de alla vara", sa han.

"Men nu får vi ta det som det är", sa Robert. "Jonas, hittade du någonting?"

"Några hus", svarade Jonas.

"Åt vilket håll?"

"Det ska vara åt det håll vi är på väg", sa Jonas.

"Då kanske vi ska gå då. Så att vi kommer fram innan det blir helt mörkt", sa Robert igen.

"Jag tror inte på det här. Det finns utbildat folk för sådana här saker. Karl?" sa Berra med det frågande uttrycket i ansiktet.

"De kommer nog snart, Joel och de andra", svarade Karl och började trava fram över marken. Det gungade under fötterna av den mjuka marken som vek undan för tyngden av hans steg. Robert kom upp alldeles bakom.

"Jag undrar just vad det handlar om. Undrar inte du det?" sa han och hade vänt sig till Karl med sin fråga. Karl som gick några steg framför honom med ryggen mot honom hade vänt sig om och tittade nu på honom.

"Det är det vi kanske skulle försöka tänka ut litet bättre kring", sa han.

"Du hade skrivit papper?" fortsatte Robert.

"Jag hade skrivit papper, och jag hade kladdat i marginalen", sa han och nickade bekräftande.

"Och vad väcker det här för tankar?" undrade Robert.

"Utifrån vad jag hade skrivit?" Robert nickade.

"Ja, vad ska jag säga?" sa Karl.

"Ibland hamnar man i maktkamper", sa Robert igen.

"Hur då?" ville Karl veta.

"Jag hade inte gått här om jag inte hade haft sans nog att ta ett beslut. Det rätta beslutet", sa Robert

"Luntmård?" frågade Karl efter ett visst funderande och en viss tvekan. Robert nickade.

"Men det var annorlunda", sa Karl. "Han reagerade ju på att du hade gått för långt, om sanningen ska fram."

"Det är ändå inte hela sanningen. Han hade gått längre, men bara på ett annat sätt", sa Robert. Karl såg på honom med en ny tvekan som lagt sig över både ögon och mun.

"Så vad tänker du själv?" frågade han.

"Vi måste hålla modet uppe, Karl", sa Robert. "I strid är det det viktigaste av allt."

"Hur ska vi göra det?" sa Karl.

"Han är ensam. Jag känner det", sa han och dunkade sig några gånger med handen mot bröstet. "Härinne." Karl tittade på honom.

"Det kan man ju hoppas", sa han.

"Vi klarar det här. Vi klarar allt som vi bestämmer oss för att klara", sa Robert och nickade med en bestämd min.

"Ja. " Karl tittade ner i marken.

"Karl, jag siktade inte mot er. Hade jag gjort det, där i skogen i Rönninge hade ni inte heller gått här nu", fortsatte Robert. Karl gav honom en blick.

"Var siktade du?"

"Mot bilens sida."

"Mot bilen sida?"

"Var så säker", sa Robert stilla.

"Hur orkar du tänka på det, leva med allt det där?" frågade Karl.

"Det vet jag faktiskt inte. Det har jag inget svar på", sa Robert och drog upp vattenflaskan ur jackfickan och tog sig en klunk. "Men jag orkar. Var så säker. Jag vet bara inte hur det går till", sa han när han svalt klunken och fäst blicken på honom igen.

"Robert!" sa Karl. Robert tittade till på honom. "Var försiktig", sa han. Robert rörde på underkäken.

"Det där är också en avvägning", sa han. "Man måste satsa för att vinna. Det vet du också." Karl drog med ett finger under näsan, suckade och tittade upp. Det hade definitivt blivit mörkare. Stråk av moln som hade hängt sig kvar och fördelat sig jämt mot den något ljusare bakgrunden hade fångat upp färgerna efter den nedåtgående solen.

"Ja, det vet jag också", sa han.

"Han är inte lika stark som vi andra. Du har väl sett hur han håller på och duttar med den blonda luggen stup i kvarten. Han är konstnär. Vi älskar honom innerligt. Precis som han gör med oss. Vi gör allt för varandra. Allt", sa Robert och tittade rakt fram.

"Han är vår maskot", sa Jonas som tyst dykt upp alldeles bakom och anslutit sig till Karl och Robert. "Vår alldeles egen maskot." Karl antog en finurlig min.

"Jag förstår", sa han.

"Karl, du har inte sagt någonting om offren. Har du träffat deras anhöriga?"

"Ja. Jag har pratat med dem", sa Karl.

"Ja? Hur orkar du?"

"Ja, det gör man", sa Karl och tittade på honom. Robert blev tyst under ett par sekunder.

"Säg någonting mer om Maximilian!" uppmanade Robert honom. "Varför finns han med som ett ämne i allt detta?" Karl gjorde en grimas som såg ut som ett frampressat leende under en sekund.

"Han går ut till gärningsmännen medan de fortfarande är kvar på landningsbanan. Bara en sådan sak", sa han.

"Ja, det kan vara en sak", sa Robert och såg ut att fundera koncentrerat.

"Han nämnde något om halvautomatiska vapen. Så det känner han till", fortsatte Karl.

"Ja?" Robert tittade fortfarande rakt framför sig där de gick över grässlänten.

"Är det smuggelvapen eller har han kunskaper?" la Karl till.

"Ja, jag förstår", sa Robert igen.

"Han kunde även efter knappt någon påtryckning alls från min sida säga att det tagit tre till fyra sekunder från det att bilen stannat till dess att de sköt sina skott. Hur kunde han det? Han såg inte hela förloppet. Han tittade ut först när skotten föll. Han kan inte höra en bil genom dånet från flygplansmotorerna, och genom väggen" sa Karl och gav Robert en hastig blick.

"Hur menar du nu?"

"Ja, men han kan ju ha pratat med förövarna efteråt. Och fått deras syn på själva händelsen", sa Karl.

"Ja, det är ytterligare en sak då", sa Robert.

"Och sist men inte minst, som man brukar säga, han beskrev gärningsmännen som slarvigt klädda. Det är ovanligt att det kommer ett sådant omdöme av den sorten. Det lät nästan litet nedlåtande", sa Karl. Robert gav upp ett lätt garv. Karl tittade oförstående på honom.

"Nu förstår jag inte", sa Karl.

"Jag tycker bara att det låter litet väl tunt", sa Robert. "Det måste ha varit någonting mer som den gode Briggen reagerade inför när han läste dina marginalanteckningar?"

"Nej, faktiskt inte", sa Karl.

"Och det är du alldeles säker på?"

"Ja. Det är jag."

"Och så mannen på städmaskinen", sa Robert.

"Ja, just det. Han såg honom titta ovanligt mycket mot klockan på väggen strax före det andra dådet. Han hade dessutom stått på den plats därifrån skotten antagligen kom, om man tar hänsyn till vinkeln och platsen där de slog ner."

"Mm. Vi har en uppgift framför oss som heter duga", sa Robert och log skevt.

"Gosse, vad trött jag börjar bli i benen", sa Berra som försökte komma ifatt resten av gänget.

"Se det som den nyttigaste dagen i ditt liv", ropade Robert bakåt mot honom. Berra mumlade någonting där han tog ut de långsamma kliven över tuvorna och med blicken i marken. De gick en bit ifrån varandra över det öppna fältet. Utspridda och tankfulla. Jonas satte upp handflatan och såg uppåt, och frågade sig själv om regnet var på väg. Karl hörde honom mumla.

"Hade de sagt någonting om regn?" undrade han till de andra sedan.

"Nej. Inget regn, Jonas. Bara gå, gå och gå", sa Berra.

Robert pekade mot nästa dunge och mot slätten bredvid.

"Vi stannar till där borta", sa han. "Vi behöver alla vila."

Ingen sa emot honom. Karl fingrade och vred på midjebältet och kastade då och då ett öga uppåt mot den nedåtgående solen. Han lät armarna pendla när han gick vidare och trampade på över det tjocka, torra gräset på slätten. Jonas stannade upp vid en liten å som drog sig fram på sidan av dem. Han tog ett rejält kliv över på andra sidan och fick en liten uppförsbacke över en kant. Sedan var han i kapp de andra. Det hördes kort därefter en signal som ekade mellan träden. Karl sträckte vant ner handen och fick fram telefonen. Han satte den till örat och lyssnade.

"Brick!" sa han. "Ja, jag väntar fortfarande", sa han igen. "Nej, jag har inte sett honom någonstans." Han stannade upp nästan helt i steget.

Snabbt gav han de andra ett ögonkast utan att säga någonting under en kort stund.

"Det har du?" sa han förvånat och tittade sig hastigt om runt omkring. "Inget svar?" Han mötte Roberts blick.

"Tack, Brick. Ja, ja. Han kommer väl. Tack!" Karl andades snabbt ett par gånger. Han tittade på telefonen och stoppade sakta tillbaka den.

"Han är här. De har lokaliserat hans telefon hit. Till just det här området."

"Maximilian?" sa Robert lugnt. Karl nickade.

"Maximilian", sa han.

"Hur bra skytt är du?" frågade Robert och gjorde en gest mot Karls midjebälte.

"Bra. Tillräckligt bra", sa han.

"Och reaktionsförmågan och impulskontrollen?"

"Bra. Impulskontrollen är bättre än din", sa Karl. Robert log snabbt.

"Har du skjutit fågel?" frågade han. Karl nickade.

"En gång", sa han.

"Hur gick det?"

"Jag träffade", sa Karl. Robert drog mungiporna utåt i en min som påminde om ett leende och fick hans kinder att bli litet bulliga.

"Då så", sa han.

Kapitel 31

Det gjorde ont i hela kroppen men framför allt i huvudet. Han trodde att han hade blivit skadad ordentligt. Det måste vara så. Han försökte röra på sig. Han hade fallit ihop som en säck potatis i ena hörnet nära instrumentbrädan. I handen höll han fortfarande nycklarna. De satt i ett krampaktigt grepp i hans hand. Det högg till i nacken och han var nära att ge upp ett kort tjut. Det strålade ut i hela kroppen. Sakta rörde han på huvudet och försökte rulla en aning åt sidan. Han sträckte upp handen mot dörren. Öppningsknappen var trög. Efter tredje försöket klickade det till i låset och dörren gick upp. Han väntade en stund och kände efter. Sedan tog han i av alla krafter och började röra sig fram. Han ålade sig en bit i taget fram till den halvöppna dörren som hängde med rutan uppochner. Han tryckte med ena foten. Tryckte upp dörren en bit till. Han rörde sig framåt ytterligare en bit. En bit till. Han var halvvägs ute. Han vek in axeln för att den inte skulle släpa i mot dörrkarmen och göra honom illa värre än nödvändigt. Han var nu helt ute med benen. Det var bara ryggen kvar. Han rullade runt på mage och baxade sig fram baklänges.

Marken var kall och fuktig. Det låg någonting hårt under honom. Under magen på honom. Det drog och skavde. Han skrek till. Ett lätt skrik som hade brutit tystnaden omkring. Det hördes ingenting för övrigt. Bara hans egna flåsande, snabba och ytliga andetag. Han kom upp på knä. Armarna vilade tungt mot underlaget. Han sträckte ut den ena armen helt. Tryckte handflatan mot marken och höjde sig en bit. Den andra handen kom efter. Nu stod han på alla fyra. Han höjde knät och satte ner foten i marken. Han gjorde likadant med det andra. Sedan reste han sig. Han stod svajigt och höll i sig i dörren som vajade fram och tillbaka. Luggen hängde ner i pannan och över ögonen. Han snorade och andades. Om vartannat. Han drog undan luggen med ena handen. Det kändes blött och varmt. Han tittade på handen. Den var blodig. Han la den försiktigt på huvudet. Det gjorde ont. Han kände runt hela hjässan och uppe högst upp. Han kunde känna varifrån blodet kom. Han gav upp ett kort skrik igen. Ett halvt kvävt sådant. Han tittade på handen. Sedan rörde det sig i gräset.

Det prasslade när det trycktes ner och for undan. Han hörde ljudet alldeles bakom sig. Han blundade hårt. Han spände hela kroppen. Knep ihop ögonen så mycket han orkade. Sedan skrek han igen. Rakt ut hade han skrikit. Högt och rätt ut. Han snurrade omtöcknad runt och fick honom i sitt blickfång direkt. Han andades stötvis. Ansiktet mittemot honom var allvarligt. Det såg på honom. Ögonen tittade in i hans. Han kände sig yr. Han kände hur benen vek sig. Han tappade balansen. Han föll. Det kändes som om han föll handstupa nedåt. Han reagerade när det hände. Det måste han ha gjort för han sträckte i fallögonblicket ut handen och fick hela armen under sig när han tog mark.

Någonting hade hörts. Det hade brutit tystnaden på ett tvärt sätt. Skurit genom luften, tystnat fåglarnas läten och skarpt brutit av mot allt det andra. Robert stannade upp i steget. Han vände sig tvärt om och satte ett finger över munnen i en rörelse. Jonas stod blick stilla. Berras blick irrade medan han spänt lyssnade.

"Roffe", bokstaverade Karl efter en stund tyst mot Robert som nickade snabbt och tittade sig om i alla riktningar.

"Ditåt", sa han högt och började långsamt jogga fram över marken. Karl var efter. Han tog ett par långa kliv över gräset som han sjönk ner i och som prasslade och trasslade in sig runt tåspetsarna på hans skor. Karl sprang efter. Det gick inte fort. Avståndet till Robert ökade. Robert kom längre ifrån honom. Han hade inte vänt sig om under hela den senaste minuten. Han såg honom där han vaggade fram över slätten och in bland det risiga snåret. Han tyckte att han blev mindre och mindre. Han såg mindre och mindre av honom. Hela hans ryggtavla minskade. Han försvann in mellan träden. Karl var några sekunder efter. Träden med den blanka barken hade ännu inga knoppar. Det fanns vide alldeles intill. De hade små och ulliga knoppar som precis spruckit ut.

Han föste grenarna åt sidorna när han tog sig fram. De slog tillbaka. Studsade och svajade när de kastades tillbaka sedan han passerat. Han såg Roberts jacka långt där framme. Den skogsgröna, halvlånga jackan som mer och mer förenades med färgerna i bakgrunden. Mer och mer försvann och gled ihop med resten av fonden. Avståndet mellan dem hade ökat ännu mer. Tills det till sist gjorde att han inte längre syntes alls. Karl var efter. En bra bit efter. Han ville spara på krafterna. Ta det lugnt i början. Kanske tänka en tanke. Få ett sammanhang. Få en klarhet i vad som hade hänt. Vad som stod framför dem. Vad de i själva verket stod inför. Vad var det för någonting? Och varför hade Joel inte kommit? Han och de andra?

När han tittade upp bland trädkronorna såg han himlen där bakom. Ljuset som silade fram mellan de små grenarna. Alldeles uppe i toppen. Det flimrade till. Ljuset flimrade och letade sig från trädkronorna och ner framför honom när han sprang. Det blev omväxlande ljust och mörkt på marken vartefter han rörde sig. Han såg ner igen. Det var alldeles tomt framför honom. Vad hade han sagt? Att man kunde klara det man föresatte sig att klara? Någonting sådant var det han hade sagt. Roffe. Maskoten. Men varför? Det var fortfarande en gåta för honom. För dem alla. Varför hade han gjort det? Vad hade han gjort? Och varför blev det fel? Om det nu var så att någonting inte gått helt planenligt. Och vem var denne Maximilian? Vad hade han egentligen för ärende?

Karl sprang med väl utsatta kliv. Han flåsade och hade fått upp värmen. Det gick fortfarande inte snabbt men han kom framåt. Han vände sig om bakåt. Han kunde varken höra eller se de andra bakom sig. Jonas och Berra. Kanske hade de tagit en annan väg. Kanske hann de inte upp honom. Han kunde heller inte se Robert. Hur han än spanade eller ansträngde sig. Snåret var för tätt. Tallarnas stammar stod för tätt. Huller om buller stod de i vägen för hans framfart. Det fanns ingen stig att hålla sig till. Han hoppades innerligt att han inte var på väg åt fel håll eller att det var för sent. Han måste vara nära nu. Det måste vara alldeles i närheten. De hade ju alla hört skriket. Det hade hörts svagt. Men ändå hade det brutit igenom tystnaden. Ett fasansfullt skrik. Fyllt av ångest. Karl stannade till och andades. Han stod stilla en halv minut. Sedan sträckte han sig efter vattenflaskan och tog några stora klunkar ur den. Han blev ännu mer andfådd efter klunkarna än vad han var innan. Som om kroppen inte fick det syre som den trängtade efter. Han fick på nytt upp farten. Han kände hur han svettades. Ryggen var alldeles blöt.

Det ringde på telefonen. Han tvärstannade men kastades av bara farten framåt ytterligare några steg innan han stod helt stilla. Han tryckte in knappen och andades i luren.

"Var är du?" skrek en röst.

"Jag vet inte, Joel. Det är bråttom. Jag hinner inte prata", skrek han tillbaka och stängde av den och stoppade springande tillbaka den i bältet. Han sträckte ut armen framför sig och fick tag i en gren som han snodde fast i ett grepp medan han sprang förbi. I samma ögonblick som han passerat grenen släppte han taget och drog vidare. Han hörde sina egna andetag som det enda som fanns bland ljud omkring honom. Han saktade ner och stannade nästan helt. Han blev plötsligt ganska osäker. Framför honom fanns ett vägskäl med två alternativa avtagsvägar. Den ena ledde rakt fram. Den andra svängde av åt sidan. Det hjälpte inte att han hade stannat upp och nu bara stod och lyssnade. Det enda som hördes var ett svagt fågelkvitter. Det kom någonstans ifrån. Han kunde inte avgöra varifrån. Det var som om allt stod stilla. Det var som om själva tiden hade stannat.

Han tog några steg fram och ställde sig så att han kom i skugga. Där tittade han rakt fram. Han kunde se ganska långt bort innan vägen svängde av. Kunde det vara den? Han tittade upp mot de höga träden. Det susade svagt i trädkronorna. Han började gå. Sakta till en början och sedan mera målmedvetet. Hela tiden med siktet inställt framåt. Stigen smalnade av. Han gick en bit till. Sedan stannade han. Det var om möjligt ännu tystare här än det varit innan. Han drog fram vattenflaskan och sköljde ner en klunk. Det kändes som om det genast gav honom nya krafter. Men det var förstås en illusion. Precis som så mycket annat. Hade visste emellertid att han måste dricka vatten för att inte bli trött. Tvekande vred han på huvudet och tittade bakåt. Han bestämde sig snabbt. Han hade känt det under den senaste halva minuten. Han vände helt om och gick tillbaka till vägskälet. Där han nyss stått och funderat på hur han skulle gå. Där skulle han ta åt höger. Det kändes rätt nu.

När han flera minuter senare svängde in på den väg som han nu trodde skulle leda honom rätt hamnade han i en lätt uppförsbacke. Han knallade uppför lutningen med ett otal tankar i huvudet. De tankar som inte ville släppa. Han bestämde sig för att slå undan de flesta av dem och koncentrera sig på nuet. Det hjälpte. Men det blev inte annorlunda. Förvirringen med alla sina frågor fanns kvar. I takt med att han upptäckte att stigen blev bredare dök nervositeteten upp igen. Känslan av oro. Han tyckte också att han hade hört något. Då kunde han ha hamnat rätt. Det var något annat än de läten som han haft runt omkring sig under hela den senaste stunden. Det var någonting annorlunda den här gången.

Någonting hade fångat hans uppmärksamhet på höger sida. Han tittade snabbt dit och stannade samtidigt upp. Han såg färger bakom grenverket. Någonting mörkt. Någonting som rörde sig. Att det hade rört sig hade hjälpt honom att upptäcka det hela. Och någonting annat. Han drog efter andan. Han tog några steg i den riktning som han tittade. Han hade vikt av åt höger. Den vägen som hade svängt åt sidan. Den väg han skulle ha tagit från början. Rakt ut åt vägen till. Vad han förstod var det så. Han kunde nästan se den. Som en grå fond bakom de närmaste träden i förgrunden. Ett öppet område. Som ett mörkgrått men oformligt streck drog det tvärs över. Från den ena sidan till den andra. Han tittade mellan grenarna samtidigt som han hukade. Det var någonting som rörde sig där framme. Han lyssnade. Det hade hörts någonting.

Någon som ropade. Någon som hade sagt någonting. Han lyssnade igen. Någon sa någonting igen. Ett svar på den förre som ropat. Han gick ännu närmare. Han satte sig ner på huk. Det blev inte bättre.

Han reste sig igen och tog långsamma, försiktiga steg närmare vägen. Han såg färgerna igen. Han såg det mörka. Han såg någonting blåaktigt. Han såg den gröna färgen som Robert hade på sin jacka. Han hade kommit dit. Då måste det vara rätt. Vad sa de till varandra? Vad hade de dividerat om? Han hade hört det tydligt. Deras röster. Han stannade upp och drog fram tjänstevapnet ur sitt hölster. Han osäkrade det. Det vägde ett ansenligt antal hekto i hans hand. Det kanske var nu det gällde. Det kanske var nu det som de kommit dit för skulle hända. Det var nu det skulle ske.

Han prövade att höja armen. Det var ett tag sedan han hade haft det i sin hand och prövat att använda det. Det hade gått alldeles för lång tid. Han hade hela tiden haft en ursäkt att inte träna. För mycket i tankarna. För mycket jobb att stå i. Saker som skulle göras. Skrivbordsarbete. Han satte dit den andra armen också. För säkerhets skull.

Han började gå igen. Han blev blöt av svett inuti höger handflata. Nerverna. Det måste det vara. Han var på helspänn. Skulle han avvakta eller genast gå närmare? Han andades litet lugnare nu. Han kunde höra deras röster igen. Robert skrek åt honom. Var det åt Maximilian? Var det han som var där? Eller ropade han mot Roffe? Han måste nog gå närmare ändå. Han sjönk ner med knäna mot marken och tittade framåt. Nu kunde han se dem bättre. Fortfarande var det inte särskilt tydligt. Men det var bättre.

Roffe stod upp på vägen. Han stöttade huvudet i händerna. Han såg ut att blunda från Karls horisont. Men han var inte riktigt säker på den saken. Sedan tittade Roffe upp och stönade. Hans jacka hade fått röda streck på sig. Åt den sidan som han hade vänd mot Karl syntes det svagt att någonting hade runnit på ärmen och på framsidan. Han tog sig hukande längre fram. Längst bort åt det andra hållet stod mannen i den mörka klädseln. Han höll en hand i luften. Det såg ut som om han höll något i handen. Robert var mitt emellan dem. Han stod inte helt stilla. Han rörde sig sakta åt ett håll. Åt det hållet där mannen i uniformen stod. Sedan stannade Robert upp. Nu stod han verkligen helt stilla. Det var svårare att se honom nu.

Han försökte urskilja mannen mittemot. Han som hade någonting i handen. Vad det nu var? Uniformen var helt mörk. Det blänkte litet i den på ett par punkter. Han var lika lång som Karl mindes honom. Hårfärgen var mörk. Karl tog ett steg i taget. Robert sa någonting till mannen i uniformen. Karl kunde inte höra vad det var. Den andre hade inte svarat. Han hade inte svarat då. Och han hade ännu inte svarat. Han bara stod där. Karl kunde inte se hans anletsdrag. Kanske skulle det bli tydligare om han tog några kliv fram. Bara ytterligare ett par kliv. Men utan att de skulle upptäcka honom. Karl tittade mot mannens händer. I handen hade mannen som stod på vägen en kniv. Karl kunde se det nu. Han blev ännu mera spänd. Nu var det alldeles tydligt för honom. Han borde ha insett det på en gång. Vapnet i hans egen hand gled i det svettiga greppet. Han tog några steg till. Då hände det. Han såg det och hann uppfatta det lika snabbt som det hände. Han var bara en aning sen i reaktionen. Hans egna rörelser var stumma. Det hade kommit så oväntat. Robert hade kastat sig fram mot mannen med kniven och försökte nu övermanna honom. Karl såg honom från sidan. Hans gröna jacka som fladdrade till när han rörde sig. Hans rörelser i fötterna när han sprang fram. Det var inte många steg. Men det var så många att mannen med kniven inte kan ha varit helt beredd. Kanske trodde han inte det skull ske. Han hann med att göra en rörelse med hela kroppen. En aning av en försenad rörelse som för Karl framstod som en alltför långsam sådan. Karl kunde själv plötsligt röra sig framåt en bit till utan att röja sin närvaro. Förmodligen skulle ingen upptäcka att det rörde sig mellan träden och snåren där han tog sig fram.

Karl hann se hur mannen på vägen hade överrumplats och hastigt sträckt armen framför sig. Den hand som han höll kniven i. Robert kom upp vid sidan av honom. Han kunde nu kasta sig med armen kring hans ena axel och försöka dra runt honom. Det lyckades nästan. Mannen tappade balansen och vajade till med hela armen och handen som han höll kniven i. Han stapplade runt med fötterna som hade svårt att hänga med. Han var nära att ramla baklänges. Men han återfick balansen. Han stod kvar med fötterna på marken. Han rörde sig bakåt en aning oroligt. Karl såg hans rörelse med handen upp mot ansiktet.

Karl var alldeles vid vägen nu. Han var fortfarande dold mellan träden där grenarna hängde ner framför honom men han var alldeles intill själva händelsen. Han var så nära som det bara gick att komma utan att synas. Närmast honom stod Roffe och höll händerna högt upp vid axlarna. Roffe ropade någonting till Robert som för ett ögonblick svängde runt åt hans håll. Sedan kom slaget. Det som fick Robert att vackla till och falla baklänges. Roffe skrek igen. Robert hade tagit emot sig med ena handen. Den vilade mot gruset. Han satt ner och tittade hastigt upp på den andre. Mannen som utdelat slaget tog några steg fram. Robert kom upp på benen en sekund innan nästa attack kom. Mannen hade plötsligt rört sig fort. Robert var tvungen att vara lika snabb. Det kunde han inte. Det var svårare för honom. Robert ropade någonting tillbaka till Roffe. Roffe såg ut att krypa ihop mer och mer där han stod. Han såg ut att knappt kunna röra fötterna. Han hade tystnat. Han stod och bara såg på. Kunde inte göra någonting. Han såg ut att vara skadad. Hur skadad visste inte Karl. Han såg allting tydligt.

Skuggorna efter den nedåtgående solen hade också blivit tydligare. Det flimrade inte längre till bland trädkronorna. Ljuset hade bleknat. Han kunde höra personerna där ute på vägen. Deras rörelser i gruset som for omkring. Det skrapande ljudet av deras fötter när de kastade sig åt sidorna för att undvika nästa slag från motståndaren. De såg ut att hålla i varandra i kläderna. De snurrade runt. Försökte dra omkull varandra. Ett plötsligt skrik. Och ett till. Det var dags att agera. Och göra det kraftfullt.

Tiden var inne att ta ännu ett steg fram. Uträtta det han kommit dit för. Chocken över synen av mannen på vägen satt fortfarande kvar. Han hade inte riktigt hunnit ta in det än. Han kunde inte riktigt förstå det. Nu var han emellertid tvungen att göra någonting. Han måste samla sig. Karl höjde armarna och ställde sig i position. Det hade brutit ut ett tumultartat bråk mellan Robert och den man som Karl för en stund sedan hade sett var Maximilian. Han såg hur Robert nu hade fått ett tag om kragen i nacken på honom. Och hur han drog kragen bakåt. Mannen drogs bakåt och flaxade med armen med handen som höll i kniven för att komma åt Robert. Han gjorde ett utfall. Han kastade fram handen med kniven och försökte träffa Robert som tappade balansen när han väjde undan i allra sista stund. Det var bråttom nu. Nu måste det ske. Han svettades i båda händer. Armarna sänktes och höjdes om vartannat. Han började bli trött i dem. Robert hade ryggen mot honom. Han måste vänta. Bara ett kort ögonblick. Nu hade han chansen. Fort som ögat skrek han till så högt han kunde. Mannen med kniven stannade tillfälligt upp i rörelsen men fick strax därpå förnyad kraft. En kraft som han använde till att försöka komma åt Robert med knivbladet.

Karl sköt ett varningsskott. Det ekade genom luften och försvann mellan träden på andra sidan vägen. Roffe hade ryckt till. Han var blodig. Han förde upp handen mot huvudet. När han gjorde det ryckte han till. Karl kunde se det klart framför sig. Han tittade på Roffes kläder. Hans byxor, skorna. Håret som hängde ner över pannan. Det hade kletat ihop sig en bit upp på huvudet. Det fanns någonting rött i det i övrigt blonda. Han kände en ilska inom sig. Han tryckte undan den nästan genast. Han flyttade blicken till de andra. Han siktade en gång. Han väntade en sekund. Han gick fram de steg han behövde för att bli synlig. Mannen med kniven tittade som hastigast åt hans håll. Han fick plötsligt ett annat uttryck i ögonen. Karl kunde se det med en gång. Sedan bestämde han sig. Han kramade avtryckaren. Han väntade ett par sekunder. Ingenting hände. Mannen såg med en ursinnig blick mot Robert. Sedan var det dags. Han sköt. Mannen med kniven hade för en hundradels sekund vänt sig åt sidan. Mellan honom och Robert hade det bildats en smal springa av luft. Ett kort avstånd. Ett så kort avstånd och under ett så kort ögonblick att det var skrattretande. Och fruktansvärt svårt. Men den som aldrig tog en chans kunde heller aldrig vinna. Var det inte så han hade sagt? Robert? Karl vågade inte andas. Det snurrade framför ögonen på honom. Han kunde senare se hela det inledande händelseförloppet framför sig med en fördröjd inlevelse. Det som nyss hade hänt. Som om överraskningsmomentet fördröjde allting för honom.

Han hade ryckt till kraftigt. Som om en stöt gått genom hans kropp. Som om han träffats av ett framrusande tåg ryckte han till. Han skrek. Han vacklade. Han tappade balansen och drog armarna mot kroppen. Mot magen och upp mot bröstet. Det hann gå en sekund. Blodet började rinna fram. Kläderna var mörka. Karl kunde därför inte se det först. Han såg det först när det rann ner på marken. Han vände långsamt ner huvudet och såg på sina egna händer. Han stod kvar en sekund till. Han tittade inåt skogen. Det var där Karl stod. Karl tappade nästan andan. Fram till den här punkten hade allting gått så fort. Det hade varit tumultartat. Nu hade han gjort ett drag. Ett enormt drag.

Han hade träffat. Och träffat rejält. Han föll. Det skedde hastigt. När han föll vred han sig en kvarts varv. Han låg så under en tid som Karl hade kunnat uppfatta som en evighet. Sedan blev kroppen allt slappare. Han sänkte huvudet ner i gruset. Armarna började lossa sitt grepp om bröstet. Den ena armen rasade sakta ner och blev liggande bredvid kroppen. Foten på det böjda benet gled nedåt. Han låg stilla. Alldeles stilla.

Karl kunde sänka armarna nu. Han kände hur det stack i hela ansiktet. Han blinkade några gånger. Han gav Roffe en blick. Han stod som paralyserad kvar där han stått hela tiden. Det enda Roffe kunde röra på var huvudet. Han såg på Karl. Han tittade på honom under en betydande sekund och med sitt eget blod på sin egen jackärm och på bröstet. Han höjde sakta handen och strök sig i ansiktet med den. Han strök den över pannan och gned med den över huden. Han gned undan luggen och vände sig mot Robert. Karl såg på honom. Sedan såg han också mot Robert. Robert såg ut att ha vikt sig där han stod. Sedan gick allt så fort. Karl blev för ett ögonblick tveksam. Det kunde väl inte vara så?

Han hade fallit ihop. Sjunkit ner i gruset bredvid den andre. Han låg och rörde sig svagt. Andades. Rörde på armen. Drog en hand över ansiktet och släppte ner den igen. Sedan vände han sig långsamt på sidan. Han låg så ett kort ögonblick. Under hela den stunden stod Karl kvar. Med ett undrande uttryck i ögonen tittade han mot platsen där ett dramatiskt händelseförlopp just ägt rum. Han tittade ut över vägen. Sedan började han röra sig därute. Karl tittade spänt men hoppfullt mot honom. Robert satte sig upp och satt böjd med ryggen en stund.

Sedan reste han sig långsamt och ostadigt. Han stod kvar en stund. Han började sakta gå. Han stapplade fram med ett steg i taget. Han tog de långsamma stegen fram till Roffe. Han höjde ena armen och la den på hans axel. De tittade på varandra under ett kort ögonblick. Sedan vände sig Robert åt Karls håll. Han drog en hand över kinden. Han snörvlade och drog med handen om näsan. Återigen tittade han på Karl med en blick. De stod en stund så. Ingen sa någonting. Det var ett tiotal meter mellan dem. Sedan bröts stilleståndet. Sirenerna hördes långt där borta. Robert drog upp ett papper ur jackfickan och förde det till ögonen. Han baddade med det några gånger och snöt sig sedan. Han stoppade tillbaka papperet i fickan. Sedan drog han in andan. Han tittade framför sig.

"Vad sa ni till varandra?" frågade Karl.

"Jag frågade om offren", sa Robert.

"Jag förstår", sa Karl sakta.

Det hade blivit mörkt. Det hördes ljud från skogen. Det vanliga ljudet. Skogens ljud. Han tog ytterligare ett par stapplande steg fram. Bilarna med sirenerna började närma sig nu. De hördes högre och högre. Robert stannade till och vände sig åt Karls håll igen. Det såg ut som om han ville säga någonting.

"Jag såg aldrig hennes ansikte", sa han tyst. "Det gjorde jag inte." Karl tittade på honom under en kort stund medan Robert vände sig bort. Sedan vände Robert ansiktet mot honom igen och nickade svagt.

"Det är länge sedan, Robert."

"Ja, det är länge sedan."

Kapitel 32

Gruppchef Jörgen Brick steg ur bilen. Han kliade sig i huvudet när han steg fram med den typiska blicken som flackade i marken. Han gjorde ett ljud med munnen och tittade upp på Karl som sedan några minuter tagit sig nerför slänten. Han hade klivit fram över gruset på den ensliga vägen. Där hade han blivit stående en stund vid mannen med kniven som låg livlös på marken. Nu tittade han på Brick. Han väntade på honom, på att han skulle komma fram till honom. Han tog sig med långsamma och avvaktande steg fram till platsen. Ännu en gång tittade Karl ner på mannen på backen. Kniven höll han fortfarande i handen. Greppet var emellertid löst. Brick saktade ner ytterligare på stegen. När han var alldeles intill stannade han.

"Maximilian", sa Karl. Brick nickade instämmande mot honom och gick fram ett steg till när han var alldeles nära.

"Jag vet", svarade han.

"Jag såg när det hände", sa Karl.

"Jag förstår. Pratade du med honom?"

"Nej. Inte jag."

"Nehej, du."

"Han har en yngre bror", sa Karl.

"Jaså? Har han det?" sa Brick.

"Hade", sa Karl. Brick nickade igen.

"Vad hette han då?" undrade han.

"Det vet jag inte", sa Karl. "Men jag kände igen händerna med detsamma. Jag såg honom på planet ner till Malmö. Jag har stått här en stund och funderat på det. Nu är jag säker." Brick såg förvånad ut.

"Det ska vara du till sådant", sa han.

"Ja. Men jag fick ju en del hjälp av dig att komma fram till det hela", sa Karl sakta.

"Vad gjorde han på flygplanet?" sa Brick.

"Han jobbade som flygvärdinna. Flygvärd", sa Karl. Brick tittade en extra gång på honom och nickade.

"Jaså", sa han.

"Vad har ni haft för er då?" frågade Karl.

"Jag kan inte prata för Joel eller styrkans del som irrade runt på småvägarna, men jag kan säga så mycket att jag också vet en sak", sa han.

"Jaså?" Karl såg förvånad ut.

"Han hade en syster, Maximilian", sa Brick.

"Jaså? Det också", sa Karl och såg osäker ut.

"Hon jobbade som flygvärdinna. Hon också", sa Brick. Karl spärrade upp ögonen och tittade mot bilen som var på väg bort över vägen.

"Då förstår jag ett och annat", sa Karl.

"Vadå?" undrade Brick.

"Det är Roffe som sitter i bilen. Han som skulle leverera paketet", sa Karl.

"Nu hänger jag inte med", sa Brick och kliade sig på kinden.

"Han har haft ihop det med en flygvärdinna", sa Karl. Det tog Brick en kort stund att sammanfatta det för sig själv. Sedan nickade han sakta.

"På så sätt", sa han. "Då förstår jag."

"Man kan åtminstone tro att man förstår. Hade du någonting åt mig?" undrade Karl och började planlöst gå runt i en halvcirkel med blicken ner i gruset.

"Vi har spårat leveranserna. Saken kommer fram i ljuset mer och mer. Vi pratar senare om det, Karl", sa Brick.

Karl kastade ett sista öga mot mannen på vägen. Sedan tog han några steg fram till bilen och dök långsamt ner i baksätet. Han sträckte sig fram och fick tag i handtaget till dörren och drog igen den med en lätt smäll. Därpå startade bilen och for i väg över den smala vägen med sina gropar. Han bältade sig och blundade. Kort därefter föll han in i en slummer. Innan han gled in i sömnen upprepade han för sig själv de sista orden som Robert uttalat till honom. De hade inte sagt någonting alls om själva händelsen. Det hade inte behövts. Båda två visste de ändå vad som hade hänt och varför. De hade sagt hej då och skilts åt. Det hade kommit en taxi som långsamt svängt fram. I taxin satt Berra och Jonas. Innan de drog i väg hade en ambulans som plockade upp Roffe kört fram. Robert hade sagt att de kanske skulle komma att ses någon annan gång. Karl hade nickat och sagt att det var troligt. Deras vägar hade korsats så många gånger och skulle säkert göra det igen. Det trodde han. Sedan hade han stått en stund och sett efter bilen med Robert, Berra och Jonas när den drog bort.

Den hade blivit som en prick som blev mindre och mindre tills den till slut försvann helt. Tills den till slut helt hade jämnats ut och försvann in i bakgrunden. Precis innan Robert hade stängt dörren till bilen hade han uttalat några ord som Karl hade svårt att förstå. Efteråt hade han tänkt på dem medan han ändå stått och sett bilen försvinna. Den som blivit som en liten prick. Det var innan Jörgen hade kommit och kört fram. Det hade varit outgrundliga ord från Robert. Men det var inget nytt. Inget nytt i sig alls. Han hade alltid någonting liknande outgrundligt att komma med som det Inter nos som han sagt till Karl. Vid det här laget var det inget annat att vänta. Sedan hade Robert ropat åt honom med dörren fortfarande öppen.

"Glöm inte bort det", hade han sagt. Sedan fingrade han innanför jackan där han kunde dra åt slipsen som han hade lättat på under ett tidigare skede. "Det innefattar från och med nu dig också", sa han och lät dörren gå igen med en lätt smäll.

Kapitel 33

När han ändå fick tid att tänka efter gick han igenom hela händelseförloppet för sig själv. Han hade fått upp farten bland snåren i skogen. Valt de mest framkomliga ytorna att springa längs. Några stigar hade han inte kunnat upptäcka. Det hade inte varit behjälpligt mer än kortvarigt i alla fall. Förr eller senare hade han blivit tvungen att avvika från dem ändå. Han hade aldrig under hela den långa stund han sprang stannat upp och känt efter. Han litade till sin intuition. Den hade lett honom rätt. Han kände på sig att han skulle ta åt vänster. Den andra vägen som plötsligt dykt upp hade lett rakt fram. Den hade plötsligt formerats framför honom. Det hade varit efter det öppnare området. Ängen. Den öppna ytan med de risiga träden och det tjocka men bleknade gräset. orrt som halm och som en tjock bädd under fötterna på nom. Så hade det varit. Där hade han tagit åt vänster. var nu han verkligen hade börjat svettas. En nkomlig reaktion på det höga tempo han hade hållit

ståndet mellan honom och Karl minskade för var
om gick. Till sist hade han inte synts längre. Det
var när han efter flera minuter hade vänt sig om. Då var
han borta.

Vägen som han hade tagit in på var inte mycket till
väg. Den slutade vara väg ett stycke längre fram. Det var
som om den var menad att leda någonstans men hade
upphört att trampas upp. På ett abrupt sätt. Den övergick
i skog igen. Det hade blivit tyngre att ta sig fram där.
Han hade genast fått sänka farten. En kort uppförsbacke
hade det också varit. Det var då han hade sett det. Han
stannade upp när någonting hade fångats av hans blick.
Någonting i ögonvrån. Han hade lagt märke till bilen.
Hur den låg uppochner på taket, på tvären på vägen och
med den bakre delen nedsjunken i ett dike. Roffes bil.
Ena framdörren var öppen. Själv hade Robert
fortfarande haft nycklarna till Karls bil i byxfickan. Dem
hade han ännu inte lämnat tillbaka. Senare hade han
emellertid gjort även det. Det hade inte hunnits med
tidigare. För det allt det andra.

Framför bilen som låg på taket på tvären såg ha
någonting mer. Han hade nästan genast lagt märke t
Roffes jacka som färggrann trädde fram me'
lövverket. Han hörde deras röster. Hur de en i taget
åt den andre. Roffes uppenbarelse lämnade myc'
önska. Det hade varit chockartat och gått som
genom honom. Han verkade ordentligt m
Skadad och blödande. Han stod i alla fall upp
helt stilla. Han hade efter en stund sett det. D
och mer stått klart för honom ju mer han ha'
Han hade inget skjutvapen. Kunde det

skulle vara en enastående tur i så fall, om det nu var så. Det var där och då ha bestämde sig för att gå fram. Han drog i och lättade på slipsen. Sedan smög han fram. Han gled fram ur en skugga bland träden. Han kunde fortfarande minnas minen hos Roffe. De hade tittat på varandra en stund. Roffe hade kort därpå sett ut att vackla till. Långsamt hade han gått fram. Sedan hade en kamp börjat utspela sig.

Kniven som han höll i handen var ansenligt stor. Han kunde bara hoppas att han skulle vara slö i rörelserna. Långsam. Han hade haft fel. Litet fel ute hade han varit. Efter det första utfallet hade han fått skärpa sig för allt han var värd. Han kunde få tag i hans arm. I hans handled. Det var det allra viktigaste. Han blev snabbt andfådd. Ordentligt trött. Han började dessutom få ont litet varstans. Men han hade uppmärksamheten skärpt. De höll på en bra stund och försökte slå omkull varandra. Sedan märkte han hur Roffe började röra på sig. Han ropade. Han hade skrikit till. Inte högt men ändå. Han hade själv inte märkt något. Kunde inte förstå eller upptäcka någonting som skulle ha gjort att Roffe behövde skrika till. Ganska snart stod det klart för honom vad det var. Hjälpen var nära. Den måste vara alldeles intill. Det hade han kunnat räkna ut. Det var då han började få in en och annan fullträff. Sedan vändes uren till den andres fördel ändå. Det kunde heller inte iälpas. Det hörde så att säga till.

Det hade prasslat till uppe bland snåren. Eller var det a han som hade hört det? Hoppats att det skulle vara Nej. Roffe vred sig där han stod. Det hördes nting. Sedan hade det kommit. Han hade först

till. Han hade hört på rösten att det var han. Sedan
ottet. Skottet hade ekat genom luften. Brutit allt.
Stoppat upp alla rörelser. Om så bara för ett kort
ögonblick. Ett av de allra viktigaste ögonblicken.
Han såg när det hände. Hur han såg på honom tillbaka.
Borrade blicken i honom. Stod kvar. Drog händerna
närmare kroppen. Lättade på dem en aning. Såg blodet
flyta fram. Själv hade han vacklat ordentligt. Han hade
vänt sig om. Han visste var han var men han kunde inte
se honom. Det måste vara han. Han som var en av dem.
Han kom fram senare. Trädde ur skuggan av träden
precis som han själv gjort stunden innan. Då hade
tröttheten slagit ner i honom. Den trötthet som han med
alla krafter dittills hade kunnat hålla undan. Han hade
tittat tillbaka på mannen på vägen. Han hade sjunkit
ihop. Både bildligt och bokstavligt. Sedan slog hans
egen trötthet ner i honom som ett slag. Han hade legat en
stund på marken. Inte långt från den andre. När han reste
sig kände han en innerlig tacksamhet välla fram. En
lättnad. Sedan kom sirenerna som tjöt högre och högre
genom skogen. Han gick mot honom. Klappade or
Roffe. De sa några ord. Själv vände han sig kort där
mot Karl. Sedan hade han satt sig i bilen. De hade fa
väg. Över skogsvägarna och bort ifrån allt. Berra
suttit tyst. Jonas vågade inte titta på honom. Själv
han inte. Orkade inte förklara nu. Jonas hade pe'
hudflik på läppen under hela resan. Sedan had'
ur bilen. Han var ensam kvar.

Det hade varit mörkt när han kom fram. F
blivit sen. Ännu en sen kväll. Stenmadc
ingången fanns till höger. Han hade gått

sjönk ner i soffan. Där satt han länge. Han reste sig sedan sakta. Han började gå runt. Långsamt runt det ensliga huset. Det fanns inga ljud. Under honom låg skyddsrummet. Utanför fanns tystnaden. I köket på väggen mötte han blicken i den målade bilden på figuren som Roffe satt dit. Som han en gång målat. Han tittade på datumet. Det var länge sedan. Det också. Det var ju så han hade sagt. Karl. Men ändå var det som igår. Vad hade förändrats? Ingenting. Inte mycket. Han tittade ett tag ut mot sjön från vardagsrummet. Det var mörkt över vattnet och i kanterna av skogen. Det var stjärnklart. När han nyligen tillsammans med Karl stått ute vid tennisbanan hade han för en kort stund vacklat. Var lojaliteten bruten? Var det Berra, eller vem var det? Var det Karl? Kunde han vara att räkna med? Eller kunde han det inte? I så fall skulle det vara slut. Sedan hade han återfått sansen. Mannen på vägen var en galning. Han hade fått den insikten som hade kommit krypande inom honom långsamt. Vid ett tillfälle hade han sneglat på Karl. Han hade haft sin vanliga blick. Den lugna, tålmodiga. I något skede hade han också berättat om Lyvarsen. Bara kort. Men det räckte för honom. Det räckte för att han skulle förstå. Han var den som skulle komma undan. Lyvarsen var denna person. Kanske var han lik honom själv. Han såg den likheten nu.

Nu stod han kvar en stund. Han gick mot sovrummet. Det var alldeles mörkt utanför. Stjärnklart. Men ändå med en framtoning av slöjmoln som löstes upp inför hans blick. Innan han somnade tänkte han på vad som hade utspelats. Det hade varit ännu en kamp. Han tänkte på Karl. På orden som han sagt till honom. Han var med

u. Nu var det Inter nos. Det var det som gällde. et. Ingenting kunde ändra på den saken. Bara det som gällde.